Miss Pettigrew Lives for a Day

미스 페티그루의
어느 특별한 하루

위니프레드 왓슨 지음 | 송예슬 옮김

Winifred Watson

Miss Pettigrew Lives for a Day by Winifred Watson
Copyright © 2000 The Estate of Winifred Watson
Preface © Henrietta Twycross-Martin 2000
First published in 1938 by Methuen
All rights reserved.

Korean translation rights © 2025 SDEDU Co., Ltd.
Korean translation rights are arranged with Persephone Books through AMO Agency Korea

이 책의 한국어판 저작권은 AMO 에이전시를 통해
저작권자와 독점 계약한 (주)시대고시기획 · 시대교육에 있습니다.
저작권법에 의하여 한국 내에서 보호를 받는 저작물이므로 무단전재 및 복제를 금합니다.

서문

코카인, 칵테일, 코믹이 난무하는 웨스트엔드 판타지

『미스 페티그루의 어느 특별한 하루』1938는 『신데렐라』를 매혹적으로 변형한 작품으로, 페르세포네 출판사에 의해 재출간된 사연도 동화 같다.

내가 이 소설을 처음 읽은 건 아마도 10대 초반이었는데, 어머니가 이 책을 무척 좋아하셨던 덕이다. 지금 생각해 보면 어머니는 웃음과 기쁨이 넘치는 환상 속으로 도피하고 싶었을 뿐 아니라 중년의 가난한 가정 교사인 미스 페티그루에게서 자기 모습을 보았기에 그렇게 좋아하셨던 것 같다. 어머니는 여자 혼자 아이를 키우며 사는 게 힘들었던 시기에(나는 1942년에 태어났다) 가정 교사, 요리사, 작은 사립 학교 교장으로 일하며 돈을 벌었다. 그러나 늘 돈에 쪼들렸고, 가족이나 친구랄 사람도 거의 없었으며, 미래는 극도로 불안정했다.

그러나 어머니는 못 말리는 낙관주의자였기에 그런 어머니가 좋아하는 책에도 모든 게 결국 잘되리라는 확신이 묻어났다. 그리고 정말 그렇게 되기도 했다. 나는 미스 페티그루와 함께 성장했다. 함께 옥스퍼드대학교에 갔고, 런던에서 대학 강사를 하던 시절에도, 그러다 마침내 케임브리지대학교에서 은퇴 생활을 보내게 되었을 때도 함께였다. 그리고 그곳에서 '어머니가 가장 좋아하는 책'을 동료 교수에게 빌려주게 되었다. 그는 책에 푹 빠져 강의 시간에 언급하기에 이르렀고, 어느 비 오는 날에는 기분 전환 삼아 이 책을 다시 읽겠다고 대학 도서관에 찾아가기도 했다.

그러니까 『미스 페티그루의 어느 특별한 하루』는 비단 어머니를 향한 효심으로 추천하는 책 이상의 매력이 있다. 몇 주가 지나고 또다시 날씨가 찌뿌둥했던 어느 날, 우편함에 《페르세포네 계간지》가 와 있길래 읽어보니 마침 출판사가 작품 출간 제안을 받는다고 했다. 나는 기쁜 마음으로 페르세포네 출판사에 이메일을 보냈고, 얼마 후 우리 집 가보를 들고 그레이트 서튼 스트리트에 위치한 출판사를 직접 방문했다. 이 소설은 거기서도 열띤 반응을 얻었고, 나는 서문을 써달라는 의뢰를 받았다. '참 재미있는 일'이라고 생각하며 득의양양하게 대학 도서관으로 향했다. 위니프레드 왓슨은 1930년대와 1940년대 초반에 걸쳐 여섯 편의 소설을 발표했다. 그러니 당연히 어렵지 않게 관련 자료를 찾을 줄 알았다.

아, 그런데 착각이었다. 그의 책들에 관한 서평은 별 도움이 되지 않았고, 메튜엔 출판사가 보관한 기록물들은 전쟁통에 사라지고 없었다. 작가 인생에 관한 정식 자료도 마땅치 않았다.

한마디로 건질 게 없었다. 다행히 도서관 측에서 소설들의 원본 겉표지를 확인해 주었고, 그 결과 위니프레드가 소설가가 되기 전 뉴캐슬에서 타자수로 일했었다는 정보를 건졌다. 그래서 뉴캐슬 중앙도서관에 연락해 보았으나 무척 호의적인 사서들도 이렇다 할 정보는 주지 못했다. 그래도 위니프레드가 결혼하고 얻은 성씨와 1974년도에 이사 간 집의 주소를 알 수 있었다. 통신사 브리티시 텔레콤의 협조로 그 집에 전화를 걸어 위니프레드 왓슨의 행방을 물었다. 그런데 정말 놀랍게도, 또 참 반갑게도, 딱딱한 뉴캐슬 억양으로 "전데요"라는 대답이 돌아왔다.

그렇게 인터뷰 약속을 잡았고, 내가 뉴캐슬로 가서 두 시간 가까이 위니프레드 왓슨과 이야기를 나눴다. 아흔세 살이 된 위니프레드는 거의 일평생을 보낸 제스먼드에서 여전히 살고 있었으며, 독자라면 누구나 짐작할 수 있듯이 활기차고 매력적이며 명민했다. 위니프레드는 자신이 더없이 평범하고 따분한 삶을 살았다고 했는데, 여섯 편의 소설 중 가장 애착이 가는 작품은 언제나 『미스 페티그루의 어느 특별한 하루』라고 했다.

위니프레드 왓슨은 1906년 유복한 집안에서 태어났다. 아버지는 노동자들에게 음식을 파는 가게를 게이츠헤드에 한 곳, 뉴캐슬에 세 곳 소유한 사업가였다. 위니프레드의 설명에 따르면, 당시 노동자들은 도심 '대형 상점'에 편히 드나들 수 없어서 지역마다 노동자들이 이용하는 가게들이 따로 있었다. 『미스 페티그루의 어느 특별한 하루』에 이어 발표한 소설 『삼단뛰기Hop, Step, and Jump』1939에 드러난, 빈곤한 도시 노동자들을 향한 절절한 연민은 아마도 이와 관련이 있을 것이다. 그러나 전쟁이 터지기 전 제스먼드에서 젊은 시절을 보낸 위니프레드의 삶은 안전하고 행복했다. 위니프레드에게는 언니 둘과 쌍둥이 남동생들이 있었다. 위니프레드와 언니들은 베릭어폰트위드에 있는 세인트 로넌 기숙 학교에서 공부했다. 이후 위니프레드는 상업 전문학교에 진학해 졸업 후 비서가 되었다. 첫 직장에서는 맡은 일이 거의 없었기에 소설을 실컷 읽을 수 있었다. 그러던 어느 날 언니가 무슨 책을 읽냐고 묻길래 위니프레드는 형편없는 책이라며 자신이 더 잘 쓸 수 있을 것 같다고 답했다. 그 말을 들은 형부가 그러면 한번 직접 써보라고 부추겼다. …… 그렇게 그녀는 오전 근무 시간을 할애해 첫 소설인 『언덕 꼭대기Fell Top』1935를 집필하기 시작했다.

두 번째 직장에서는 글을 쓸 여유가 생기지 않아 『언덕 꼭대기』 집필을 잠시 밀어두어야 했다. 그러다 우연히 그의 언니가 신진 소설가의 원고를 받는다는 에이전시 공고를 보았다. 위니프레드는 주변의 조언대로 일단 두 번째 소설까지 완성해 두었다고 에이전시 측에 말했고, 그렇게 총 네 권의 책을 내기로 계약했다. 아직 세상에 존재하지도 않는 두 번째 소설을 써야 했던 위니프레드는 1935년 6월에 올릴 예정이었던 결혼식을 1월로 앞당겨 치렀고, 여름 내내 새 소설 『이상한 신발Odd Shoes』1936을 쓰는 데 매진했다. 위니프레드는 결혼 후에도 처녀 적 이름으로 계속 글을 썼다. 그의 남편은 아내의 집필 활동을 자랑스러워하며 전폭적으로 지원했던 모양이다.

『언덕 꼭대기』는 유행에 충실한 전원 소설로, 작가 스텔라 기븐스가 『콜드 컴포트 농장Cold Comfort Farm』1932에서 조롱한 부류였으나 신진 소설가에게는 즉각적인 명성을 가져다주었다. 이 소설은 남녀 사이 질투와 살인을 다룬 어두운 이야기로, 음울한 힘을 발산하며 독자들에게 인상을 남겼다. 게다가 젊은 무명작가의 작품이며, 홍보 사진으로 보아 그녀가 매우 아름다운 젊은 여성이라는 점도 관심을 끌었다. 메튜엔 출판사는 당시 뉴캐슬의 최고급 레스토랑이었던 틸리스에서 『언덕 꼭대기』출간 기념 오찬회를 열었다. 런던의 출판사가 뉴캐슬에 와서 그런 행사를 연 것은 그때가 처음이었다. 신진 작가의 사진이 일대 신문을 도배했고, 지역 인사들이 오찬회에 참석했다. 당시 메튜엔 출판사 사장이었던 고전문학자 E. V. 리우까지 뉴캐슬을 방문해 위니프레드 왓슨에게 힘을 실어주었다. 이 소설은

• 당시 영국에서는 자연주의·감정주의적인 전원 소설이 크게 유행했는데, 작가이자 저널리스트였던 스텔라 기븐스는 『콜드 컴포트 농장』을 통해 전원 소설에서 자주 사용되던 클리셰들을 패러디하며 이를 풍자했다.

이후 라디오 드라마로도 각색되었다. 두 번째 소설 『이상한 신발』이 1936년에 출간되었을 때도 틸리스에서 오찬회가 열렸다. 19세기 중엽 뉴캐슬을 배경으로 한 작품이었는데, 이 역시 촉망받는 젊은 작가의 작품으로 호평받았다.

전원 소설과 역사 소설을 한 권씩 발표한 위니프레드 왓슨은 다음 소설에서 극적으로 방향을 틀었다. 『미스 페티그루의 어느 특별한 하루』 초고를 읽은 메튜엔 출판사는 당황했다. 그들이 바란 것은 예전처럼 옛날 시골을 배경으로 열정적인 사건들이 벌어지는 '여자들의 소설'이었기 때문이다. 가정 교사와 나이트클럽 가수가 등장하고 코카인, 칵테일, 코믹이 난무하는 웨스트엔드˙ 판타지는 예상 밖이었다. 위니프레드는 메튜엔 출판사가 오판하는 것이라고 항의했지만, 결국 에로틱한 전원 소설 『저곳으로Upyonder』1938를 집필해 넘겼다. 한 비평가는 이 소설을 혹평하며 "일부 대화와 사건은 음란할 뿐 아니라 추잡하기까지 해서 독창적인 플롯의 가치를 훼손한다"라고 비판했다. 두 소설이 1938년에 나란히 출간되었을 때 『미스 페티그루의 어느 특별한 하루』가 얻은 반응은 작가의 판단이 옳았음을 증명했다. 소설은 미국판으로 출간된 데 이어 프랑스어로 번역되

˙ 런던 중심가의 극장 밀집 지역으로, 뉴욕의 브로드웨이와 함께 세계적인 연극·뮤지컬의 성지로 꼽힌다.

었고, 독일어로 번역해 출간하고 싶다는 요청도 있었다. 위니프레드는 그러자는 답신을 보냈으나, 그 편지가 독일에 도착할 때쯤 영국과 독일이 전쟁에 돌입하리라는 것을 알았다. 그리고 예상은 비껴가지 않았다.

『저곳으로』를 난잡하다고 혹평한 비평가가 『미스 페티그루의 어느 특별한 하루』를 어떻게 평가했을지는 생각만으로도 두려워진다. 이러한 방향 전환은 위니프레드 왓슨의 전작들에 전혀 암시되어 있지 않았으므로 메튜엔 출판사 독자들에게는 뜻밖의 변화였다. 특히 놀라운 점은 시간순으로 진행되는 플롯이 순수하게 재미있고 명랑하며 매혹적인 판타지를 그리고 있다는 것이다. 마치 프레드 아스테어*의 영화를 감상하는 듯한 재미를 준다. 세련됨과 순수함을 번갈아 보여주는 『미스 페티그루의 어느 특별한 하루』는 대담무쌍함이 또 무척이나 매력적이다. 미스 페티그루는 나무랄 데 없이 미덕을 지키고 사는 사람이지만, 이내 그걸 후회하며 두 조언가에게 마음을 빼앗긴다. 라포스 양은 여러 연인과 사랑을 나누고(그리고 아마 족보에 올리지 못한 자식을 한 명도 아니고 두 명이나 두었고), 뒤바리 양은 런던에서 제일가는 미용실 주인인데 "'결혼 아니면 안 돼' 식으로 나가면 보통은 다들 결혼해 줘요. 거기다 나는

---

* 미국의 전설적인 무용가이자 가수 겸 배우로 여러 탭댄스 영화에 출연해 인기를 끌었다.

운이 아주 좋았어요. 열심히 추켜세워 줬더니만 정신을 못 차리더라고요. 결국 그이는 근사한 묘비를, 나는 미용실을 갖게 됐어요"라고 자랑하는 인물이다. 소설은 이런 식으로 전개된다. 톡톡 튀는 대화가 이어지고, 시골 말씨는 찾아볼 수 없으며, 비대한 내면 고백도 나오지 않는다. 소설가가 자기 스타일을 찾은 것이다. 눈이 휘둥그레지는 1930년대 나이트클럽과 화려한 야회복, 까무러칠 만큼 잘 차려입은 남자들, 이 모든 것이 작품 속에서 생명력을 얻고 생생히 표현된다. 하지만 위니프레드 왓슨은 살면서 한 번도 나이트클럽에 가본 적이 없다고 한다. "글을 쓸 때 상황이 그럴싸하다 싶으면 사람들은 믿더군요"라고 그는 말했다.

전쟁이 발발했을 무렵 위니프레드 왓슨은 다섯 번째 소설 『삼단뛰기』 집필을 마무리 지었다. 이 역시 『신데렐라』를 변형한 작품인데, 궁상맞은 동시대 도시를 배경으로 『미스 페티그루의 어느 특별한 하루』에서 보여준 것과 같은 낙관주의와 유머를 버무렸다. 전작과 마찬가지로 술술 읽힌다. 1943년에 발표한 마지막 소설은 동시대 런던과 인근 지방의 상류층을 배경으로 살인 미스터리를 다루는 동시에 심리를 깊이 파고든다.

마지막 소설 『떠나고 남겨지는 것 Leave and Bequeath』 1943은 위니프레드가 "숱한 친절을 베풀어주신 것에 감사하며" 시어머니에게 헌정한 작품이다. 그런데 그 이면에는 절필이라는 현실이 있다. 1943년 이후로 위니프레드는 어떤 책도 출간하지 않았고 집필하지도 않았다. 120쪽짜리 미완성 소설이 한 편 있기는 하지만 지금은 소실되었다. 고심 끝에 내린 결정은 아니었고 순전히 주변 상황 때문이었다. 전쟁 중이던 어느 날 저녁, 위니프레드는 어린 아들 키스와 함께 집에 있었는데, 키스가 위층 방에서 도통 잠들지 않아 아이를 거실로 데리고 왔다. 그는 소파에서 빙긋빙긋 웃는 아들을 보고 있다가 폭격 소리를 들은 순간을 생생히 기억한다. 폭격이 가해진 곳은 키스의 방이었다. 아이 방에 있는 벽난로가 침대를 덮쳤고 이웃집들에서는 몇 명이 죽기까지 했다. 그러나 아래층에 있었던 그의 아들은 살아남아 무럭무럭 자랐고, 결혼해 자식을 둘 낳았다. 그 시절 폭격을 맞는다는 것은 집을 잃는다는 뜻이었다. 위니프레드는 이렇게 말했다. "그 시절 내 어머니 세대 여자들은 혼자 살아간다는 생각 자체를 못 했어요. 방법을 몰랐죠." 위니프레드의 시어머니는 결혼한 자기 딸과 살림을 합쳤고, 위니프레드도 그 집에 들어가 나중에는 자기 어머니인 왓슨 부인까지 함께 살았다. 그리고 그렇게, 그의 집필 활동은 끝났다. 이렇게 말하는 위니프레드는 서글픈 기색 하나 없이 무덤덤했다. "혼자 있는 시간이 없으면 글을 쓸 수 없잖아요." 6년 후 다시 제집을 갖게 되었으나, 그때는 이미 때를 놓친 후였고, 위니프레드도 별다른 미련 없이 글쓰기를 포기할 수 있었다. 글쓰기라는 것이 자기 인생의 한 시절에만 속한 일이었던 것처럼.

위니프레드 왓슨이 발표한 여섯 편의 소설은 크게 두 범주로 나뉜다. 세 편은 19세기 북부 지방을 배경으로 했고, 나머지 세 편은 동시대가 배경이다. 그런데 작품들을 차례대로 읽다 보면 얼마나 다른지가 눈에 들어온다. 전원 소설, 역사 소설, 코믹 판타지, '가난한 여자의 성공 이야기' 그리고 복잡한 집안 사정과 얽힌 전시戰時 살인 미스터리까지 다양하다. 그러나 여자들의 삶에 주목하고 그들이 온갖 고난과 시련 끝에 필연적으로 행복한 결말을 맞이한다는 점에서 공통된 주제를 담았으며 그 시대 '여자들의 소설'의 전형을 보여준다.

올해 초 만난 위니프레드 왓슨은 여자들은 여자들의 소설을, 남자들은 남자들의 소설을 읽어야 한다고 단호히 말했다. 아마 지금보다 그가 글을 쓰던 시절에 더 유효한 말일 것이다. 위니프레드의 소설은 플롯을 중심으로 전개된다. 그는 집필을 시작하기 전에 이미 어떤 사건이 일어날지를 정확히 정해놓고 시작했다. 본질적으로 그의 소설은 도서관에서 빌려 재미있게 술술 읽고 반납할 수 있는 이야기들이다. 위니프레드가 자신이 *이것*보다 더 잘 쓸 수 있다고 큰소리치고 그러면 한번 써보라고 권유받았을 때 상상했던, 바로 그런 이야기들 말이다. 위니프레드 왓슨의 소설 중 북부 지방을 배경으로 한 작품들은 여러모로 캐서린 쿠슨*의 등장을 예고한다. 두 작가 모두 성性과 가족을 둘러싼 갈등을 고조시켜 풀어내면서 관습과 법을 조롱하는 한편, 여자들의 생존, 더 나아가 번영을 이야기한다. 쿠슨이 젊은 시절에 위니프레드 왓슨의 소설을 읽었다는 증거는 아직 발견하지 못했지만, 1930년대 뉴캐슬에서 그의 소설이 얼마나 인기였는가를 생각하면 읽지 않은 게 오히려 이상한 일이다.

위니프레드 왓슨의 소설들을 관통하는 주제는 여자들이 두 번째 기회를 얻고 변화에 적응하며 계속 앞으로 나아간다는 것이다. 위니프레드 왓슨이 여러 장르를 실험하며 발전했듯이 말이다. 작가로서 그의 특징이 바로 방향 전환이었다. 그러다 결국은 작가를 그만두는 쪽으로까지 방향을 바꾸었다. 나는 아쉬운데, 그는 그렇지 않은 모양이다. 위니프레드는 내게 이렇게 말했다. "나는 참 행복하게 살았어요." 그리고 『미스 페티그루의 어느 특별한 하루』라는 참 행복한 소설을 남겼다.

2000년 케임브리지에서

헨리에타 트와이크로스-마틴

---

* 1950년대부터 왕성하게 활동하며 대중적으로 큰 성공을 거둔 영국의 로맨스 소설 작가.

차례

서문 |
코카인, 칵테일, 코믹이 난무하는 웨스트엔드 판타지   5

1. 09:15 AM ~ 11:11 AM   19

2. 11:11 AM ~ 11:35 AM   39

3. 11:35 AM ~ 12:52 PM   57

4. 12:52 PM ~ 01:17 PM   83

5. 01:17 PM ~ 03:13 PM   101

6. 03:13 PM ~ 03:44 PM   117

7. 03:44 PM ~ 05:02 PM   143

8. 05:02 PM ~ 06:21 PM   169

9. 06:21 PM ~ 07:25 PM   199

10. 07:25 PM ~ 08:28 PM   223

11. 08:28 PM ~ 12:16 AM   253

12. 12:16 AM ~ 01:15 AM   269

13. 01:15 AM ~ 02:03 AM   293

14. 02:03 AM ~ 03:06 AM   309

15. 03:06 AM ~ 03:47 AM   333

16. 03:47 AM ~   ?   353

옮긴이의 글 |
존재 자격을 의심받지 않고 받아들여진 사람은 얼마나 빛날 수 있는가   366

일러두기

- 이 책에 나오는 인명, 지명을 비롯한 외래어는 국립국어원의 외래어표기법을 따랐으나, 몇몇의 경우 일상적으로 널리 쓰이는 용례를 참고하여 반영하였습니다. 다만, 이 책 내에서 저자가 창작한 지명 및 인명의 경우 편집부의 판단에 따라 표기하였습니다.

- 본문에 나오는 이탤릭체(기울임체)는 원서를 그대로 반영한 것입니다.

- 본문 하단에 있는 주는 모두 옮긴이의 것입니다.

- 책 제목은 겹낫표『』로, 잡지의 경우 겹화살괄호《》로, 노래 · 연극 · 영화 제목은 홑화살괄호〈〉로 표기하였습니다.

1. 09:15 AM ~ 11:11 AM

미스 페티그루는 시계가 아홉 시 십오 분을 가리켰을 때 직업소개소 문을 밀고 들어갔다. 평소처럼 희망이랄 것은 거의 없었지만 웬일인지 오늘따라 소장이 평소보다 쾌활하게 웃으며 반겨주었다.

"아! 페티그루 씨. 오늘은 당신에게 맞는 일이 있을 것 같아요. 퇴근하고 밤새 두 건이 들어왔거든요. 어디 보자. 아, 그렇지! 힐러리 부인이 가정부를, 라포스 양이 보모 겸 가정 교사를 구한다네요. 흠! 둘이 바뀐 것 아니냐고 생각하겠지요. 하지만 진짜랍니다! 아마도 라포스 양은 고아가 된 조카를 입양한 이모쯤 되는 사람인가 보죠, 뭐."

소장이 페티그루에게 자세한 정보가 적힌 카드를 건넸다.

"여기요. 온슬로 맨션 5호로 가서 라포스 양을 찾으세요. 약속 시간은 오늘 열 시 정각이에요. 좋은 결과가 있을 거예요."

"어머, 고맙습니다." 페티그루는 안도한 나머지 숨이 넘어갈 것처럼 가냘프게 말하며 건네받은 카드를 꽉 쥐었다. "거의 포기했었거든요. 요즘 가정 교사 자리가 많지 않잖아요."

"많지 않죠." 홀트 소장이 장단을 맞췄다. 그리고 페티그루가 문을 닫고 나가자 속으로 생각했다. '저 여자를 보는 게 이번이 마지막이면 좋겠어.'

거리로 나온 페티그루는 미세하게 몸을 떨었다. 쌀쌀하고 잿빛 안개가 뿌연 11월, 하늘에서는 보슬비가 내렸다. 밋밋하고 추레한 갈색 외투는 그리 두툼하지 않았다. 오 년 전 장만한 것이었다. 런던의 차들이 사방에서 으르렁댔다. 보행자들은 울적한 바깥 공기로부터 되도록 빨리 벗어나려고 목적지로 걸음을 재촉했다. 페티그루도 인파에 뒤섞였다. 그녀는 조금 수척한 인상의 중년 여인이었다. 키는 보통이었는데 좋은 음식을 먹지 못해 야위었고, 소심하고 기죽은 표정을 짓고 있었으며, 누구든 굳이 들여다본다면 두 눈에서 제법 또렷이 공포심을 읽어낼 수 있었다. 하지만 페티그루가 살았는지 죽었는지 소식을 챙기거나 신경 쓰는 친구나 가족은 온 세상을 뒤져도 없었다.

페티그루는 버스 정류장에서 버스를 기다렸다. 버스를 타고 다닐 형편은 아니었으나 약속에 늦어 돈 벌 기회를 날려버릴 형편은 더더욱 아니었다. 버스에서 내려 온슬로 맨션까지는 걸어서 약 오 분이 걸렸다. 목적지 앞에 다다랐을 때는 정확히 열 시가 되기 칠 분 전이었다.

맨션 건물은 어찌나 고급스럽고 호화로운지 사람 기를 납작하게 죽였다. 페티그루는 자신의 초라한 행색과 다 시들어버린 품위, 그리고 구빈원에 가야 할지도 모른다는 두려움 속에 몇 주를 보내며 용기마저 잃어버렸다는 것을 뼈저리게 깨달았다. 그녀는 속으로 기도를 올렸다. '오, 주님! 당신의 자비로움을 의심한 과거의 저를 부디 용서하시고 제발 도와주세요.' 그리고 한마디를 덧붙였다. 맑은 정신에 그렇게 솔직한 고백을 털

어놓기란 난생처음이었다. '이번이 제 마지막 기회인 것을 주님도 아시고, 저도 알지요.'

건물 안으로 들어가자 홀을 지키는 수위가 수상쩍게 그녀를 살폈다. 벨을 누르고 승강기를 타기에는 용기가 나지 않아 중앙 계단을 올랐고, 두리번거린 끝에 5호실을 발견했다. 작은 문패에 미스 라포스라는 이름이 적혀 있었다. 그녀는 어머니에게 물려받은 손목시계를 보며 기다리다가 정확히 열 시 정각이 되었을 때 초인종을 눌렀다.

답이 없었다. 페티그루는 다시 초인종을 눌렀다. 기다렸다가, 또 한 번 눌렀다. 평소 이렇게까지 적극적인 성격은 아니지만 두려움에 절박한 용기가 솟았다. 초인종을 눌렀다가 기다렸다가 한 지 오 분이 흘렀다. 벌컥 문이 열렸고, 문가에는 젊은 여자가 서 있었다.

페티그루는 숨이 턱 막혔다. 눈앞의 여자는 보자마자 스크린 속 미녀들이 떠오를 만큼 대단히 아름다웠다. 구불구불한 황금빛 머리칼이 부스스하게 얼굴에 붙어 있었다. 용담꽃처럼 파란 눈에는 여전히 잠기운이 그득했다. 뺨은 젊음의 사랑스러운 장밋빛으로 발그레했다. 여자는 평범한 실내복이 아니라 최고로 잘나가는 영화배우가 상대를 유혹하는 장면을 찍을 때 입을 것 같은 하늘하늘한 가운을 걸치고 있었다. 페티그루는 스크린 속 젊은 여자들이 어떤 옷을 입고 어떻게 행동하는지 꿰고 있는 사람이었다.

따분하고 처량한 인생이지만 그녀가 분수 넘치게 즐기는 취미가 하나 있다면 그건 바로 매주 영화관에 가는 것이었다. 거기서 두 시간이 넘도록 아리따운 여자들, 잘생긴 남자 주인공들, 매혹적인 악당들, 매력 넘치는 고용주들이 등장하는 마법의 세상을 살다 나왔다. 그 세상에서는 못된 부모와 형편없는 애들이 깨어 있는 매 순간 그녀를 놀리고 괴롭히고 겁주고 들볶는 일이 없었다. 현실에서 그녀는 실크, 새틴, 레이스로 된 *네글리제*를 입고 아침을 먹으러 나오는 여자를 한 명도 본 적이 없다. 그런데 영화에서는 *모두가* 그런 차림이었다. 그런 아름다운 모습의 여자를 실물로 보다니 믿기 힘들었다.

하지만 페티그루는 그 모습에서 두려움을 읽었다. 문을 열었을 때 젊은 여자의 얼굴은 불안한 기색으로 굳어 있었다. 그러나 페티그루를 보고는 안도하여 서서히 환해졌다.

"다름이 아니라……." 페티그루가 떨리는 마음으로 입을 열었다.

"지금 몇 시죠?"

"제가 초인종을 처음 눌렀을 때가 열 시 정각이었어요. 라…… 라포스 양께서 정한 약속 시간 맞죠? 오 분 정도 초인종을 눌렀

• 얇은 천으로 만든 여성용 원피스 잠옷.

으니 이제 열 시 오 분이겠네요."

"세상에나!"

페티그루에게 질문한 여자가 화들짝 놀라더니 몸을 돌려 집으로 들어갔다. 들어오라는 말은 없었지만, 교양 있게 자란 숙녀가 궁핍해지게 생겼다는 것은 실로 중대한 위기였기에, 페티그루는 용기를 내어 안으로 들어가 문을 닫았다.

'면접이라도 보게 해달라고 하자.' 페티그루는 생각했다.

여자의 옷자락이 방문 너머로 휙 사라지더니 다급한 목소리가 들려왔다. "필, 필. 이 게으름뱅이 같으니. 일어나요. 벌써 열 시 반이야."

'과장을 좀 하는군.' 페티그루는 생각했다. '애들 교육에 좋지 않아.'

그녀는 그제야 주변을 둘러보았다. 화려한 쿠션이 그보다 더 화려한 의자들과 체스터필드 소파를 꾸미고 있었다. 바닥에는 독특하고 초현대적인 무늬의 짙은 벨벳 카펫이 깔려 있었다. 창문에 드리운 커튼은 기가 막히게 고급스러웠다. 벽에 걸린 그림들은…… 그다지 점잖지 못하다고 페티그루는 결론지었다. 벽난로 위 선반, 테이블, 진열대들에 온갖 색깔과 모양의 장식품이 올라가 있었다. 어느 것 하나 통일성 있게 어우러지지 않았다. 그저 모든 것이 놀라울 만큼 이국적인 화려함을 뽐내 숨이 막힐 지경이었다.

'숙녀의 집은 아니로군.' 페티그루는 생각했다. '내 어머니께서 선택하셨을 법한 집은 *아니야.*'

'그래도……. 그래, 맞아! 홀연히 방에 들어간 아리따운 여자와는 완벽하게 어울리는 집이야.'

페티그루는 근엄한 눈빛으로 탐탁하지 않게 주변을 살폈지만 내심 묘하게 마음이 들떴다. 이런 집이야말로 누군가 일을 저지르고, 이상한 사건이 벌어지고, 방금 그녀에게 대뜸 질문을 던진 여자처럼 근사한 사람들이 생생하고 짜릿하고 아찔한 삶을 살아가는 곳 아닐까?

이런 엉뚱한 생각에 사로잡히다니, 당황한 페티그루는 엄중히 마음을 다잡고 다시 현실로 돌아왔다.

'애들은 어쩐다.' 페티그루는 곰곰이 생각했다. '어떻게 이런 집에서 애들을 가르치고 함께 놀아준담? 저런 쿠션에 잉크나 얼룩이 묻기라도 하면 큰일이겠는데.'

페티그루는 아마도 침실인 듯한 방에서 격하게 실랑이하는 소리를 들었다. 웬 남자가 낮은 목소리로 애교스럽게 툴툴댔다.

"다시 누우라니까 그러네."

그러자 라포스 양이 까랑까랑한 목소리로 타일렀다.

"싫어요. 더 자고 싶대도 어쩔 수 없어요. 나는 잠은 다 달아났고, 아침에 할 일이 태산이거든요. 아침 내내 여기 누워서 코를 골 생각은 하지 말아요. 이 방도 청소해야 하니까."

이윽고 문이 열리며 라포스 양이 다시 등장했다. 곧바로 남자가 따라 나왔다. 입고 있는 실크 실내복의 색깔이 어찌나 화려한지 페티그루는 눈을 껌뻑였다.

페티그루는 떨리는 손으로 핸드백을 움켜쥐고 서서, 여기 왜 있느냐는 매정한 질문을 기다렸다. 초조하고 두려워 열이 올라 땀이 살짝 났다. 그녀는 늘 면접에 젬병이었다. 전투를 시작하기도 전에 덜컥 겁부터 났고, 처음부터 패배하고 절망적인 기분을 느꼈다. 이런 사람들은 물론이고 고용주라면 누구든⋯⋯ 다시는 돈을 주며 그녀에게 일을 시킬 리 없었다. 그녀는 쫓겨나리라고 지레짐작하며 겁에 질렸지만 그래도 최대한 기품 있게 서서 평정심을 지켰다.

젊은 남자는 놀라는 기색 하나 없이 붙임성 좋게 그녀를 살폈다.

"안녕하세요."

"안녕하세요." 페티그루도 인사했다.

온몸에 힘이 빠져 의자에 그냥 털썩 주저앉았다.

"이 여자가 그쪽도 침대에서 내쫓았군요?"

"아뇨." 페티그루가 대답했다.

"놀랍네요. 이렇게나 차려입고 일찍부터 나와 계시다니요."

"열 시 하고도 십삼 분이 지났는데요." 페티그루가 진지하게 대꾸했다.

"아! 밤을 새우셨구나. 나는 밤새도록 흥청망청 노는 걸 좋아하지 않아요. 잠이 많거든요. 잠을 못 자면 온종일 정신을 못 차려요."

"저는 밤을 새우지 않았는데요." 페티그루는 조금씩 당황스러워졌다.

"이래서 여자들이 존경스럽다니까요."

페티그루는 단념했다. 이렇게 현란한 대화 솜씨를 그녀는 당해내지 못했다. 그녀는 남자를 유심히 관찰했다. 말쑥하고 깔끔하고 활기찬 인상이었고, 갈색 눈은 총명하고 촉촉했으며, 머리칼은 짙었다. 오똑한 코와 도톰한 입술이 특징이었는데, 만만하게 갖고 놀 상대가 아닌 듯 보이면서도 한편으로 사람들이 즐거워하면 기꺼이 함께 즐길 것 같은 분위기를 풍겼다.

'그리고 틀림없이 조상 중 *유대인*이 있을 것 같아.'

남자는 누구에게 말하는지 모르겠으나 대화를 거는 투로 말했다.

"그래, 당신은 급해서 오렌지 주스 한 잔이면 될지 몰라도 나는 아니야. 나는 배가 고프다고. 아침을 먹고 싶어."

"아침을?" 라포스 양이 당황했다. "아침이라! 알다시피 우리 집 가정부가 관뒀잖아요. 나는 요리를 못 하고. 삶은 달걀 말고는 *아무것도* 못 만들어요."

"삶은 달걀은 질색인데."

라포스 양이 페티그루를 힐끔 쳐다보았다. 그녀의 표정은 점점 애원하듯 간절해졌다.

"요리할 줄 아세요?"

페티그루가 자리에서 일어났다.

"제가 어렸을 때 아버지께서 그러셨어요. 아버지가 아는 사람 중에 제가 어머니 다음으로 요리를 잘한다고 말이에요."

라포스 양의 얼굴이 기쁨으로 환해졌다.

"그럴 줄 알았어요. 처음 봤을 때부터 믿음직한 분이란 걸 바로 알았다니까요. 나는 아니에요. 할 줄 아는 게 하나도 없어요. 저 문으로 가면 주방이에요. 거기 다 있을 거예요. 서둘러 줄래요? 제발 서둘러 줘요."

우쭐하기도 하고, 당황스럽기도 들뜨기도 한 페티그루는 문으로 향했다. 그녀는 자신이 믿음직한 사람이 *아니*라는 것을 알았다. 하지만 그건 이제껏 모두가 당연하게 그녀를 무능력한 사람으로 넘겨짚었기 때문인지도 몰랐다. 각자에게 어떤 능력이 숨어 있는지 누가 알겠는가? 페티그루는 고개를 빳빳이 들고 눈을 반짝이며 설레는 마음으로 주방에 들어갔다. 뒤쪽에서 라포스 양의 목소리가 이어졌다.

"이제 가서 면도도 하고 옷도 갈아입어요, 필. 그러고 나면 아침 식사가 준비됐을 거예요. 식탁은 내가 차리면 되니까."

페티그루는 주방을 둘러보았다. 모든 게 최신식이었다. 타일

벽, 냉장고, 전기 오븐, 차고 넘치는 식료품 저장실까지. 하지만 페티그루는 생각했다. '어머나, 정신이 하나도 없네! 청결하지도 않고. 이곳을 누가 관리했는지는 몰라도…… 칠칠치 못한 여자구나.'

그녀는 외투와 모자를 벗고 요리하기 시작했다. 얼마 안 있어 구운 햄과 달걀, 커피 냄새가 향긋하게 가득 퍼졌다. 전기 토스터를 발견해 딱 맞는 자리에 토스트도 채워 넣었다. 그녀는 다시 거실로 나갔다.

"다 되었습니다, 라포스 양."

고마워하는 라포스 양의 얼굴에 환한 미소가 걸렸다. 어느새 그녀는 머리를 빗질하고 암적색 립스틱에다 가볍게 분까지 발라 얼굴에 화색이 돌았다. 우아한 실크 *네글리제*는 그대로였는데, 그 모습이 숨 막히게 아름다워 페티그루는 이런 생각까지 했다. '이러니 필이 다시 침대에 눕히려 했지.' 그녀는 순결한 자기 마음에 이런 생각이 잠깐이라도 스친 것에 소스라칠 만큼 부끄러워졌고, 난감해하며 얼굴을 붉혔다. '*미스 라포스잖아. 그럴 리 없어.*'

"어머." 라포스 양이 걱정스럽게 말했다. "얼굴이 붉어졌네요. 뜨거운 화구 앞에서 요리하느라 그렇구나. 내가 이래서 요리를 절대 안 배운다니까요. 안색을 *망치잖아요*. 미안해서 어쩌죠?"

"괜찮습니다." 페티그루가 담담히 말했다. "제 나이가 되면…… 안색 같은 것은 중요하지 않거든요."

"중요하지 않다뇨!" 라포스 양이 충격을 받아 소리쳤다. "안색은 *언제나* 중요해요."

그때 필이 나타났다. 이제 옷을 다 갖춰 입은 그는 요란하게 반짝이는 보석 반지를 여러 개나 끼고 있었다.

'미적 감각은 꽝이네.' 페티그루는 생각했다. '신사라면 절대 저런 반지들을 끼지 않아.'

"하!" 필이 감탄했다. "식사 냄새를 맡으니 배가 얼른 달라고 난리네요. 솜씨 좋은 분이시군요."

페티그루는 행복하게 미소 지었다.

"입맛에 맞으시면 좋겠어요."

"당연히 맞고말고요. 이 여자는 할 줄 아는 게 없는 왈가닥이지만 다행히 쓸모 있는 친구를 두었군요."

필이 서글서글하게 웃어 보였다. 페티그루는 불쑥 주제넘지만 솔직한 심정으로, 그가 마음에 든다는 사실을 인정했다.

'마음에 들어.' 그녀는 충격에 빠진 내면의 또 다른 자신을 단호히 외면했다. '상관없어. 나는 이 남자가 마음에 들어. 그다지…… 세련된 과는 아니지. 하지만 착하잖아. 이 남자는 내가 초라하고 가난해 보여도 신경 쓰지 않아. 숙녀인 나에게 자기 나름의 방식으로 예의를 차리고 있어.'

이건 아마도 필이 여태껏 그녀가 만난 남자들과 다르기 때문이었을 것이다. 필은 신사가 아니었다. 하지만 그가 유쾌하게 던지는 농담에는 그녀로 하여금 순간적으로 긴장을 풀고 행복과 자신감을 느끼게 하는 구석이 있었다. 지금까지 그녀가 남자들에게서 겪은, 정중하지만 여지를 허락하지 않는 공손함으로는 결코 그런 감정을 느낄 수 없었다. 그때 라포스 양이 말을 건넸다.

"당신 자리도 차렸어요. 아침을 먹고 왔어도 이 시간에 근사한 커피 한 잔쯤은 *절대* 마다할 수 없죠."

"어머!" 페티그루는 감동하여 말했다. "어쩜…… 친절하기도 하셔라."

그녀는 갑자기 울고 싶어졌지만, 그러지 않았다. 도리어 놀랍게도 고개를 빳빳이 들고 당당하게 말했다.

"이제 두 분이 앉아 계시면 제가 아침을 내올게요. 다 준비되었답니다."

필은 맛있게 아침을 먹었다. 자몽, 햄과 달걀, 마멀레이드를 바른 토스트, 과일을 느긋하게 해치웠다. 그러더니 편하게 의자에 기대어 앉아 주머니에서 독해 보이는 궐련갑을 꺼냈다.

"젠장, 미안합니다." 그가 페티그루에게 사과했다. "나눠드릴 게 없네요. 늘 챙기려고 하는데 까먹어요."

의자에 앉은 페티그루는 그의 말에 황송했고, 기쁨을 숨기지 못해 얼굴을 조금 붉히기까지 했다. 남자가 그녀를 보고 담배를 피우겠거니 생각한 것이라면, 자신이 스스로 늘 생각했던 것만큼 촌스러워 보이지는 않는다는 소리였다.

"그 고약한 것 좀 끊으면 좋겠네." 라포스 양이 투덜댔다. "냄새가 싫단 말이에요."

"습관이 무섭다니까." 필이 변명조로 말했다. "처음엔 시가가 비싸서 궐련을 샀는데, 이제 시가는 원치도 않게 되었으니."

"아, 그래요. 누구나 자기 취향이 있지." 라포스 양이 철학적으로 대꾸했다.

그러는 동안 페티그루는 여자의 섬세한 지각을 발휘해, 집주인이 웃고는 있지만 속으로 굉장히 불안해하고 있다는 것을 눈치챘다. 라포스 양이 갑자기 일어나더니 주방으로 향했다.

"커피나 더 마셔야겠다."

페티그루는 눈으로 그녀를 뒤쫓았다. 라포스 양이 문가에 멈추더니 필사적으로 도움을 청하는 신호를 보냈다. 페티그루는 일평생 연기란 것을 해본 적이 없었지만, 이번에는 훌륭하게 연기를 해냈다. 그녀는 자리에서 일어나 의심을 사지 않을 만큼만 흥겨운 투로 말했다.

"저도 가봐야겠네요. 아무래도 커피를 다 쏟으실 것 같아서."

주방에 들어가자 라포스 양이 필사적으로 그녀의 팔을 붙들었다.

"저 남자 좀 내보내 줘요. 맙소사! 어쩌면 좋아! 당장 나가라고 해요. 당신이 그러면 이상하게 생각하지 않을 거예요. 당신이라면 뭐든 할 수 있어요. 제발, 제발 저를 위해 저 남자를 내쫓아 주세요."

라포스 양은 고통스러워하며 자기 손을 비틀었다. 어여쁜 얼굴이 불안해서 새하얗게 질려 있었다. 주방에 긴박감이 고동쳤다. 이런 라포스 양의 애원을 누가 외면하겠는가. 하물며 페티그루처럼 감수성이 풍부한 사람이라면 말할 것도 없었다. 페티그루는 깊은 동정과 연민을 느꼈다. 영문은 전혀 알 수 없었지만 말이다. 한편 염려하는 마음 한구석에서 조금 양심에 찔리기는 해도 전에 몰랐던 즐겁고 짜릿한 설렘을 느꼈다. 페티그루는 생각했다. '이게 *인생*이야. 이런 인생은 살아본 적 없어.'

하지만 가엾이 여기는 것으로는 충분하지 않았다. 이 어여쁜 여자는 그녀가 뭐라도 해주기를 기대하고 있었다. 페티그루는 살면서 이런 능력을 요구받는 상황을 한 번도 맞닥뜨린 적이 없었다. 뭘 해야 한담? 머릿속으로 허겁지겁 과거의 삶을 되짚어 보았다. 어떤 경험을 활용해야 할까? 골더스 그린에서 일하며 보았던 모틀먼 부인이 떠올랐다. 부인은 한심한 자기 남편을 참 잘 다루었더랬다. 어쩌면……. 별안간 페티그루는 놀랍고도 강력한 자신감이 혈관으로 쏟아지는 것을 느꼈다. 이 아름다운 존재가 자신을 믿고 있었다. 실망을 안겨서는 안 되었다. 페티그루라고 모틀먼 부인이 못 되리라는 법이 있을까?

페티그루가 입을 열었다. "저는 살면서 악의 있는 거짓말은 해본 적이 없어요. 선의의 거짓말도 손에 꼽지요. 하지만 그까짓 것 언제든 시작하면 그만이죠."

"내가 내쫓고 싶어 한다는 걸 저 남자가 눈치채서는 안 돼요. 의심을 샀다가는 큰일 나요."

"그럴 일 없을 겁니다."

라포스 양이 두 팔로 페티그루를 껴안고 입을 맞췄다.

"아, 친절하기도 해라! 이 빚을 어떻게 갚죠? 오, 고마워요, 고마워요……. 정말 할 수 있겠어요?"

"저한테 맡겨요." 페티그루가 말했다.

라포스 양이 문가로 향했다. 페티그루는 침착하고 차분하게, 그리고 완벽하게 평정심을 유지한 채 가만히 그녀를 꾸짖었다.

"커피를 깜빡했잖아요."

페티그루가 대신 커피 주전자를 채워 거실로 돌아갔다. 가슴이 쿵쾅댔고, 뺨이 붉어졌으며, 기절할 것처럼 떨렸다. 그러나 이토록 짜릿한 순간은 난생처음이었다. 사건이 벌어지고 있었다. 라포스 양이 얌전히 뒤따라 나왔다.

페티그루는 자리에 앉아 자기 잔에 커피를 새로 따랐다. 라포스 양은 몇 분 동안 아주 태연하게 기다렸다. 페티그루는 여전히 놀랍도록 자신만만했다. 필은 이 집에서 아침을 마저 보내려는 모양이었다. 마침내 페티그루가 온화하고 호감 가는 미소를 지으며 몸을 앞으로 내밀고는 말했다.

"젊은 친구, 내가 좀 바쁜데 라포스 양과 상의할 것도 많네요. 혹시 우리 둘만 있게 나가달라고 부탁해도 되려나요?"

"무슨 일인데요?"

페티그루는 당황하지 않았다.

"오!" 살짝 조심스러운 투로 페티그루가 말했다. "여자들이 입는…… 그런 옷 때문에……."

"그렇다면 괜찮아요. 나도 그런 건 다 알아서."

"글로만 알겠지요." 페티그루가 품위 있게 대꾸했다. "하지만 실제로는…… 아닐 텐데요. 우리는 입어보기도 할 거예요."

"배우는 셈 치죠."

"농담하는군요." 페티그루가 차갑게 받아쳤다.

"알았어요." 필이 체념한 듯 말했다. "그러면 침실에서 기다릴게요."

페티그루가 살짝 우습다는 듯 고개를 저었다.

"그러고 싶다면야……. 하지만 추운 침실에서 한 시간도 넘게 기다리고 싶으신가요?"

"내내 속옷 이야기만 하지는 않을 것 아닙니까."

"여자들끼리 할 이야기가 또 있어요."

"들어서도 안 되나요?"

"안 되죠." 페티그루는 단호했다.

"왜요? 내가 들어서는 안 될 만큼 떳떳한 이야기가 아닌가 봐요?"

페티그루가 꼿꼿하게 일어섰다.

"저는 목사 집 딸입니다만."

결국 필이 한발 물러났다.

"알았습니다, 자매님. 자매님이 이기셨어요. 썩 나가드리죠."

'유치한 미국 영화들을 실컷 봐둔 보람이 있네.' 페티그루는 속으로 냉철하게 생각했다.

페티그루는 필이 외투 걸치는 것을 도왔다. 그러는 내내 라포스 양은 필이 떠나든 말든 그다지 상관없다는 듯 짐짓 무심하게 굴었다. '이런 중년 여자들의 심기는 건드리지 않는 게 나은 법이니까' 하는 식이었다. 라포스 양은 페티그루를 몰래 골려주듯이 필에게 살짝 윙크를 던졌다. 페티그루는 그 모습을 놓치지 않았다. 새롭게 눈뜬 그녀의 점잖지 못한 자아는, 라포스 양의 그 윙크가 이 비밀스런 모략에 섬세한 손길을 더했다는 데에 높은 점수를 주었다.

"그럼 잘 있어, 내 사랑." 필이 말했다. "곧 다시 보자고."

그러더니 라포스 양을 안고서 페티그루가 보든 말든 신경 쓰지 않는다는 듯 키스를 퍼부었다. 물론 그는 정말로 신경을 쓰지 않았다. 페티그루는 힘없이 주저앉았.

1. 09:15 AM ~ 11:11 AM

'세상에나!' 페티그루의 순결한 마음은 눈앞의 광경을 받아들이느라 처절히 애를 썼다. '내가 보는 앞에서…… 키스라니. 그것도 어쩜…… 저렇게나 열렬한 키스를. 정말이지 적절하지 않아.'

하지만 변덕스러운 여자 마음이란 게 홱 뒤집혀 어느새 페티그루는 라포스 양의 얼굴에 가득한 즐거움에 진심으로 공감했다. 필은 라포스 양과 나눈 뜨거운 키스에 취한 기색이 역력했으나 참 예의 바르게도 페티그루에게 잊지 않고 작별을 고했다.

라포스 양에게 마지막 키스를, 페티그루에게 마지막 인사를 건넨 뒤, 필은 문을 열고 나갔다.

2. 11:11 AM ~ 11:35 AM

필이 문을 쾅 닫고 나가자 모험, 로맨스, 기쁨으로 들떴던 페티그루의 기분도 일순간 가라앉았다. 갑자기 피로가 몰려왔고, 자신이 도로 무능력하게 느껴졌으며, 초조해졌다. 아주 짧게나마 로맨스를 목격하게 되었으나 그건 그녀 삶에 어울리는 운명이 아니었다. 현실적이고 무시무시한 일상의 걱정거리들이 다시금 머릿속으로 쏟아져 들어왔다. 그녀는 이제 다시 일자리를 구하는 처지였고, 라포스 양은 잠재적인 고용주였다. 필이 어떤 사람인지, 성씨는 무엇인지, 그의 키스를 받고 분명히 좋아했던 라포스 양이 어째서 다급히 그를 내보내려 했는지, 페티그루는 영영 알 수 없으리라.

그녀는 떨리는 손으로 흐트러진 머리칼을 쓸어 넘긴 뒤, 자신의 변변찮은 자질을 호소해야 하는, 언제 하더라도 살 떨리는 시련을 위해 마음을 다잡았다.

"이제……." 페티그루가 애써 의연하게 입을 열었다.

라포스 양이 부리나케 달려와 페티그루의 손을 잡았다.

"생명의 은인이세요. 어떻게 감사를 드려야 할지! 생명만 살렸게요? 고비를 넘기게 해주셨어요. 당신이 아니었으면 큰일 날 뻔했어요. 혼자서는 절대 저 사람을 내쫓지 못했어요. 이 빚을 어떻게 갚는담."

순간 페티그루의 머릿속에 '성공하려면 찾아온 기회를 놓치지 말라'는 엄중한 격언이 떠올랐다. 그녀는 마지막 남은 용기를 쥐어 짜내어 기어들어 가는 목소리로 말했다.

"방법이 있긴 한데……."

하지만 라포스 양은 듣지 못했고, 다급하고 극적인 투로 말하기 시작했다. 페티그루는 라포스 양의 눈빛에 어린 웃음기를 보았다. 가망이 없는 줄 알았는데 페티그루가 그런 자신의 조력자가 될지도 모른다는 희망 때문인 듯했다.

"지금 심장이 마구 두근대나요?" 라포스 양이 물었다. "시력은 좋으시고요?"

페티그루의 심장은 *마구* 두근대고 있었다. 하지만 생각했다. '오늘 이미 한 번 거짓말했는데 두 번이라고 못 하겠어?'

"심장은 잠잠하지요." 페티그루가 말했다. "시력도 좋아요."

"오!" 라포스 양이 크게 안도하며 말했다. "역시 침착한 분인 줄 알았어요. 나는 지금 심장이 너무 두근대서 제대로 볼 수가 *없네요*. 탐정 소설에서 사건이 어떻게 벌어지는지 아시죠? 분명히 다 치웠다고 생각했는데 탐정이 여기저기 기웃거려 기어코 파이프를 발견하거나 재의 성분을 분석해 그게 시가에서 나왔다는 것을 알아내고는 이렇게 말하잖아요. '하! 시가도 피우시나요, 아가씨?' 그럼 망하는 거예요."

"알지요." 페티그루는 이렇게 말했지만, 실은 전혀 알 수 없어 어리둥절했다. 라포스 양의 집으로 순경과 경사, 형사가 우르르 들이닥치는 장면이 그려졌다.

"아니, 모르시네요. 다 설명해 드릴게요. 곧 닉이 올 거예요. 틀림없어요. 내 꼬리를 잡으려고 말이에요. 질투가 무지 심하거든요."

그녀는 마치 이렇게 말하는 듯했다. '자, 빠짐없이 다 털어놓았어요. 이제 나는 그쪽 손에 달렸어요. 설마 나를 저버리지 않으시겠죠?'

페티그루는 깊이를 알 수 없는 물속으로 풍덩 빠졌다가 기를 쓰고 헤쳐 나왔다.

"그러니까 오늘 아침에 *다*른 남자가 또 온다는 말씀인가요?" 그녀가 작게 물었다.

"맞아요." 라포스 양이 안도하여 대답했다. "역시 이해하실 줄 알았어요. 다 치워줄 수 있나요? 떨어진 머리카락부터, 딴 남자가 다녀갔다는 사실을 넌지시 가리키는 *단서*를 모조리 없애주세요."

물이 머리끝까지 차올랐으나, 페티그루는 힘을 내어 미약하고 흔들리는 목소리로 말했다.

"제일 안전한 방법은 그 남자를 들이지 않는 걸 텐데요."

"어머, 그럴 순 없어요."

"왜요?" 페티그루가 놀라서 되물었다.

"조금 무서운 사람이거든요." 라포스 양의 대답은 간결했다.

"만약에요." 페티그루가 굉장한 용기를 내어 말했다. "그 청년이 그렇게 무섭다면, 제가…… 제가 대신 현관으로 나가서 아가씨가 '부재중'이라고 단단히 말해둘게요."

"어머나!" 라포스 양이 손가락을 비틀었다. "하지만 그 사람은 노크도 하지 않을 거예요. 열쇠를 갖고 있거든요. 그냥 문을 따고 들어오겠죠. 하여간 내가 막을 방법은 없어요. 집세도 그 사람이 내요. 어떤 상황인지 아시겠죠?"

"알았네요." 페티그루가 작은 목소리로 대답했다. 그녀는 정말로 이해했다. 이 상황은 그녀가 감당하기에 너무 벅찼다. 그러니 이제 모자와 외투를 챙겨 고개를 치켜들고 모욕당한 품위를 지키며 걸어 나가야 했다. 하지만 발이 떨어지지 않았다. 어느새 그녀는 무척 소심하게 이렇게 말하고 있었다.

"그러면…… 조금 전 청년과의 지난밤 약속을 미룰 순 없었나요?"

"어머나!" 라포스 양이 또다시 절망적으로 말했다. "사정이 복잡해요. 나는 닉이 오는 줄 몰랐어요. 어젯밤 아주 늦게서야 알게 됐죠. 갑자기 날이 밝으면 집에 온다지 뭐예요. 그동안 집을 비우고 있었거든요. 아무래도…… 나를 조금 의심하나 봐요. 필이 오겠다고 했을 때는 그러라고 했어요. 그러고 나서야 닉이 온다는 소식을 들었죠. 거부 못 할 핑계를 대며 필을 내쫓을 수가 없었어요, 그런 재주가 없어서. 그렇다고 수상하게 굴 수도 없잖아요. 필은 닉의 존재를 모르거든요. 또 나를 새로운 쇼에 넣어주기로 했어요. 상황을 아시겠죠?"

"알았어요." 페티그루는 충격에 빠졌고 마음이 어지러웠지만, 한편으로 짜릿했다. 아주 뼛속까지 전율했다. 아닌 척할 이유가 있나? 이게 인생이었다. 이게 드라마고, 연기였다. 남들은 다 이렇게 살고 있었다.

"그러니까 뭘 해야 할지 아시겠죠?" 라포스 양이 간곡히 물었다. "보다시피 아주 중요한 일이에요. 정말 할 수 있겠어요?"

페티그루는 우두커니 서서 속으로 갈등했다. "미덕을 지키고 살거라." 아버지는 이렇게 가르치셨다. "죄인은 멀리하고 쫓아내야 한다." 어린 시절에 받은 교육, 그리고 노처녀가 되어서까지 지킨 미덕과 도덕적 신념들이 충격에 휩싸여 분연히 일어났다. 그러다 문득 테이블에 차려진 자신의 자리와 커피잔, 그릇 위에 버터가 두둑하게 발린 토스트가 떠올랐다. 라포스 양은 몰랐겠지만, 그 음식과 커피는 페티그루가 이날 처음 먹은 끼니였다.

"말했다시피," 페티그루가 입을 열었다. "저는 시력이 아주 좋답니다."

그리고 침실로 들어갔다. 침실과 거기 딸린 욕실에서 남자의 흔적이 보이는 족족 재빠르게 치워 없앴다. 잘린 손톱까지도 놓치지 않았다. 다시 거실로 나와보니 라포스 양은 확실한 단서가 될 아침 식사 그릇들을 바삐 치운 뒤 전기난로 앞 체스터필드 소파에 누워 있었다. 여전히 사랑스러운 *네글리제* 차림이었는데, 그 모습이 사악함을 뺀 키르케* 같았다.

'이제,' 페티그루는 침울하게 생각했다. '진짜 본론으로 들어가야 해. 더 미룰 핑계도 없어.' 갑자기 생뚱맞게 눈이 따끔거렸다. 눈물이 하등 쓸모없다는 것을 그녀는 오래전 배운 터였다. '맙소사!' 페티그루는 갑자기 이런 생각이 들었다. '너무 피곤해. 남들 집에서 일하고 그 사람들 기분에 휘둘리는 데 아주 지쳐버렸어.'

그녀는 아쉬운 게 있는 사람으로서 절망적인 품위를 잃지 않으며 거실을 느리게 가로질렀다. 그리고 라포스 양의 맞은편에 놓인 안락의자에 앉았다. 두 손을 무릎에 올려놓고 단단히 맞잡았다. 혹시 라포스 양이 어딘가에 아이 몇 명을 숨겨 놓았다 하더라도 이제는 믿을 수 있을 것 같았다. 그러나 기꺼이 친절하게 그녀를 도와 사기에 가담하고 난 지금, 아이들의 엄마인 라포스 양에게 자신이 과연 좋은 인상을 남길 수 있을지 의구심이 들기 시작했다. 엄마들은 자식 문제에 관하여서는 참 이상한 존재들이었다. 무언가를 마음에 들어했다가도 아이들을 떠올리면 평가 기준이 *달라지*곤 했다.

"저기······." 페티그루가 딱하게 입을 열었다.

---

* 그리스 신화에 등장하는 마녀로, 미모와 마법으로 남자들을 유혹하고 동물로 만들어버린다.

라포스 양이 적극적으로 몸을 내밀었다.

"아무 문제 없는 거죠?"

"그럼요." 페티그루가 말했다. "편히 계세요."

"아이, 고마워라!" 라포스 양이 충동적으로 몸을 내밀고는 또 한 번 페티그루에게 입을 맞췄다. 그러자 꽉 쥐고 있는 페티그루의 손에 눈물이 두 방울 떨어졌고, 바로 이어서 뺨에 두 줄기가 주르륵 흘러내렸다. 페티그루의 얼굴이 연붉게 상기되었다.

페티그루는 조심스럽게 해명했다. "살면서 이런 애정을 받아본 적이 없어서요."

"어머, 가엾어라." 라포스 양이 부드럽게 대답했다. "나는 너무 받아서 탈인데."

"다행이네요." 페티그루가 솔직히 대답했다.

이렇게 두 사람은 친구가 되었다. 라포스 양은 눈치껏 눈물을 모른 척해주었다.

"저기……." 페티그루가 다시 운을 뗐다.

"마음씨가 넓어서 그래요." 라포스 양이 불쑥 말을 뱉었다. "나는 단번에 알아봤어요. 내가 받은 첫인상은 웬만해선 틀리지 않아요. 당신을 봤을 때 이 여자는 다른 여자의 기대를 저버리지 않는 사람이구나, 감이 왔다니까요."

"맞아요. 저는 그러지 않아요."

"역시 그럴 줄 알았어. 이미 염치없이 당신의 친절함을 많이 누렸지만, 조금만 더 머물러 줄 수 있을까요? 왜냐면, 닉이 금방 올 거거든요. 그때까지 있어 준다면 정말 고맙겠어요."

"머무르라고요?"

"네." 라포스 양이 조르듯 말했다.

"제가…… 어떻게든 도움이 된다면야."

"닉은 아주 위험한 사람이라서 필의 존재를 몰라야 해요. 필보다 재산도 많고, 영향력은 더 커요. 필을 해치는 것쯤은 일도 아닌 사람이에요. 그렇게 둘 순 없어요. 그건 부당하잖아요, 어쨌거나 필을 끌어들인 건 나인데. 필이 새로운 쇼에 나갈 수 있게 나를 도와주겠대요. 닉은 반대할 거예요. 질투가 워낙 심하거든요. 내 일에 관해서라면 눈곱만큼도 도와주지 않을걸요. 하지만 아무리 남자가 좋다고 해도 일을 포기할 수는 없어요. 그래서 닉이 필을 해치는 꼴을 두고 볼 수 없다는 거예요."

"그래요." 페티그루의 목소리는 단호했다. "그건 부당하죠."

"닉의 나쁜 점이라면 나도 다 알아요. 하지만 소용없어요. 그 사람 곁에 있으면 저항할 수 없거든요. 예전부터 노력은 해보았지만요. 이번에 그 사람은 삼 주 동안 나가 있었는데, 나는 제법 잘 지냈어요. 그래서 이번이야말로 헤어질 때라는 결심이 섰어요. 그래서 당신더러 머물러 달라고 부탁하는 거예요. 나 혼자 그를 맞닥뜨리면 보나 마나 질 테니까. 벌써 떨리네요. 분명히 마음이 약해질 거야. 혹시 내가 그러거든 나를 꼭 붙들어

줘요."

 어느덧 페티그루는 원래 하려던 일일랑 모두 잊어버린 후였다. 이십 년 만에 처음으로, 별 볼 일 없는 그녀의 학력은 보지도 않고 순전히 그녀라는 존재만 진심으로 원하는 사람이 나타난 것이다. 이십 년 만에 처음으로, 그녀는 돈 받고 고용된 기계가 아니라 오롯이 자기 자신으로 존재했다. 어찌나 뿌듯하던지 행여 라포스 양이 한 번에 두 남자를 만나는 것보다 더한 죄를 저질렀다고 해도 눈감아 주었을 것이다. 그것이 그녀가 내린 결론이었다. 그러나 그와 동시에 라포스 양에게 잣대를 들이밀고, 따끔히 타이르고, 추궁하고픈 마음이 들었다.

 "제가 보통은 충고란 걸 하지 않는데요." 페티그루가 말했다. "아가씨보다 나이도 훨씬 많으니 엄마라 생각하고 드리는 말씀이에요. 곧 온다는 청년이 그렇게 무서우면, 아예 관계를 끊는 게 낫지 않을까요? 그 사람이 아가씨를 노리고 뭘 하지는 못할 것 아니에요. 한번 잘 생각해 보세요."

 "나도 알아요." 라포스 양이 처량하게 말했다. "하지만 잘 몰라서 하는 말씀이에요."

 "저는 이해력이 뛰어난 편인걸요." 페티그루가 슬쩍 거짓말을 했다.

 "그래요." 라포스 양이 맞장구쳤다. "그럼 곧 알게 되겠죠."

 그녀가 몸을 앞으로 내밀었다.

"혹시 말이에요." 라포스 양의 목소리는 진지했다. "남자가 키스할 때 배에서 이상한 느낌이 든 적 없나요?"

페티그루는 당황하여 생각했다. '입술을 비비면 배 속 어딘가가 반응한다는 글을 어디서 읽었었나? 배가 맞긴 했나? 모르겠다. 일단은 안심시키고 보자.'

"걱정할 것 없어요." 페티그루가 자신 없게 말했다. "과학적 사실에 따르면, 그럴 때는 원래 배가……."

"걱정하지는 않죠." 라포스 양이 말했다. "그냥 그렇다는 거예요. 나는 그게 좋아요. 그러니 다 소용없다니까요. 나는 그이에게서 달아나지 못해요. 그가 바라보기만 해도 녹아버려요."

"마음을 굳게 먹고……." 페티그루가 더듬더듬 말했다.

"나는 토끼예요." 라포스 양이 말했다. "그이는 뱀이죠. 뱀이 토끼에게 시선을 고정하면 토끼는 의지를 잃고 그 자리에 굳어버려요. 그게 죽음을 의미할지라도 가만히 있고 싶어져요."

"오, 죽음이라뇨." 페티그루는 충격에 휩싸였다.

"죽음보다 더 나쁘죠." 라포스 양이 말했다.

그녀가 벌떡 일어나 침실로 들어가더니 작은 꾸러미를 가지고 나왔다. 그리고 그걸 열어 페티그루의 무릎에 올려놓았다.

"뭔지 아세요?"

"보아하니," 페티그루가 조심스레 살피며 말했다. "비첨사社의 가루약이 아닌가 싶은데요. 제가 알기로 신경증, 복통, 관절

염에 매우 좋지요."

"코카인이에요." 라포스 양이 말했다.

"에구머니나! 안 되지!"

페티그루는 공포와 경악에 휩싸여 부르르 떨며 순진무구해 보이는 가루를 노려보았다. 마약, 매춘부로 팔아넘겨지는 여자들, 사악한 죄악이 판치는 술집 같은 것들이 붉은 플러시 천과 금박 장식, 불길한 검은 콧수염을 기른 남자들과 같은 전형적인 모습으로 페티그루의 머릿속에 두서없이 펼쳐졌다. 위험한 악의 소굴에 들어선 것일까? 그렇다면 미덕을 잃기 전에 달아나야 했다. 그러나 이제 와 누가 굳이 그녀의 미덕을 빼앗겠냐는 상식적인 생각이 씁쓸하게 떠올랐다. 위험에 처한 것은 도리어 라포스 양이었다. 그녀를 구해야 했다. 페티그루는 벌떡 일어나 주방으로 달려가 싱크대에 가루를 탈탈 털어 버린 뒤 의기양양하게 되돌아왔다.

"자!" 그리고 숨도 안 쉬고 말했다. "방금 그 유혹은 이제 사라졌어요."

페티그루는 얌전히 자리에 앉았다.

"말해보세요." 그리고 애원하듯 간곡하게 말했다. "설마 버릇이 든 건 아니죠?"

"아니에요." 라포스 양이 대답했다. "해본 적도 없어요. 만약 했더라도 마이클에게 들켰을걸요. 마이클은 눈치가 빠르거든요. 만약 걸린다면 아주 혼쭐이 날 거예요. 그이는 *걸핏하면* 나를 혼쭐내려고 들어요. 그리고 나에게 약을 건넨 사람을 찾아 죽이려고 들 거예요."

"마이클이라!" 페티그루가 기절할 듯 말했다. "남자가 또 있어요?"

"어머, 아뇨!" 라포스 양이 다급히 부인했다. "그런 사이는 아니에요."

그러더니 난로를 물끄러미 보았다.

"마이클은요." 라포스 양이 울적하게 덧붙였다. "나와 결혼하고 싶어 해요."

"아!" 페티그루가 탄식을 뱉었다.

"여자라면 그런 남자를 경계해야 해요." 라포스 양의 목소리가 어두웠다. "그러지 않으면 정신을 차릴 새도 없이 식장에 가 있게 되고, 그러고 나면 어떻게 되겠어요?"

페티그루가 그동안 애지중지했던 믿음이 펑 하고 증발했다. 남자만 결혼을 겁내는 줄 알았던 순진한 생각이 보란 듯 산산조각이 난 것이다. 뭘 몰랐던 과거의 인생관도 영영 사라져버렸다. '사람들을 너무 안 만나고 살았나 봐. 여자들이 얼마나 진보했는가를 모르고 살았어. 이제 눈을 뜰 때가 되었구나.'

그녀는 이렇게 말해야 했다. '아가씨, 착한 남자의 애정을 깔보아서는 안 돼요.' 하지만 그러지 않고 입을 꾹 다물었다. 그런 건 나약한 여자에게나 할 말이었다. 라포스 양을 지켜야 한다고 생각하며 까부는 게 얼마나 웃기는 일인가. 페티그루는 자리에서 일어났다.

"바로 그거야, 베이비." 페티그루는 차분하게, 그러나 유쾌하고 행복하게 말했다.

"그게 무슨!"

"미국인들이 쓰는 유행어예요." 페티그루가 설명했다. "영화에서 들었답니다."

"아!"

페티그루가 말을 이었다. "가끔 유행어를 써보고 싶었거든요. 나 자신을 *내려놓는* 기분이랄까. 하지만 절대 그럴 수 없었어요. 아시다시피, 애들 때문에요. 애들이 들을 수도 있잖아요."

"아, 그렇죠." 라포스 양이 어리둥절해하며 맞장구쳤다.

"이해해 주시니 기쁘네요." 페티그루가 간결히 답했다.

"나도 *당신이* 닉과의 일을 이해해 주어서 좋아요."

"별말씀을요." 페티그루가 말했다.

그녀가 고개를 들었다.

"닉은 나쁜 남자에다 잘생기고 매력이 넘치죠." 페티그루가 또렷한 목소리로 말했다. "하지만 살아 있다는 것을 느끼게 하고, 흥분과 짜릿함을 줄 거예요."

"맞아요." 라포스 양이 말했다.

"그리고 착한 남자 마이클은 아가씨와 결혼하고 싶어 하고 미덕까지 두루 갖추었어요. 하지만 따분하죠. 열정이랄지…… 상상력을 자극하지 않아요. 아가씨의 영혼을 숨 막히게 할 거예요. 아가씨는 생기와 활기와 음악을 바라지만, 그 남자는 그런 아가씨에게…… 교외의 집을 사주겠다고 할 겁니다." 페티그루는 기가 막히게 말을 맺었다.

라포스 양이 내리깐 눈을 빠르게 들어 페티그루를 힐끔 쳐다보았다.

"뭐……." 라포스 양은 양심의 가책을 느끼는 듯 입을 열었다. "잘은 모르지만……."

"저라고 뭘 아나요." 페티그루가 꾸밈없이 대꾸했다. "저는 아가씨에게 조언할 처지가 아니에요. 그건 주제넘은 짓이죠. 제 인생이 실패작인데 누가 누구에게 조언해요?"

"어머나." 라포스 양은 말을 아꼈다.

"그 옷……." 페티그루가 수줍어하며 말했다. "그 옷을 입으니 참 사랑스러워 보여요. 남정네들이 왜 *죄다* 아가씨에게 반하는지 알 만해요. 그러니 아가씨, 덜컥 미래를 결정짓지 말아요."

몸을 앞으로 내미는 라포스 양의 입가에 기쁨의 미소가 지어졌다.

"진짜 그렇게 생각해요?" 그녀가 진지하게 물었다. "일부러 이걸 입었거든요. 뭐랄까, *네글리제*에는 특별한 매력이 있는 것 같지 않아요? 아침에는 남자들이 워낙에 까탈스럽기도 하고요."

결혼을 앞둔 맏딸이 있던 집에서 일했던 굉장한 경험을 떠올리며, 페티그루는 짐짓 다 아는 척 수긍했다.

"말하자면…… 야릇한 매력이랄까요." 페티그루는 자신이 그런 표현을 쓴 것에 얼굴을 붉혔다. "남자가 뿌리치기란 굉장히 힘들죠."

"잘 아시네요."

그때 페티그루의 머릿속에 조금 전 대화가 떠올랐다. 괴로움에 숨이 턱 막혔다.

"그런데 라포스 아가씨." 페티그루가 불안해하며 말했다. "벌써 마음이 약해지고 계시네요. 그러지 마세요. 매력적으로 보이려고 노력하면 안 돼요. 되도록 수수하게 입고, 그 남자를 떼어내려고 힘쓰셔야죠."

"알아요." 라포스 양이 죄책감을 느끼며 실토했다. "하지만 어쩔 수 없는걸……."

바로 그때 열쇠 구멍에 가만히 열쇠가 들어가는 소리가 희미하게 들렸다. 둘은 당황하여 눈빛을 교환했다. 곧이어 페티그루는 라포스 양의 놀라운 명연기를 보게 되었다. 라포스 양은 재빠르게 몸을 뒤로 젖혔다.

그녀가 느리고 나른한 목소리로 말을 늘어놓았다. "아무래도 나는 파란 옷이 제일 잘 어울리는 것 같아요. 눈 색깔이 더 살아나거든요."

문이 열렸다가 닫혔다. 페티그루는 멍하게 넋을 잃고 바라보았고, 라포스 양의 얼굴에는 꾸며진 놀라움, 꿈인가 생시인가 하는 기쁨이 차례로 스쳤다. 그녀는 벌떡 일어나 양팔을 뻗고 옷자락을 휘날리며 달려 나갔다.

"닉." 라포스 양이 감격해 외쳤다.

페티그루는 급히 시선을 돌렸다.

'세상에나! 또…… 또 시작이네. 이렇게 다 보는 앞에서. 영화 속 키스 장면이 늘 과장인 줄로만 알았는데.'

3. 11:35 AM ~ 12:52 PM

라포스 양이 막 집에 들어온 남자의 품에서 떨어지고 나서야 페티그루는 그의 모습을 제대로 처음 보았다. 우아하고 맵시 있으며 보기 좋게 균형이 잡힌 몸이었다. 까무잡잡하고 강렬한 인상의 그는 이목구비와 안색이 남자에게서 찾아보기 힘들게 완벽했다. 예리하게 반짝이는 눈은 짙은 푸른빛과 보랏빛이 감돌았다. 입매는 아름다우면서 비정해 보였고, 그 위에 작게 난 검은 콧수염은 세련된 느낌과 함께 살짝 퇴폐적인 분위기를 풍겼는데, 그 나름의 매력이 있었다. 표정에서는 어딘가 포악한 구석이 엿보였고, 성격에서는 달아날 수 없게 매혹적인 힘 같은 것이 느껴졌다.

페티그루는 묘한 무력감을 느끼며 의자에서 천천히 일어났다. 라포스 양이 어째서 기를 못 쓰는가를 단박에 이해했다. 딱 한 번 보아도 알 수 있었다. 그녀는 영화에서 열 번도 넘게 이러한 부류의 남자들을 보았다. 젊고, 매력적이며, 여자를 속수무책으로 빠져들게 하는 남자. 자기 힘을 무한으로 신뢰하며, 순간의 끌림이 식으면 지독하게도 무정해지는 그런 남자 말이다. 그런 남자와 엮여 불행해지는 여주인공도 그만큼 자주 보았다. 그러나 지금 여기 라포스 양을 구해줄 남자 주인공은 없었다.

'신기하기도 해라.' 페티그루는 난감해하며 생각했다. '이런 남자를 책이나 영화면 몰라도 현실에서 만날 줄은 전혀 몰랐

는데. 정말 존재하기는 하는군.'

라포스 양이 손님과 거리를 두고 섰다. 크림을 핥고 만족한 고양이 같던 그녀의 표정에 초조한 긴장감이 드리워졌다. 닉은 이제야 페티그루의 존재를 알아차렸다. 그의 안색이 급속도로 어두워졌다. 그는 성이 나서 추궁하듯 라포스 양을 홱 바라보았다.

"아!" 라포스 양이 말했다. "내 친구예요……. 내 친구…… 앨리스."

그녀는 정신을 바짝 차리고 좀 더 정중하게 둘을 소개했다.

"앨리스, 이쪽은 닉이에요. 닉, 내 친구 앨리스를 소개할게요."

"안녕하세요?" 페티그루가 공손히 인사했다.

"안녕하쇼?" 닉이 퉁명스럽게 대답했다.

그는 라포스 양과 페티그루를 번갈아 보며 페티그루의 나이와 볼품없는 옷차림, 촌스러운 용모, 성긴 머리, 누렇게 뜬 얼굴색을 단번에 살폈다. 페티그루는 애처롭게 얼굴을 붉혔다. 머릿속에선 곧바로 닉이란 자가 싫어졌지만, 감정적으로는 이미 사로잡힌 듯했다.

그건 잘난 외모 때문만이 아니었다. 겉모습은 부수적인 것에 불과했다. 물론 당연히 영향을 미쳤으나 결정적이지는 않았다. 그냥 닉이라는 사람 그 자체로 무언가 있었다. 그의 존재감이 순식간에 방 안을 가득 채웠다. 어느 자리에 가든지 여자들은 그의 관심을 받으려고 경쟁할 것이다. 어쩌면 그가 뿜어내는 기운의 파동이 여자라면 누구나 가지고 있는 여성성을 자극하는지도 몰랐다. 페티그루도 그걸 느꼈으며 자연스럽게 그에 반응했다.

어쩔 도리가 없었다. 여자로서 느끼는 예민한 감정들이 그녀의 생각을 배반해, 그녀는 닉이 라포스 양에게 건넨 키스를 받을 수만 있다면 인생 중 십 년을 바칠 수도 있을 것 같았다. 젊고 아름답고 매력적인 라포스 양이 얄미워질 지경이었다. 하지만 이런 감정은 오래가지 않았다. 페티그루는 그렇게까지 어리석지 않았다.

닉은 좋은 남자가 아니었다. 라포스 양이 들려준 이야기도 있거니와 그를 직접 보고 나니 페티그루는 확신이 들었다. 그게 그가 이토록 매력적인 이유이기도 했다. 페티그루는 지나치게 미덕을 지키느라 따분한 삶을 살았지만, 약간의 사악함이 주는 미묘한 매력을 감지할 만큼 똑똑했다.

'아이고야!' 그녀는 생각했다. '이런 남자들은 못돼 먹었지만 그건 중요하지 않아. 이런 남자들 때문에 착한 남자들은 멀뚱히 쳐다볼 수밖에 없는 거야. 마이클이 조금만 덜 착하고 덜 점잖았다면 그에게도 기회는 있었을 테지. 하지만 이런 남자를 상대로 그런 평범한 남자가 어떻게 기회를 채가겠어? 소용없

는 일이야. 우리 여자들도 어쩔 수가 없어. 자고로 사랑할 때 우리는 모험을 택하는 법이니까.'

한숨이 나왔다. 보통 어려운 문제가 아니었다. 페티그루는 들뜬 나머지 당장 쫓겨날지도 모르는 자기 처지마저 깜빡 잊었다. 어느덧 라포스 양의 처지에 완벽히 동화되었고, 마치 평생 그녀를 알았던 것만 같았다.

라포스 양은 조금 초조한 눈빛으로 두 사람을 살피며 서 있었다. 웃음에서 사랑스러운 자신감은 사라진 후였고 남자를 완벽히 정복하고 싶지만 여전히 자신 없는 여자처럼 눈치를 살피는 초조함이 희미하게 묻어났다.

"여기 와서 앉아요." 라포스 양이 비위를 맞추듯 닉에게 말을 건넸다.

'어머나, 저런.' 페티그루가 속으로 생각했다. '태도를 바꾸는 편이 훨씬 나을 텐데. 말하자면…… 도도한 무관심 같은 것이랄까. 이런 종자들은 그런 걸 높이 사거든. 이 남자가 아가씨를 쟁취해 냈다고 생각하는 순간 아가씨가 손해를 보게 되는 거라고요.'

그간 세상살이를 하며 얻은 지혜 때문에 그녀는 머리가 아플 지경이었다. 그녀는 속으로 닉을 '저 자식', '건방진 놈', '사기꾼'이라고 불렀다. 자신까지 그에게 반하지 않기 위한 몸부림이었다. 만일 그가 딱 한 번이라도 그녀를 바라보며 라포스 양에게 그랬던 것처럼 입을 맞춘다면, 그녀는 틀림없이 그의 노예가 되고도 남았으리라.

'이 나이를 먹고 이런 생각을 하는 사람이 또 있으려나?' 페티그루는 괴로웠다. '나도 참 한심하지. 저 남자가 나를 웬 구닥다리로 생각하고 얼른 나가주기를 바라는 것도 모르는 척하고 있으니.'

아닌 게 아니라 정말로 닉은 페티그루가 여기 있는 것에 불쾌한 티를 노골적으로 내고 있었다. 그는 질투에 사로잡혀 라포스 양이 혼자가 아닐 수 있다고 넘겨짚었으나 함께 있는 대상이 페티그루 같은 여자일 줄은 미처 예상하지 못했다. 게다가 이 어리석은 늙은이는 나갈 기미를 보이지 않았다. 그에게 이런 생각이 스치는 것을 페티그루도 감지했다. 그러자 돌연 기가 꺾이며 초조함이 다시 엄습했다.

'나가야 하나?' 그녀는 겁에 질려 생각했다. '어쨌거나 불청객인 쪽은 나인걸. 어쩌면 라포스 양도 내가 괜한 참견을 한다고 생각해서 눈치껏 가주기를 바라는지도 몰라. 머물러 달라는 말은 괜한 부탁이었을 거야.'

마음이 불안해져 상기된 그녀는 몸을 미세하게 떨었다. 갓 생겨난 기분 좋은 자신감은 온데간데없어졌다. 그녀는 이제 다시 무능력한 보모이자 가정 교사였고, 과민하고 하찮고 답 없는 미스 페티그루였다. 그녀는 라포스 양을 바라보았다.

라포스 양은 환하고 다정하게 사람의 마음을 안심시키는 웃음을 지어 보였다.

그러자 페티그루는 갑자기 모든 게 괜찮아졌다. 닉이 보이는 반감도, 그가 발산하는 매력도, 그녀에게 영향을 미치지 못했다. 마음껏 매력을 뽐내도 상관없었다. 넘어가지 않을 테니까. 이 남자는 심기가 틀어지면 대단히 무례해질 것 같지만, 멋대로 하라지, 하고 그녀는 생각했다. 모욕당하더라도 끄떡없었다. 그녀가 있는 곳, 그리고 머무를 곳은 바로 이 집이었다. 여기서 그녀를 나가게 할 사람은 라포스 양뿐이었다.

페티그루는 다시 평온하고 차분하게 의자에 앉아 버티기로 했다.

닉은 그녀를 노려보았으나 페티그루가 마치 견고한 벽처럼 무심한 태도로 일관하자 천천히 라포스 양에게로 자신의 시선을 돌렸다.

"혼자 있는 줄 알았는데."

살벌한 그의 어조에 라포스 양이 화들짝 놀랐다.

"내일 온다고 했잖아요." 그녀가 바짝 긴장하여 방어조로 말했다. "분명 내일 온다고 했으면서."

"그랬지. 하지만 하루 일찍 일을 마무리 짓고 바로 왔어. 일찍 오면 당신이 좋아할 줄 알고."

"어머, 자기, 물론 좋아요." 라포스 양이 양팔을 쭉 벌리고 그에게 다가갔다. "얼마나 보고 싶었다고. 영영 안 돌아오는 줄 알았어요."

'시작이 아주 불길하군.' 페티그루는 근심에 젖었다. '저렇게 말문을 열면서 어떻게 헤어지겠다는 거야.'

닉은 기분이 풀린 듯 보였다. 그는 라포스 양에게 얼른 입을 맞춘 뒤 이해한다는 눈빛을 보냈다. 입맞춤은 다가올 것의 맛보기에 불과했다. 물론 라포스 양은 어리석은 늙은이 앞에서 무례하게 굴고 싶어 하지 않았지만, 닉은 조금도 신경 쓰지 않았다. 그는 페티그루가 떡하니 보는 앞에서 라포스 양을 옆에 앉히고는 자리에 축 늘어졌다.

"그나저나 이름을 아직 모르네요." 닉이 더없이 모욕적인 목소리로 말했다.

페티그루는 네 번째 전 직장이었던 잭먼 씨 댁에서 보았던 잭먼 부인인 척을 하며 태연히 앉아 있었다. 잭먼 부인은 끔찍한 남편이 쏟아내는 모욕에 맞서 정말이지 맥 빠지는 무관심으로 멋들어지게 일관했더랬다. 부인의 남편은 끝내 불경스러운 욕을 퍼부으며 집을 박차고 나갔고, 그러고 나면 부인은 조그마한 평화를 만끽했다.

"페티그루입니다." 페티그루가 친절히 대답했다. "아주 특이하지요? 아버지 말씀으로는……"

"집에만 처박혀 있기에는 지나치게 특이한 이름이로군." 닉이 불온하게 말했다.

"아!" 페티그루가 애석해하며 대답했다. "하지만 저는 여행 경험이 많지 않답니다. 한번은……."

"나는 이번에 삼 주를 떠나 있었습니다." 닉이 슬슬 열을 올렸다.

"그랬군요. 좋은 휴가였기를 바라요." 페티그루가 다정하게 대꾸했다. "더 돌아다니실 생각인가요? 요새 날씨가 영 변덕스러워서."

"내가 지금 라포스 양에게 할 말이 있습니다만." 닉은 더욱 더 열을 냈다.

"편지에 깜빡하고 적지 않은 말이 있나 봐요? 그나저나 요즘도 누가 우편을 보내나. 편리한 전화기를 놔두고 뭐 하러……."

"나는 이 여자가 혼자 있는 줄 알았다고." 닉이 폭발 직전의 성질을 애써 억누르며 말했다.

"생각이 통했네요……." 페티그루가 명랑하게 말을 받았다. "나도 그걸 바랐거든요. 오늘 라포스 양이 혼자 있어서 얼마나 반갑던지요. 길게 수다를 떨고 싶었어요. 그런데 마침 당신이 지나는 길에 들렀지 뭐예요."

닉은 얼굴이 벌게졌다. 라포스 양은 닉이 폭발하는 순간을 고통스럽게 기다렸다.

"이 여자의 친구들은 다들 눈치가 있던데." 닉이 되도록 평화롭게 페티그루를 내쫓으려 마지막 안간힘을 쓰며 날카롭게 말했다.

"그래요." 페티그루가 해맑게 반응했다. "그쪽도 그럴 줄 알았어요. 이제 대화가 훨씬 수월해지겠네. 이해해 주니 참 고맙습니다. 처음 보자마자 그런 생각이……."

"당신 생각은 집어치우고, 이제 나가시지?" 닉이 끝내 폭발했다.

"싫은데요." 페티그루가 대답했다.

"!!!……???……!!!……???……!!!"

"어머!" 페티그루가 질겁했다.

이때 라포스 양이 다가왔다. 그녀는 충격받은 페티그루의 얼굴을 어쩔 줄 몰라 하며 바라보다가 분노한 닉의 얼굴을 심란하게 살폈다.

"닉, 자기, 앉아서 나를 좀 봐요."

닉은 어안이 벙벙한 나머지 고분고분 따랐다. 라포스 양이 닉을 도와 그의 외투를 벗겼다. 그리고 체스터필드 소파로 데려가 앉혔다. 닉은 한 번 더 페티그루를 노려보고는 어깨를 으쓱하고 그녀를 무시하기로 했다. 라포스 양이 생각한 대로 *네글리제*가 정말로 유혹적이었기 때문이다.

이제 페티그루는 그러려니 했다.

'아니,' 그녀는 힘없이 생각했다. '둘 다 내 눈치는 보지도 않네. 그러니 나라고 왜 눈치를 봐야 해? 지금까지 내가 너무 편협하게 세상을 보았던 것 같아. 이런…… 이런 애정 행위는 무척 재미있어 보이는군.'

그녀는 자리에서 일어나 두 사람의 테크닉을 제법 흥미롭게 지켜보았다.

'오호!' 페티그루는 대단한 것을 깨달은 양 생각했다. '필과의 관계가 그저 기분 좋은 일상의 일 정도라면, 닉은 몸짓 하나 손길 하나로 이 세상에 하나뿐인 여자라는 느낌을 받게 하는구나. 저런 남자를 어떻게 마다하겠어?'

한참 후 라포스 양과 닉이 숨을 고르기 위해 떨어졌다. 닉은 이제 페티그루의 존재를 받아들인 듯했다. 이 늙은 여자가—닉에게는 서른세 살이 넘으면 늙은 여자였다—남녀의 애정 행각을 보고도 눈 하나 깜빡하지 않는다면, 그 역시 그녀에게서 즐거움을 빼앗을 생각이 없었다. 이 여자 때문에 조금 모양이 빠지긴 했지만, 어차피 아직 시간은 일렀다. 가장 좋은 때는 뭐니 뭐니 해도 밤이 아니던가. 값어치 있는 즐거움은 조금 미룬다고 해서 그 맛이 사라지지 않는 법이었다.

그는 자리에서 일어났다.

"술을 좀 마셔볼까."

"나도요." 라포스 양이 호응했다. "어디 있는지 알죠?"

"그래. 뭘 마시겠어?"

"글쎄." 라포스 양이 골똘히 생각했다. "당신이 잘 타는 거, 그걸로 한 잔 만들어줘요. 그걸 마시면 하루 내내 힘이 나더라."

"분부대로 하지. 그쪽은요?"

"저요?" 페티그루가 되물었다.

"그래요, 당신."

"술요?"

"그러면 뭐겠소."

페티그루는 당황한 나머지 점잔을 떨며 '아, 사양할게요' 하고 말할 뻔했다. 하지만 그러지 않았다. 지금은 그럴 수 없었다. 그녀는 아슬아슬하게 그 말을 삼켰다. 이제는 뭐든지 받아들일 작정이었다. 지금부터는 예고도 없이 불쑥 찾아오는 것들을 뭐든 맛보며 살리라.

"마셔야죠." 페티그루는 차분하고 태연하게 확신에 차서 말했다. "단맛이 없는 셰리로 부탁해요."

그녀는 그냥 셰리도 아니고 '단맛이 없는' 셰리라고 말한 게 완벽했다는 생각이 들었다. 셰리는 누구든 청할 수 있는 것이었지만, '단맛이 없는 셰리'는 달랐다. 그런 말을 한다는 건 균형 잡히고 세련된 사람, 뭘 좀 마셔본 사람이라는 증거였다. 그녀의 위신을 높여주는 말이었다. 사실 단맛이 없는 게 어떻다는 건지 그녀는 알지 못했다. 하지만 직전에 일했던 집에서 그 집 남편이 하던 말을 똑똑히 기억했다. 그 남자는 허구한 날 불같이 성질을 부려서 페티그루를 공포에 떨게 했는데, 그럴 때 '단맛도 없는 빌어먹을 셰리'를 욕하곤 했다. 페티그루는 그 남자가 싫어하는 것이라면 틀림없이 자기 마음에 들리라고 확신했다.

닉은 별 감흥이 없어 보였다.

"다른 자극제는 필요 없소?"

모든 것을 경험하리라는 페티그루의 결심이 조금 흔들렸다.

"아, 그건 괜찮아요." 그녀가 급히 둘러댔다. "아침에는 별로. 단맛이 없는 셰리만 부탁할게요."

닉이 주방으로 들어갔다. 라포스 양이 몸을 앞으로 내밀었다. 그녀는 이제 막 자신과 친구가 된 숙녀에게 닉이 보인 언행이 적절하지 않다는 사실에 책임감을 느꼈다.

"닉이 하는 말은 신경 쓰지 말아요." 그녀가 낮게 말했다. "그러니까, *별말* 아니에요. 그냥 우리가 '아 귀찮아'라거나 '젠장'이라고 말하는 것과 같아요."

페티그루가 아주 단호한 표정을 지으며 고개를 들었다.

"아가씨, 기분 상하게 하고 싶지 않지만요, 그 변명은 *믿지 못하겠네요*. 저는 아가씨보다 나이가 훨씬 많고, 살면서 별말 아니라고 말하는 사람을 참 많이 만났답니다. 하지만 다들 진심으로 하는 말이었어요. 나쁜 버릇을 두둔하기에는 너무 허술한 변명이에요. 제가 아가씨라면 저 말버릇부터 뜯어고치겠어요. 아시다시피 결국 젊은 남자는 예의를 차리게 만드는 여자를 더 높이 쳐주거든요. 혹시라도…… 제가 이런 말을 한다고 기분 상하지 않았으면 하네요. 어쨌든 저는 아가씨 어머니만큼이나 나이를 먹었으니까요."

라포스 양의 두 눈이 더없이 사랑스럽게 반짝였다. 그 눈빛에는 친절함과 다정함이 담겨 있었으나 그녀는 티가 나지 않도록 살며시 숨겼다. 어떤 일이 있어도 페티그루에게 상처를 주고 싶지 않았다.

"노력해 볼게요." 라포스 양이 얌전히 대답했다. "최선을 다해보겠어요. 당신 말이 옳아요."

주방에서 유리잔이 쨍그랑 부딪치는 소리가 났다. 닉이 움직이고 있는 것이었다. 그는 기분 좋은 듯 유행가를 낮게 흥얼거렸다. 그런데 일순간 콧노래가 멈추더니 소름 끼치는 침묵이 흘렀다. 페티그루가 라포스 양을 보았다. 라포스 양도 페티그루를 보았다. 페티그루가 그녀를 처음 보았을 때처럼, 라포스 양의 얼굴이 순식간에 근심으로 얼어붙었다.

주방 문이 열리고, 닉이 문지방에서 모습을 드러냈다. 순간 페티그루는 등골이 오싹했다. 조금 전에 보인 상냥함은 흔적도 없었다. 그의 얼굴은 위협적이었으며 공포를 자아냈다. 어떤 남자는 정말로 두려워할 필요가 있다는 소리가 괜한 말이 아니란 걸 페티그루는 단박에 깨달았다. 이 놀라운 막간의 소동에 동참하는 특권을 얻어 재미있게 농담을 주고받고 있다는, 희미하지만 조금씩 자라나고 있던 믿음도 돌연 증발해 버렸다. 이제 그녀는 농담이 통하지 않는 낯선 상황에 냅다 놓여 있음을 실감했다.

라포스 양은 닉의 서슬 퍼런 시선에 짓눌려 사랑스러운 얼굴이 공포로 새파래졌다.

"언제부터야." 닉이 낮고 지독한 목소리로 물었다. "언제부터 당신이 궐련을 피웠어?"

페티그루는 하마터면 깔깔 웃을 뻔했다. 겁에 질린 라포스 양도 상황에 어울리지 않게 웃음을 참고 있는 게 보였다. 조금 전 라포스 양이 했던 말이 제법 생생하게 들려왔다. '하! 시가도 피우시나요, 아가씨?'

라포스 양은 둘러댈 말을 찾지 못했다. 페티그루는 모든 게 자신에게 달렸음을 깨달았다.

머릿속이 아찔할 만큼 핑핑 돌았다. 그러다 눈부신 빛을 향해 발사되는 로켓처럼 기억이 번쩍 떠올랐다. 직전 고용주였던 브루메건 부인이 생각난 것이다. 가슴은 동산만 하고, 코는 말을 닮았고, 입은 잠금쇠 같고, 턱은 손도끼 같고, 목소리는 쇠를 가는 것 같고, 기세로는 군대 중장마저 놀라게 할 여인네였다. 브루메건 부인과 함께했던 두 해는 그야말로 생지옥이었다. 그러나 이제 와 생각하니 고마운 노릇이었다. 결국 모든 건 기세의 문제다. 기세로 밀어붙이면 뭐든 모면할 수 있다. 더구나 브루메건 부인의 기세가 어떠했는지 페티그루보다 잘 아는 사람이 어디 있겠는가? 누구도 감히 브루메건 부인을 의심하지 않았다. 이제 그녀가 나설 차례였다.

페티그루가 일어났다. 한껏 오만하고 기세등등한 걸음걸이로 거실을 가로질렀다. 그리고 의자에 두었던 자기 가방을 들었다. 그런 뒤 턱을 치켜들고, 눈을 부라리고, 신경질적인 목소리를 내며, 몸을 돌려 닉을 쏘아보았다.

"이봐요, 젊은 양반." 페티그루가 말했다. "나는 남자가 남자답질 못하게 호사가처럼 집을 쑤시고 다니는 건 질색입니다. 나는 라포스 양의 손님이에요. 라포스 양만 괜찮다면 당신이 왈가왈부할 문제는 없어요. 나는 젠장맞을 담배 대신 궐련을 피우고 싶으면 피울 거예요. 내 나이가 되면 내 멋대로 살고 싶어지거든요. 빌어먹을 당신 의견 따위는 중요하지 않아요. 하나 피우시든가요. 좋더이다."

페티그루가 가방을 열어 닮은 궐련갑을 꺼냈다. 그녀는 꿋꿋이 버텼다. 위기의 순간이었다. 그녀는 콧방귀를 끼고 닉을 노려보았다.

결국 닉의 패배였다. 그는 손을 뻗어 갑을 건네받고 자기가 주운 궐련과 비교해 보았다. 그러더니 반쯤 타다 만 꽁초를 바닥 깔개에 떨구고 발로 비볐다. 그는 라포스 양에게 다가가 그녀를 내려다보며 페티그루마저 지르르 떨릴 만큼 부드러운 목소리로 말했다.

"날 속이는 건 아니겠지?"

라포스 양은 재빨리 기운을 차렸다. 정말이지 괜히 배우가 아니었다. 그녀는 뾰로통한 몸짓으로 자리에서 벌떡 일어났다.

"어머나, 닉, 무슨 소리예요! 언제까지 그런 오해를 하려는 거죠? 남자는 절대 들이지 않겠다고 내가 약속했잖아요. 이제 만족해요? 그나저나 술은 어디 있어요? 내가 직접 가져오라는 거야?"

"미안해."

그가 와락 라포스 양을 껴안고 입을 맞췄다. 페티그루는 허겁지겁 침실로 비켜났다.

'에구머니나!' 그녀는 속으로 경악했다. '둘만의 시간이구나. 저런 키스가 존재하는 줄은 처음 알았네.'

그녀는 브루메건 부인을 흉내 내느라 너무 떨려 쓰러질 것만 같았지만, 차마 그럴 수는 없었다. 마지막 순간까지 브루메건 부인이어야 했다. 위기가 고조된 나머지 페티그루는 닉이 버럭 화를 내며 이 집을 박차고 나가는 게 최고의 결말이라는 사실마저 깜빡 잊어버리고 말았다. 닉이 그녀와 라포스 양을 공포로 몰아넣었다. 다시 그렇게 내버려 둘 수 없었다. 페티그루는 겁에 질린 자신의 모습을 거울로 급히 확인한 뒤 거실로 돌아갔다.

닉이 잔들을 올린 쟁반을 내오고 있었다. 라포스 양은 열렬하고 만족스러운 키스를 막 마친 여자답게 환히 빛나는 얼굴을 하고서 가만히 앉아 있었다. 그 모습이 페티그루의 마음에 걸렸다. 너무나도 무방비 상태로 보였기 때문이다. 페티그루는 다시금 생각을 다잡았다.

'닉이 또 그녀를 사로잡았군. 하지만 내가 그렇게 두지 않을 거야. 이 여자를 구하고 말겠어.'

닉이 페티그루에게 술잔을 건넸다. 페티그루는 말없이 잔을 받은 뒤 술고래인 양 단숨에 비웠다. 그게 그녀의 판단력에 어떤 영향을 미칠지는 전혀 생각하지 않았다.

페티그루가 말했다. "아주 맛있네요. 한 잔 더 부탁해요."

라포스 양과 닉은 여전히 첫 잔을 홀짝이는 중이었다. 닉이 감탄한 듯 페티그루를 보았다. 그의 머릿속에서 그녀에 대한 평가가 한층 높아졌다. 아주 호탕하군. 궐련을 피우고 술을 진탕 마시는 중년 여인이라.

"위스키는 마시지 않는 거죠?" 그가 걱정스레 물었다. "찬장에 조금 있기는 할 텐데."

"아뇨, 괜찮아요." 페티그루가 심드렁하게 답했다. "아침에는 산뜻한 게 좋아서."

그렇게 말하니 해가 떨어지면 마구 퍼마신다는 소리처럼 들렸다.

'어머나!' 그녀는 속으로 야단을 떨었다. '내가 이런 말을 다 하다니. 대체 어떻게 된 거지? 나한테 무슨 일이 벌어지고 있는 거야?'

하지만 상관없었다. 이런 생각은 일종의 죄책감에 지나지 않았다. 과거에 그녀가 붙들었던 가치들을 달래며 양해를 구하는 것이랄까. 어느새 그녀의 마음은 모험의 짜릿함으로 가득 채워져 있었다. 아마 머릿속에는 약간의 술기운도 돌았으리라. 이제 그녀는 뭐든 준비가 되어 있었다.

닉이 술을 가져다주었다.

"젊은 친구." 페티그루가 말했다. "까칠한 할머니처럼 굴지 않으니 이제 좀 마음에 드네."

"고마워요." 닉이 웃으며 대답했다. "교양 있는 분이군요."

둘은 함께 술을 마셨다.

이렇게 잠시 정다운 시간을 보내면서도, 그의 손아귀에서 라포스 양을 빼내야 한다는 페티그루의 의지는 굳건했다. 말하자면 이것은 휴전하는 동안 예의를 갖춘 교류에 불과했다.

둘은 각자 잔을 비웠다. 닉이 자리에서 일어났다.

"일이 있어서 돌턴을 만나러 가야 해. 약속만 아니었으면 당신을 데리고 점심을 먹으러 나가는 건데. 그 친구가 자금 절반을 대고 새 매장을 여는 거라서 거절할 수가 없어. 이따 저녁에 보자고."

"아!" 라포스 양이 탄식을 뱉었다. 어느새 마음이 약해진 것이다. "언제 돌아오는데요?"

"당신 공연이 끝나면 데리러 갈 테니 그때 곧장 집으로 돌아오자고."

라포스 양은 의자 팔걸이에 손을 얹어두고 있었다. 닉은 몸을 내밀어 그녀의 손목을 감싸고 그녀를 물끄러미 바라보았다. 라포스 양이 그와 눈을 맞추었고, 두 사람은 그대로 아무런 말이 없었다.

페티그루는 조금 전 라포스 양이 말한 것처럼 정확히 명치 언저리에서 통증에 가까운 이상한 느낌이 도는 것을 희미하게 감지했다. 저 시선은 그녀를 향한 게 아니었다. 살면서 누구도 그녀를 저렇게 바라봐 준 적은 없었다. 하지만 그녀는 지금 라포스 양의 기분을 정확히 알 수 있었다. 숨이 가빠오고, 두려워지고, 황홀해지는 기분. 모든 감각이 천천히 녹아내려 전율하며 항복하게 되겠지. 닉은 뭘 요구하든지 전부 갖다 바치고 싶어지는 표정을 짓고 있었다. 상황을 다 아는 페티그루조차 그런 마음이 들 정도였다. 모르는 사람이 보면 두 연인이 순결한 지상 낙원을 처음 엿보는 순간 같았겠지만, 페티그루처럼 내막을 아는 사람의 눈에는 몹시도 사악한 남자가 사랑스러운 여자를 파멸로 유혹하는 장면이었다.

페티그루는 상식적으로 생각만 해봐도 닉이 정말로 사악하고 이기적인 남자라는 점을 똑똑히 알 수 있었다. 일 년 후에는 저 마력으로 다른 여자를 눈독 들이고 있을지도 몰랐다. 그렇게 되면 가엾은 라포스 양은 망가지고 무너질 터였다. 페티그루는 코카인을 도무지 잊을 수 없었고, 그렇게까지 무지한 바보가 아니었다.

황홀해하는 표정과 무방비하게 항복한 분위기로 보건대 라포스 양이 지금 흔들리고 있다는 것을, 아니, 이미 흔들리고 말았다는 것을 페티그루는 간파했다. 라포스 양이 결정적으로 항복의 말을 꺼내기 전에 페티그루가 속사포처럼 먼저 행동에 착수했다.

그녀는 마치 브루메건 부인이 된 것처럼 쿵쿵 걸음을 울리며 거실을 성큼성큼 가로질러 갔다. 셰리를 담은 술병과 유리잔들이 쟁반 위에 있었다. 페티그루는 셰리를 콸콸 따른 유리잔을 아무렇게나 들어 올렸다. 오랜 인고의 세월을 지나온 그녀는 이렇게 막 나가는 몸짓이 일으키는 엄청난 영향을 속속들이 알고 있었다.

"젊은 친구." 페티그루가 한껏 거슬리는 목소리를 꾸며내어 말했다. "또 술을 마시러 돌아오겠다면 말리지 않겠지만, 너무 늦은 시간에는 곤란해요. 이제 나는 한창때처럼 젊지도 않고, 이 집에 짧게 머무는 동안 밤잠을 방해받고 싶지 않네요. 잠을 설치면 다음 날 반쯤 죽은 몸이 되거든. 나는 여기 있을 때 라포스 양 곁에서 잠을 청하는데, 그래서 이 친구도 일찍 잠자리에 들어요. 그러니 당신이 밤늦게까지 여기서 빈둥거리면 안 된다는 거지. 나는 라포스 양의 오랜 친구이고, 예의를 차리기에는 나이도 너무 많은지라 반박은 사절이에요."

닉이 달궈진 부지깽이에 닿기라도 한 듯 화들짝 라포스 양에게서 손을 떼며 홱 돌아보았다.

"뭐라고요?"

"뭐가 뭐기는?"

"그쪽이 여기 머문다고?"

"방금 내가 그렇다고 말했으니 알 것 아니에요. 내일까지 있으라고 초대받았으니 그때까지 여기 머무를 건데 무슨 문제라도 있어요?"

"???……!!!……???……!!!" 닉이 또다시 폭발했다.

라포스 양도 놀라서 페티그루를 바라보았다. 그 눈빛에는 거부, 분노, 원망 같은 감정이 뒤섞여 있었다. 페티그루는 태연하고 단호하게, 후회 한 점 없는 표정을 지었다. 그러자 라포스 양도 정신을 차리고 얼굴을 붉히며 다 죽어가던 힘을 끌어모았다.

"닉, 자기가 내일 온다고 했잖아요." 라포스 양이 떨리는 목소리로 말했다.

"전보 요금이 비싸지도 않은데." 페티그루가 거들었다.

"내가 이런 상황을 상상이나 했겠냐고······."

"외로웠단 말이에요." 라포스 양이 머뭇거리며 말했다. "당신이 없어서."

"이따 밤에 다시 오지."

"침대는 하나뿐이에요."

"이게 대체 무슨······."

"오고 싶으면 오시든가." 페티그루가 넉살 좋게 끼어들었다. "체스터필드 소파에서 자면 되겠네. 무릎을 구부리고 자면 건강에 좋다더군요." 그리고 소파를 흘끔 보았다. "하지만 *나*는 절대 저기서 못 자요. 내 나이가 되면 번듯한 침대에서 자야 하거든."

결국 닉이 두 손 두 발을 들었다. 이 중년 여인은 가히 그의 적수라 할 수 있었으며 이 집에 머무를 자격이 있는 듯했다. 그도 성질을 죽이고 처신을 잘해야 했다. 이 여자는 가장 곤란한 상황에도 성깔을 부릴 수 있는 자였다.

닉은 그렇다고 외딴 소파에 누워 잠을 청하고 싶지 않았다. 밤에는 편한 침대에서 쉬는 게 더 좋았다. 소파에서 라포스 양과 함께 자는 거라면 혹했을지도 모르지만, 혼자만 소파에 있고 라포스 양은 닿지 않는 옆방에 감질나게 누워 있는 거라면, 내키지 않았다.

그는 모자와 외투를 집어 들었다. 라포스 양이 초조하게 곁을 맴돌았다. 닉은 말없이 모자와 외투를 걸친 뒤 문가로 향했다. 페티그루는 라포스 양의 표정에 단호함과 주저함이, 항복과 투쟁심이 교차하는 것을 보았다.

페티그루는 생각했다. '지금 굴복하면 지는 거야. 나도 더는 도울 수 없어. 저 남자가 말도 없이 나가면 라포스 양이 뒤따라 나갈지도 모르겠군.'

그때 닉이 입을 열었다.

"전보를 보냈어야 했는데."

페티그루는 깊이 한숨을 내쉬었다. 라포스 양은 초조하게 손을 꼬며 소심하게 애원하는 듯한 미소를 지었다.

"내가…… 내가 정말 미안해요."

"그러면 내일 보자고."

"내일 봐요." 라포스 양도 다급히 약속했다.

'글쎄다.' 페티그루는 냉정히 생각했다.

"점심이나 먹지."

"점심 좋죠." 라포스 양이 맞장구쳤다.

닉이 라포스 양의 팔꿈치 위쪽을 잡아서 자기 쪽으로 끌어당겼다.

"약속은 꼭 지켜야 해."

페티그루는 그의 젊은 얼굴에 노련한 표정이 드리우는 것을 보며 조금 소름이 끼쳤다. 그가 라포스 양의 턱을 잡더니 그녀 얼굴을 위로 치켜세웠다.

"조금 기다린다고 재미를 못 보는 건 아니니까."

닉이 그녀에게 입을 맞춘 뒤 문을 닫고 나갔다.

4. 12:52 PM ~ 01:17 PM

닉이 나가고 문이 닫히자마자 긴장이 풀렸다. 안개에서 벗어나 맑고 밝은 공기를 들이마시는 기분이었다. 페티그루는 길게 숨을 내쉬었다. 다리가 떨리는 게 느껴졌다. 그제야 실감이 났다. 힘이 쭉 빠지면서 마음이 어지럽고 몹시 당황스러웠다. 그녀는 의자를 찾아 앉았다. 왈칵 눈물이 쏟아졌다.

라포스 양은 닫힌 문을 바라보며 서 있었다. 닉이 떠났다. 자신이 그를 떠나게 두었다. 왜 그랬을까. 바보. 그가 떠난 지금, 어느 때보다도 그가 그리웠다. 당장이라도 따라 나가고 싶었다. 그러다 페티그루의 눈물에 정신을 차렸다. 걱정스러운 마음에 모든 걸 잊어버렸다.

"울지 마세요. 정말 울지 말아요."

페티그루의 머릿속에 자신이 저지른 끔찍한 일들이 밀려들었다. 거짓말에다가 술, 욕설까지.

"살면서 욕이라고는 해본 적이 없었어요." 페티그루가 울며 말했다.

"정말요?" 라포스 양이 감탄했다.

"한 번도요. 머릿속으로도 한 적 없어요. 우리 목사님께서 그러셨거든요. 머릿속으로 욕하는 건 소리 내 말하는 것만큼 나쁘고 심지어 더 비겁한 짓이라고요. 그분은 그런 분이었어요."

"위인이시네!" 라포스 양이 감명받아 대꾸했다.

"맞아요." 페티그루가 맞장구쳤다.

"하지만 나는 당신이 욕하는 소리를 못 들었는데요."

"경황이 없으셨겠죠. 저는 '젠장맞을'이라고도 했고 '빌어먹을'이라고도 했어요. 그것도…… 진심으로요."

"아!" 라포스 양이 안심시키듯 활짝 웃었다. "그런 건 욕도 아니에요. 그냥 하는 말이지. 말도 유행을 탄다니까요. 다른 것과 똑같아요. 이제 그런 말은 죄악의 범주에서 벗어난 지 한참이랍니다. 자, 한 잔 더 마셔요."

라포스 양은 쟁반이 있는 곳으로 가서 셰리 병을 마저 비운 뒤 넘칠 듯한 유리잔을 들고 돌아왔다.

"마셔요. 그냥 셰리예요. 아침에는 가볍게 마시는 게 좋다면서요."

페티그루가 올려다보았다. 눈물이 마르기 시작했다. 그녀 얼굴에 의아하게 기억을 더듬는 표정이 떠올랐다.

"아!" 페티그루가 놀라서 숨을 헐떡였다. "그렇게 말했었죠. 임기응변이었어요."

"어머나!" 라포스 양이 존경을 표했다. "그러셨구나."

페티그루의 눈물 어린 눈이 반짝였다. 그녀는 떨렸고 얼떨떨했으며 꿈인가 생시인가 혼란스러웠다.

"그랬어요. 상황을 모면하려고요."

"아, 어서요." 라포스 양이 졸랐다. "셰리를 마시고 전부 다 이야기해 줘요."

페티그루는 잔을 받지 않았다.

"고맙지만 사양할게요. 벌써 두 잔을 마셨고 더 마시는 척까지 했어요. 현명한 여자는 한계를 아는 법이지요. 여태껏 술 마시고 인사불성 된 적 없었으니 앞으로도 그러고 싶지 않네요."

"정말 괜찮으세요?"

"그럼요."

라포스 양은 혼자 셰리를 마시고 자리에 앉았다.

"아, 어서요." 그녀가 간청했다. "얼른요. 당장 듣고 싶어요. 도대체…… 어떻게 한 거예요? 내가 주방을 깜빡했지 뭐예요. 주방은 꿈에도 생각 못 했어요. 거기 흔적이 남았을 줄이야. 정말 덜렁댄다니까. 내가 원래 이래요. 당신은 정말 대단해요."

페티그루는 황급히 손사래 치며 자신에게 향하는 칭찬을 물리쳤다.

"아주 간단했어요." 그녀가 진지하게 대답했다. "정말이지 간단한 일이었지요. 별거 아니었어요. 저를 영리하게 보았다가는 실망하실 거예요. 침대를 정리하다가 궐련갑을 발견했어요. 제 가방에 숨기는 게 제일 안전하겠다는 생각이 들더군요. 닉이 화를 내며 등장했을 때 딱 그게 생각났고, 이후로는 아시는 그대로예요. 정말 별거 아니었어요."

"별거 아니라뇨!" 라포스 양이 말했다. "별거 아니긴! 정말 눈부시고 대단했어요. 요 몇 년 보았던 연기 중 최고였어요."

"어머나, 아니에요! 연기가 아니었어요. 그냥 흉내 낸 거죠."

"흉내요?"

"브루메건 부인을 따라 했어요."

"브루메건 부인?"

"직전 고용주셨죠. 이 자리에 없는 사람을 흉보기가 조금 그렇지만, 정말 끔찍한 여자였어요."

"이해가 잘 되지 않네요." 라포스 양은 어리둥절해했다.

"그 집에서 꼬박 두 해를 버텼어요." 페티그루가 덤덤하게 말했다. "피치 못한 일이었죠. 저는 그 여자처럼 굴면 어떻게 되는지 누구보다 잘 아는 처지였어요. 그래서 열심히 흉내를 냈지요."

그제야 모든 의문이 풀린 라포스 양이 두 눈을 반짝였다.

"아하!" 그녀가 나직이 감탄했다. "모방한 거구나. 모방 실력이 타고났네요. 세상에! 굉장해요! 이런 분인 줄 몰랐어요. 정말 멋져요."

"어머, 아니에요." 페티그루는 어린애처럼 들뜨고 기뻤으나 손사래를 치며 부인했다.

"그런 일은 한 번도 생각해 본 적 없어요?"

"무슨 일요?"

"무대에 오르는 일요."

"무대라니!" 페티그루는 숨이 턱 막혔다. "제가요?"

"개성이 훌륭한 여배우가 턱없이 부족하거든요." 라포스 양은 진지했다. "아실 거예요. 젊은 나이에 시작해 계속 일하며 경험을 쌓은 배우들은 조연으로 물러나는 걸 좋아하지 않아요. 늙은 남자들한테 이런 소리를 듣는 것도 좋아하지 않죠. '아이고, 젊을 때 보았던 저 여자 모습이 기억나는구먼. 자네도 그때 그녀를 보았어야 해. 〈키스 미 대디〉에서 주연을 맡았을 때 말이야.' 이런 소리를 누가 좋아하겠어요. 다들 젊음을 유지하며 젊은 역할을 맡고 싶어 하고, 그럴 수 없으면 무대를 떠나버려요. 뭐라 하고 싶지는 않아요. 나도 그럴 거니까."

"무대에도 직접 오르세요?" 페티그루는 자신의 연기 소질에 관한 얘기를 피해 대화 주제를 요령껏 바꾸려고 질문을 던졌다.

"네." 라포스 양이 시인했다. "하지만 요즘은 쉬고 있어요. 일 때문에 쉬는 거라고 해야 하나. 필이 〈갈수록 매운맛〉에 나를 꽂아주기로 했으니 그 전에 시시한 계약을 맺고 싶지 않았어요. 그래서 작은 계약은 거절했고, 요즘은 나이트클럽 '새빨간 공작'에서만 일해요."

"이름 한번 특이하네요." 페티그루가 중얼거렸다. "*새빨간 공작*요?"

"그러니까요." 라포스 양이 맞장구쳤다. "그래도 매력적이지 않나요? 닉이 테디 솔츠와 함께 그 클럽에 투자를 했어요. 닉은 조금 틀에 박힌 사람이라서 클럽 이름으로 '새빨간 여자_{scarlet}

woman*'를 밀었고, 테디는 상상력이 살짝 부족한지라 '초록 공작'으로 짓자고 제안했죠. 그래서 카드 뽑기로 정하기로 했어요. 그런데 그들이 사용한 건 찰리 하드브라이트가 조작해 둔 가짜 카드 팩이었어요. 두 사람 다 스페이드 에이스를 뽑게 됐죠. 어느 쪽도 양보하지 않았고, 다시 카드를 뽑자고도 하지 않았어요. 결국 절충해 '새빨간 공작'이 된 거예요."

"그것참 흥미롭네요." 페티그루가 나직이 말했다. "그러니까, 이런 일들의 *내막*을 아는 게 참 재밌어요. 저는 늘 바깥에만 있는 사람이었거든요."

"재밌죠." 라포스 양이 동조했다. "닉 주변에 있으면 내막을 훤히 알게 돼요."

닉 이야기를 꺼내니 다시 그 사람 생각이 났다. 라포스 양은 자리에서 일어나 페티그루를 반쯤 외면한 채로 벽난로 위 선반에 놓인 장식품을 만지작거렸다. 명랑하고 웃음기 있던 얼굴이 어느새 어두워졌고 조금은 불행해졌다.

"보셨죠." 라포스 양이 숨죽여 말했다. "그이는 그냥 사람을…… 사로잡아요."

"이해해요." 페티그루가 맞장구쳤다.

"그런 남자들이 있어요."

---

* 서구권에서는 '성적으로 문란한 여자'를 뜻하는 말로 사용되기도 한다.

"정말 그래요."

"뭐라 설명할 수 없어요."

"남자들에게는 못 하죠."

"표현할 말이 없어요."

"저는 여자이니 말하지 않아도 알아요." 페티그루가 말했다.

라포스 양은 벽난로 위 선반에 팔꿈치를 괴고 손바닥으로 이마를 감쌌다. 그녀의 목소리는 조금 절망적이었다.

"그이는 나쁜 남자예요. 나도 알아요. 그래서 헤어지고 싶어요. 그이가 삼 주간 집을 비운 동안 나는 정말로 그가 돌아오면 전부 끝낼 작정이었어요. 당신에게 나를 붙들어 달라고 부탁까지 했잖아요. 하지만 어떻게 되는지 보셨죠. 그가 돌아오자마자 내 마음이 또 약해졌어요. 당신이 없었다면 나는 오늘 밤 약속은 물론이고 뭐든 그가 하자는 대로 따랐을 거예요. 하지만 다음번에는 당신이 없을 텐데."

페티그루는 확실하게 일을 처리해야겠다는 생각이 들었다. 그녀는 자신이 새롭게 맡은 역할을 서서히 알아가는 중이었고, 대담하게 문제를 해결하고픈 의욕도 느끼고 있었다.

"앉아봐요." 페티그루가 말했다. "돌이켜보면 제가 왜 그렇게 행동했는지 모르겠어요. 순전히 반사적이었죠. 아무 생각도 하지 않았어요. 그 사람은 무척…… 무척 *위협적인* 성품을 지녔더군요. 아가씨는 겁에 질렸고요. 저도 무서웠답니다. 하지만 손을 쓰기는 해야 했으니 제가 나선 거였어요. 참 바보 같은 짓이었죠. 그 사람 눈이 뒤집혀서 필이 고달파지더라도 그냥 그 사람이 필의 존재를 알게 내버려 둘 걸 그랬어요. 그랬으면 두 분 사이는 확실히 끝났을 테니까요. 왜 그런 기회를 날려버렸나 모르겠네요."

"하지만 고마워요." 라포스 양이 나직이 말했다.

"와서 앉으세요."

라포스 양이 앉았다.

"아가씨는 꾸지람을 좀 들어야 해요."

"그래도 싸요."

"괜찮다면 따끔히 한마디 할게요."

"물론이에요. 말씀하세요."

"지금 아가씨는 스스로 연민하고 있어요." 페티그루가 라포스 양을 나무랐다. "사랑해서는 안 되는 사람을 사랑하게 되어 너무 힘들다고 생각하고 있죠. 불공평한 것 같고, 이렇게 마음을 써야 하는 게 조금은 억울해서 자기 연민에 빠진 거예요."

"그런 것 같아요." 라포스 양이 솔직히 수긍했다.

"저는 살면서 힘든 일을 참 많이 겪었답니다. 그런 일이 아가씨에게는 절대 일어나지 않았으면 해요. 저만큼 겁쟁이가 아니니 그런 일은 없을 것 같지만요. 하지만 아가씨에게는 치명적인 문제가 하나 있어요. 바로 자기 연민이에요. 그것 때문에 상황이 꼬였다고요."

"정말 그런 것 같아요."

"제 말이 맞아요. 현실을 직시하세요. 저도 그랬어요." 페티그루가 진솔하게 말했다. "저는 바보같이 꾹 참았어요. 할 수 있는 게 그것뿐이었거든요. 맞서 싸울 용기가 없었어요. 늘 사람들이 무서웠거든요."

라포스 양이 못 믿겠다는 눈으로 그녀를 바라보았다.

"정말이에요." 페티그루가 계속 말했다. "오늘 일로만 저를 판단하지 말아줘요. 평생 그렇게 굴어본 건 처음이니까요."

"나는 바보같이 참는 건 못 하는데."

"그래요." 페티그루가 수긍했다. "그래서 다행이에요. 아가씨라면 맞서 싸워서 결국 문제를 잘 해결할 거예요. 아가씨에게는 저에게 없는 용기가 있어요."

"그렇게 생각해 주다니 고마워요."

"용기가 있다는 데 아가씨도 동의한 거예요." 페티그루가 단호히 말했다. "그러면 이제 그걸 써먹으세요."

"아."

"닉은 떠났어요."

"그렇죠."

"그가 문밖으로 나가면 아가씨는 세상이 끝났다고 느끼죠."

"뭘 좀 아시네요."

"지금도 그런가요?" 페티그루가 추궁했다.

"음, 아뇨. 지금은 아니에요. 그렇게 절박하진 않아요. 생각해 보니 그러네요."

"그러니까, 그 사람이 떠나도 견딜 수 있으신 거죠."

"음, 맞아요."

"내일까지 십 년이나 남은 것도 아니고요."

"그럼요. 그러네요. 견딜 수 있을 것 같아요."

"이제 아시겠죠?" 페티그루가 진지하게 말을 이었다. "그 사람이 필요한 건 그가 곁에 있을 때뿐이에요. 그가 떠나도 아가씨는 멀쩡히 살 수 있어요. 늘 그걸 명심하세요. 앞으로는 헤어지는 순간에 그 사람이 뭘 요구하든, 아무리 힘들더라도 나중에 답하겠다고만 하세요. 그리고 그 사람이 떠난 뒤 십오 분이 지나서 그의 매력이 더는 작동하지 않을 때 결정을 내리겠다고 약속할 수 있어요?"

"힘든 약속이네요." 라포스 양이 말했다. "하지만 약속할게요. 나를 위한 충고니까요. 오늘 해주신 일에 어떻게 감사드려야 할지. 오늘 나를 두 번이나 구하셨어요. 예전에는 절대 닉을 거절 못 했거든요. 마음은 간절했지만 내가 그렇게 할 수 있으리라고는 상상이 가지 않았어요. 그런데 드디어 그를 물리쳤어요. 그리고 그거 아세요? 지금 기분이 제법 괜찮다는 거예요. 꽤 좋아요. 한 번 해냈으니 또 못 하리라는 법도 없죠? 정말로 다시 *해낼* 수 있을 것 같아요……." 라포스 양이 열을 내며 말했다. "뿌듯하고 후련해요. 정말로 그 사람을 뿌리칠 수 있을 것 같아요."

"바로 그거예요."

페티그루는 의자에 등을 기댔다. 라포스 양도 기대어 앉아 골똘히 몽상에 젖어 들었다. 벽난로 위 시계가 째깍거렸다. 그 소리가 천천히 페티그루의 머릿속을 관통했다. 고개를 돌려 시계를 보았다. 바늘이 바쁘게 움직이고 있었다. 그제야 페티그루는 자신이 어디에 와 있는가를 떠올렸다. 이제 이 집에 더 붙어 있을 이유가 없었다. 그만 떠나주는 게 예의였다. 용건을 말한 뒤 물러나야 한다. 라포스 양의 조력자로서 동등한 지위를 그만 포기하고, 마땅한 자리로, 그러니까 일자리를 구하러 온 변변찮은 구직자의 위치를 받아들여야 했다. 그러나 결국 일자리를 얻지 못하리라는 예감이 들었다.

그녀는 라포스 양의 개인사를 너무 깊이 알고 있었다. 페티그루는 그동안 인간에게 된통 당하는 수모를 여러 번 견뎠으며, 이 집주인에게 이러한 상황이 얼마나 견디기 힘든 것인지도 잘 알았다. 절망적이고 씁쓸한 불행이 들이닥치는 게 느껴졌다. 그러나 할 수 있는 게 없었다. 이제는 정말로 왜 이곳에 왔는가를 설명하고 이 멋진 모험에 마침표를 찍어야 했다.

하지만 차마 그럴 수 없었다. 평생 살면서 이렇게 한 장소에 더 머물고픈 마음이 든 것은 처음이었다. 약간의 소동이 있기는 했으나 이토록 행복하고 편안한 곳을 떠나기는 정말이지 싫었다. 이곳에는 그녀를 친절히 대하며 대단하다고 생각하는 사람이 있었다. 앞으로 필에게 무슨 일이 벌어질지, 닉의 매력이 라포스 양의 연약한 방어 태세를 과연 무너뜨릴지, 마이클은 대체 누구이며 어떤 사람일지 영영 모르고 살라고? 외로움과 소외감에 눈이 따끔해지며 눈물이 차올랐다.

'기다리자.' 페티그루가 미련하게 생각했다. '딱 삼 분만 더. 초침이 세 번 더 돌 때까지 기다렸다가 말을 꺼내자. 적어도 삼 분은 더 행복해도 되잖아.'

그녀는 부디 누군가 문을 두드리기를 바랐다. 라포스 양의 집에서 노크 소리는 모험을 예고했다. 이곳은 정육점이나 빵집 주인 혹은 촛대 제작자 정도가 문을 두드리는 평범한 집이 아니었다. 라포스 양의 집에서 노크 소리는 흥미진진한 사건, 드라마, 맞서야 하는 새로운 위기를 의미했다. 오, 주님께서 한 번만 더 자비를 베푸시어 그녀가 계속 여기 있을 수 있게 기적을 일으켜 준다면, 그래서 딱 하루 색다른 인생을 맛볼 수 있다면, 앞으로 펼쳐질 따분하고 단조로운 나날 동안 인생이 꼬이더라도 자신이, 그러니까 미스 페티그루가 살았던 완벽한 하루를 떠올리며 그 기억으로 살아갈 터였다.

하지만 기적은 일어나지 않았다. 문을 두드리는 사람은 없었다. 시계는 계속 째깍거렸다. 삼 분이 다 지났다. 자신에게조차 늘 정직했던 페티그루는 자리에서 일어났다. 그리고 양손을 아주 꽉 쥐었다. 단호하고 처량하며 절망적인 표정으로 낯빛이 어두워졌다.

"문제가 있는데요." 페티그루가 용기 내어 입을 열었다. "아무래도 그걸 해결해야 할 것 같네요. 그러니까 저의……."

한숨을 지으며 몽상에서 깨어난 라포스 양이 페티그루를 보며 웃었다.

"마이클을 생각하고 있었어요." 그녀가 고백했다.

"마이클이라!" 페티그루가 외쳤다.

라포스 양은 조금 부끄러운 표정으로 고개를 끄덕였다.

"솔직히 어떤 사람인지는 상관없어요." 그녀가 진지하게 말을 시작했다. "여자는 자신과 결혼하고 싶어 하는 남자를 생각하면 늘 감상적인 마음이 들기 마련이잖아요. 그와 결혼하고픈 마음이 없고 그를 별로라고 생각하더라도요. 그가 누구이고 어떤 사람이든지 그냥 단숨에 무시할 수 없는 존재가 되어버려요." 라포스 양의 표정은 심각했다. "결혼하고 싶다는 말이야말로 *정말* 최고의 칭찬이고 허영심을 부추기는 것 같네요."

페티그루는 마이클이 마음에 들지 않았다. 라포스 양이 결혼하는 건 찬성이었다. 그녀에게 결혼이란 최고의 보호 장치였다. 하지만 평범한 결혼은 아니어야 했다. 라포스 양이 남들과 똑같이 결혼하는 건 원치 않았다. 행복하고 낭만적이며 화려한 결혼이어야 했다. 미래의 남편이 안정적인 삶을 보장하더라도 라포스 양이 따분한 시골 아무개가 되어 빛을 못 보고 살아가리라고 생각하면 마음이 아팠다. 마이클과 결혼하면 정말로 그렇게 될 것 같았다.

페티그루가 기대하며 물었다. "마이클이 준准남작이랄지 뭐 그런 작위는 가졌나요?"

"어머, 아뇨." 라포스 양이 말했다. "마이클은 그런 사람이 아니에요."

"그럴 줄 알았어요." 페티그루가 슬프게 말했다.

"아버지가 버밍엄에서 생선 가게를 했대요." 라포스 양이 설명했다. "어머니는 재봉사였고요. 마이클은 열여섯 살 때 런던으로 왔어요. 말하자면 자수성가한 사람이죠."

"그렇군요." 페티그루는 크게 실망했다.

그녀는 마이클이 몹시 마음에 들지 않았다. 소위 자수성가한 남자들이 얼마나 보수적이고 편협한가를 알았기 때문이다. 풀버리에서 일할 때 보았던 샙피시 씨가 그러한 자였다. 경멸스러운 인간. 그런 인간들은 족보가 없고 번듯한 출신 배경도 없다. 그래서 신경질적으로 체면을 지키며 새로 얻어낸 지위를 지키는 데 연연한다. 자신감이 부족해 좁은 길에서 벗어나는 걸 극도로 두려워한다. 스스로 주체 못 할 만큼 매혹적인 삶을 오롯이 체험하는 것도 겁낸다. 페티그루는 라포스 양의 심리를 읽었고 그녀가 망설이는 이유를 알았다. 손에 상을 거머쥐고 나면? 수군대고 쑥덕대는 사람들이 두려워질 것이다. '그 사람 아내를 생각해 봐……. 그는 아내의 일거수일투족을 초조하게 감시했었지. 가엾은 샙피시 부인! 라포스 양이라면 틀림없이 절망하고 말 텐데. 그가 아가씨의 날개를 꺾을 거야.'

'오, 마이클은 안 돼!' 페티그루는 간절히 바랐다. '다른 남자여야 해.'

"아가씨가 결혼하고 싶은 사람은 또 없나요?" 페티그루가 희망을 걸고 물었다.

라포스 양의 안색이 환해졌다. 대화가 재미있게 흘러가고 있었다.

"음, 딕이라고 있기는 해요." 그녀가 얼른 대답했다. "하지만 그 남자는 가난하고 사시랍니다. 직업은 기자인데, 기자는 절대 돈을 못 벌죠."

"쓸모없죠." 페티그루가 단호히 대꾸했다.

"윌프레드도 있네요. 그런데 그 남자는 데이지 라루와 자식을 벌써 둘이나 낳았어요. 아무래도 그 여자와 결혼해야겠죠."

"당연한 소리." 페티그루는 충격받았지만 짓궂은 흥미를 느끼며 맞장구쳤다.

"그가 나를 다 잊으면 그 여자와 결혼하는 게 옳다고 생각해요. 그는 조안과 조지, 그러니까 자기 자식들을 끔찍이 아끼거든요."

"애들이 가엾군요!" 페티그루가 몹시 궁금해하며 말했다.

"그러니까 윌프레드는 탈락이에요." 라포스 양은 대단한 아량을 베풀 듯 말했다.

"또 누구 없나요?" 페티그루가 김이 새서 물었다.

"음, 없는 것 같아요. 지금은요. 왜냐면 요즘은 머리 아픈 일은 하지를 않아서요."

페티그루는 마지못해 기회를 주기로 했다. "뭐, 제가 아직 마이클을 직접 보지는 않았지만……."

그때 라포스 양의 눈이 시계에 꽂혔다.

"어머나!" 그녀가 호들갑을 떨었다. "시간을 봐. 한 시 십오 분이에요. 배고프시겠네요."

그녀는 다급히 페티그루를 돌아보았다.

"오, 제발! 더 같이 있어요. 다른 약속은 없으시죠? 혼자 점심을 먹기는 싫어요."

페티그루는 몸을 뒤로 기댔다. 아찔할 정도로 행복했다.

"아, 없고말고요." 페티그루는 만약 눈에 보인다면 반짝였을 목소리로 대답했다. "다른 약속은 없답니다. 저도 아가씨와 함께 점심을 먹고 싶어요. 온종일 시간이 남아요."

5. 01:17 PM ~ 03:13 PM

두 사람은 집에서 점심을 먹었다. 준비는 페티그루가 했다. 그녀는 식료품 저장실에 남아 있던 식힌 닭고기*를 꺼냈다. 식힌 닭고기라니, 그녀에게는 더없는 사치였다. 라포스 양이 리프라우밀히 와인을 따서 따라주었다. 페티그루는 심각하고 신중한 자세로 천천히 술을 홀짝였다. 조금 대담해졌다는 느낌 말고 부작용은 일어나지 않았다.

초인종이 울렸을 때 두 사람은 편안하고 친밀한 분위기 속에서 커피를 마시는 중이었다. 페티그루는 기대감에 움찔하며 고개를 들었다. 또다시 사건이 벌어지려 하고 있었다. 그녀가 반사적으로 몸을 돌렸다. 그런데 라포스 양이 페티그루를 앞질러 문을 열고는 커다란 빨간 장미 꽃다발이 담긴 상자를 건네받았다.

"어머, 예쁘기도 해라!" 페티그루가 감탄했다.

라포스 양이 꽃다발을 뒤적여 카드를 찾았다.

"내일을 기다리며." 라포스 양이 카드에 적힌 문구를 읽었다. "닉이."

"닉이로군요." 페티그루가 단조로운 투로 말했다.

"닉이에요!" 라포스 양도 잔뜩 신난 투로 연신 말했다. "아!

---

* 삶거나 구운 닭을 조리 후 바로 차갑게 식혔다가 다음 날 먹는 냉육 요리로, 당시 중산층 이상의 가정에서나 접할 수 있는 고급 음식이었다.

내 사랑!"

그녀가 꽃다발을 집어 들고는 코를 파묻어 향기를 실컷 맡았다. 감격한 얼굴에 아주 천천히 애정이 퍼졌다.

"오!" 그녀가 또 나직이 말했다. "정말 다정하다니까!"

그녀는 변명하듯 페티그루를 보았다.

"닉이 꽃을 자주 보내지는 않아요. 그런 사람이 아니에요. 그러니까, 다른 사람도 아니고 이 사람이 꽃을 보냈다는 건 큰 의미예요."

페티그루는 라포스 양의 마음이 약해지고 있는 걸 알아차리고 행동에 나섰다.

"흠!"

"왜요?"

"아주 근사한 행동이네요."

"무슨 이야기를 하고 싶은데요?" 라포스 양이 상처받은 목소리로 물었다.

페티그루는 대충 꽃다발을 살폈다.

"꽃은 누구나 보낼 수 있어요." 페티그루가 말했다. "돈 있는 남자가 꽃집에 들러서 아무개 아가씨에게 꽃다발을 보내는 것쯤이야 세상에서 제일 쉬운 일이죠. 고민할 일도 없고, 걱정할 것도, 신경 쓸 것도 없잖아요. 또 순진하고 감상적인 여자라면 이런 행동에 감동하리란 것을 빤히 알 거예요. 참 이상하기도 하지!" 페티그루가 술술 말을 이었다. "꽃이란 게 여자의 상식을 이렇게 흐트러트린다는 게요!"

"글쎄요! 그래도 정말 사려 깊은 행동인걸요." 라포스 양이 방어적으로 말했다.

"오…… 퍽이나." 페티그루가 빈정댔다.

"아니, 이 사람이 뭘 또 할 수 있겠어요?" 라포스 양이 조금 격앙해 물었다.

"제일 좋아하는 꽃이 장미예요?" 페티그루가 물었다.

라포스 양이 장미꽃을 쳐다보았다.

"음, 아니요." 그녀가 실토했다. "솔직히 말하면 빨간 장미는 취향이었던 적이 없어요. 너무 흔하잖아요. 난초처럼요. 남자들은 난초가 비싸고 또 여자들이 그 값을 모르지 않으니 난초를 선물해요. 그런데 나는 난초가 비싸기 때문에 오히려 늘 싸구려처럼 느껴져요. 자신이 얼마나 많은 돈을 썼는지 과시하려는 것 같달까요. 나는 그보단 큼직한 황갈색 국화가 그렇게 좋더라고요."

페티그루는 무심하게 손을 저었다.

"그것 봐요. 그 남자는 당신이 어떤 꽃을 좋아하는지 알아보려는 노력조차 기울이지 않았네요. 자, 만일 그가 그랬다면……! 그래요! 그건 의미가 있다고 쳐요. 하지만 그냥 꽃가게에 가서 버터를 사듯 꽃을 주문한 거라면…… 그건 아니죠! 미안하지만, 나는 좋게 못 봐주겠네요."

"지당한 말씀이에요." 라포스 양이 대답했다. "그 점은 미처 생각하지 못했어요. 하신 말씀이 옳아요. 남자의 진심은 사소한 부분에서 드러나는 법이죠."

그녀는 소파 위에 장미꽃들을 떨구었다.

"어머!" 페티그루가 다급히 덧붙였다. "그렇다고 꽃은 잘못이 없지요. 물에 담가놓기라도 할까요……?"

"좋아요. 내가 가져올게요"

라포스 양이 빈 꽃병을 찾아내 물을 받으러 주방으로 들어갔다. 페티그루도 자리에서 일어났다. 그리고 장미꽃들을 집어 향기를 만끽했다.

'오!' 페티그루는 생각했다. '만일 웬 남자가 나에게 빨간 장미 꽃다발을 보낸다면, 나를 밟고 지나가라고 바닥에 드러누울 수도 있어.'

라포스 양이 돌아왔다. 페티그루는 자연스럽게 꽃병에 장미를 꽂았다. 쨍한 색감이 방을 더욱 화려하게 밝혔다.

"세 시까지 십오 분 남았네." 라포스 양이 혼잣말했다. "아직 한참 남았지만 우리는 다섯 시까지 오길비네 집에 가야 하고, 옷을 갈아입고 화장하려면 생각보다 시간이 걸릴 거예요. 지금부터 준비해야 해요. 오셔서 옷을 함께 골라줄래요?"

페티그루는 그녀를 따라 침실로 갔다. '우리'라는 말이 머릿속을 떠나지 않았다. 쉽사리 믿기지 않았다. 다른 누군가가 라포스 양을 만나러 오는 거겠지. 그 남자가 올 때까지(분명 '남자'일 터였다) 페티그루는 이 집주인과 함께하는 보물 같은 시간을 아낌없이 맛보리라.

"목욕 먼저 해야겠어요." 라포스 양이 말했다. "아직 씻지 않았거든요. 이 집의 장점이 뭔 줄 아세요? 늘 온수가 나온다는 거예요. 지난번 집은 툭하면 온수가 끊겼어요. 나는 어느 때고 온수로 씻는 걸 좋아하는데 말이에요. 내가 먼저 씻을 테니 그다음에 씻어요. 그리고 당신이 입을 옷을 함께 골라요. 일단 내가 옷을 찾는 동안 물을 좀 받아줄래요?"

페티그루는 멍하게 욕실로 걸어 들어갔다. 그리고 멍하게 물을 틀었다. 또 멍하게 비누와 수건을 꺼내 놓았다. 잘못 들은 거겠지. 귀가 그녀를 속이는 것이리라. 설령 제대로 들은 것이라고 해도 그녀가 잘못 이해하고 있는 것이리라. 페티그루는 떨어지는 물줄기를 물끄러미 보았다. 제법 취기가 돌았다. 흥분과 기대감과 기쁨, 그리고 평생 모르고 살았던 짜릿함에 머리가 알딸딸했다. 라포스 양은 짓궂은 여자였다. 하지만 상관없었다. 만나는 남자가 둘이라고 고백했는데, 알고 보면 더 있는 것 아닐까? 상관없었다. 심지어 라포스 양은 어딘가에 애를 숨겨 둔 여자였고, 그래서 가정 교사를 구하고 있었다. 그래도 상관없었다.

'상관없어.' 페티그루는 들뜬 마음으로 생각했다. '자식이 둘이래도 괜찮아.'

그녀는 침실로 돌아갔다.

"목욕 준비 끝났습니다."

라포스 양이 욕실로 들어갔다. 페티그루는 방을 살폈다. 아주 엉망이었다. 갖가지 색깔의 얇은 스타킹이 바닥에 흐트러져 있었다. 속옷, 실크와 레이스 옷가지가 서랍에 걸려 있거나 의자 등받이에 늘어져 있었다. 침대에도 옷이 아무렇게나 던져져 있었다.

페티그루는 고개를 저었다.

'쯧쯧······.' 과거의 페티그루가 속으로 생각했다. '야무지지 못한 아이로군. 방이 너무 지저분해. 정신없고, 덤벙대고, 가정 교육을 제대로 받지 못했나 봐. 숙녀가 지내는 방이 이래서야 쓰나.'

그러나 과거의 페티그루는 이내 잠잠해졌다.

'오, 매력적인 무질서로구나!' 페티그루가 느긋하게 생각했다. '이런 편안한 분위기가 좋아! 여유로움이 아주 멋져! 본보기를 내지도 않고 규범을 따르지도 않아. 숙녀다운 단정함도 무시하지.'

누군가 라포스 양 밑에서 가정 교사로 일하게 된다고 하더라도 라포스 양은 그 사람 침실을 함부로 기웃거리며 얼마나 깔끔한지 평가하지 않으리라는 확신이 들었다. 그렇게 생각하자 페티그루는 세상에 라포스 양처럼 친절한 사람이 있다는 사실에 날아갈 듯 기뻤다. 그녀는 라포스 양이 욕실에서 나올 때까지 행복한 미소를 지으며 방 한가운데 서 있었다.

라포스 양은 복숭아색 실크 가운만 걸치고 나왔다. 무신경하게 가운을 휘날리며 걸을 때마다 고운 팔다리와 흠집 하나 없이 여린 살빛이 페티그루의 눈에 들어왔다. 얼굴은 열기로 뽀얗게 달아올라 있었다. 물에 젖은 머리칼이 작게 곱슬곱슬 말린 채 얼굴에 달라붙어 있었다. 페티그루는 수줍게 감탄하며 그녀를 감상했다.

"정말 아름다우세요."

"어머, 갑자기." 라포스 양이 미소 지었다. "그렇게 말씀하시니 고마워요."

그녀는 가운을 훌렁 벗더니 옷을 고르기 시작했다. 페티그루는 숨이 턱 막혀 눈을 깜빡였고, 감았다가 다시 떴다. 라포스 양은 누구의 눈치도 보지 않고, 누군가의 섬세한 감수성에 충격을 줄 수 있다는 생각은 전혀 하지 않으며, 버젓이 방을 돌아다녔다.

페티그루는 상기된 자신을 허둥대며 다그쳤.

페티그루는 엄하게 생각했다. '사악한 마음을 품은 건 바로 나로군. 인간 몸이 뭐 어때서? 아무것도 아니야. 우리 얼굴처럼 몸도 주님께서 만드신 것 아닌가? 그렇고말고. 그분이 스스로 잘못됐다고 생각하는 걸 창조하셨겠어? 그럴 리 없어. 우리가 옷을 입는 건 날씨 때문이 아닌가? 물론 그래. 다 생각하기 나름이야. 내가 바보같이 편협하게 보았군. 지금 내 눈앞의 라포스 양처럼 사랑스러운 존재는 본 적이 없어.'

이제 라포스 양은 거울 속 자기 모습을 냉정히 평가하고 있었다.

"이런 말이 좀 그렇지만요." 라포스 양이 말했다. "나는 내 몸매가 괜찮다고 생각해요. 어떻게 생각해요? 알다시피 나는 직업상 몸매가 무척 중요하거든요. 몸매가 망가지면 인기도 잃고 말아요. 그래서 관리는 필수죠."

"제가 본 사람 중 몸매가 가장 좋으신데요."

라포스 양이 활짝 웃었다.

"칭찬을 참 잘하시네요. 누구든 기분 좋게 하는 재주가 있으세요."

그녀는 실크와 레이스로 된 옷을 입기 시작했다. 페티그루는 안도하며 가볍게 한숨을 쉬었다. 주변을 둘러보고 싶었지만, 채신없이 움직이기에 그녀는 조금 나이가 많았다.

"방 꼴이 엉망이죠!" 라포스 양이 소리쳤다. "가정부가 그만 뒀거든요. 또 나는 옷을 고를 때 정리란 걸 하지 못해요. 자, 어떤 옷이 나아요?"

그녀가 옷 두 벌을 집어 들었다. 페티그루는 깊이 숨을 쉬었다. 둘 다 감탄이 나오게 매혹적이었다. 모두 영화배우가 입을 법한 옷이었다. 하나는 암청색 바탕에 화려한 색깔의 무늬가 그려진 옷이었고, 다른 하나는 검은색 바탕에 은색 깃과 속이 비치는 통 넓은 소매가 달린 옷이었는데 은색 밴드가 손목 끝을 꽉 조였고 은색 띠가 허리 쪽을 둘렀다. 페티그루는 두 벌 모두 마음에 들었다. 라포스 양이 무엇을 입든지 상관없었지만, 페티그루는 엄숙하고 지혜로우며 다 아는 듯한 표정을 짓고는 자신 있게 검은색 옷을 가리켰다. 검은색은 언제나 안전한 선택이었다.

"검은색 옷요. 아가씨의 고운 머릿결, 피부색, 파란 눈과…… 완벽하게 어울려요."

라포스 양이 낑낑대며 검은색 옷을 입기 시작했다. 페티그루가 옷을 잠가주었다.

"둘 다 새 옷이에요." 라포스 양이 말했다. "청구서를 닉에게 보내려고 했는데, 그와 헤어지려면 아무래도 필에게 보내야겠죠?"

"오, 물론이에요." 페티그루가 희미하게 속삭였다.

라포스 양이 가장 중요한 의식인 화장을 위해 거울 앞에 앉았다. 화장대에는 술병과 유리병이 가득해서 페티그루가 다 셀 수 없을 정도였다.

"자, 앨리스." 라포스 양이 말했다. "앉아요. 그렇게 서 있으면 피곤하잖아요."

페티그루는 열여덟 살에 일을 시작한 후로 느껴본 적 없었던, 보살핌받는다는 행복을 느끼며 의자를 찾아 화장대 가까이 끌어당겼다.

"죄송하지만요." 페티그루가 얼굴을 살짝 붉혔다. "진짜 제 이름은 귀네비어랍니다. 정말 어이없는 이름이죠. 어머니가 지어주셨는데, 저와는 전혀 어울리지 않아요. 마침 어머니가 랜슬롯 경과 귀네비어 왕비의 이야기*를 읽으셨거든요. 아가씨가 부르시는 것처럼 앨리스라는 이름이 저에게는 훨씬 더 잘 어울려요." 페티그루가 서글프게 말했다. "생김새도 그렇고 말이에요."

라포스 양이 몸을 돌렸다.

"무슨 소리예요." 그녀가 도취한 듯 말했다. "예쁜 이름이네요. 정말 굉장해요. 또 당신과 잘 어울려요. 단번에 존재감을 주는 이름이네요. 그러니까…… 어딘가 있어 보이는 사람처럼 만들어줘요." 그녀가 목소리를 낮추더니 비밀을 터놓았다. "진짜 내 이름은 세라 그럽이랍니다. 자! 말해버렸네요. 다른 사람에게는 털어놓지 않을 거예요. 당신을 믿으니까 말한 거예요.

---

* 아서왕 전설 중, 그의 기사와 왕비가 금단의 사랑에 빠진 이야기.

오늘 제 명예를 지켜주셨잖아요. 무대에 오를 때는 다른 이름을 써요. 델리시아 라포스. 라포스도 내가 지어낸 성이에요. 근사하다고 생각했어요."

페티그루가 말했다. "델리시아라는 이름이 아가씨에게 훨씬 잘 어울려요."

"고마워요." 라포스 양이 대답했다. "나도 그렇게 생각해요."

"이름이란 게 대체 무슨 소용인가?"● 페티그루가 몽롱하게 셰익스피어의 대사를 읊었다.

"더럽게 소용 있죠." 라포스 양이 간결히 대꾸했다. "예전에 웬 빌어먹을 신문사 기자가 나한테 악의를 품고 내 뒤를 캐다가 내 실명을 알게 된 적이 있어요. 그자가 지긋지긋한 가십난에 그걸 폭로하지 못하게 하려고 내가 무슨 짓을 했는지는 차마 말하지 않을게요."

페티그루는 감히 짐작 가지도 않았다.

"하마터면 망할 뻔했다니까요." 라포스 양이 말을 이었다. "안 그랬겠어요? 세라 그럽이라니. 그 이름이면 누구든 망하죠. 누가 세라 그럽에게 열광하겠어요! 하지만 운명은 나에게 친절했어요. 그자가 평소처럼 술에 취했다가 트럭에 치였거든

● 『로미오와 줄리엣』의 대사 "이름이란 게 대체 무슨 소용인가? 우리가 장미라 부르는 그것을 다른 어떤 이름으로 불러도 여전히 향기로울 텐데"를 인용.

요. 덕분에 걱정거리가 하나 줄었죠."

"정말 친절했네요." 페티그루가 힘없이 맞장구쳤다.

"그러면 진짜 상표명이 어떻게 되세요?" 라포스 양이 흥미를 드러내며 물었다.

페티그루는 하룻밤 사이에 재치가 눈에 띄게 예리해졌다. 단박에 농담을 이해한 것이다.

"페티그루요. 귀네비어 페티그루. 어이없는 이름이라고 생각하시겠죠."

"완벽한데요." 라포스 양이 나직이 말했다. "정말 완벽해요. 참 멋진 조합이네요. 심지어 당신의 진짜 이름이잖아요. 만약 이름이 에셀 블로그였다면 웬 버릇없는 자식이 이름을 입에 올리며 놀렸겠지만, 귀네비어 페티그루라면 다르죠. 정말로요." 라포스 양이 진지하게 힘을 주어 말을 이었다. "연극 무대에 오르고 싶다는 생각은 안 해봤나요? 흉내 내는 재주도 좋으시잖아요. 나도 힘깨나 쓸 수 있는데."

"아니요." 페티그루는 단호하게 답했지만, 그 말에는 새삼 자신이 중요한 존재가 된 듯한 위엄과 무게가 담겨 있었다. "그럴 일은 절대로 없을 거예요."

"아까워라." 라포스 양이 고개를 저었다. "정말 아깝네. 완벽한 이름이 빛을 못 본다니."

그러면서 그녀는 자기 머리를 빗었다.

"어쩜 머리칼도 참 아름다워요." 페티그루가 탐내듯 말했다. 그리고 거울을 통해 자신의 윤기 없는 직모를 조금 서글프게 살폈다. "머리칼의 차이가 이렇게 클 줄이야."

"차이가 어마어마하죠." 라포스 양이 수긍했다. "내가 운이 좋아요. 타고난 곱슬머리거든요. 만일 그렇지 않더라도 파마를 하면 돼요. 변신하기에 파마만큼 좋은 게 또 없어요. 비를 맞아도 곱슬기가 그대로 유지되니까요. 아이론으로 만 머리는 곱슬기가 풀리면 더 흉해지고 말아요." 그녀는 지적할 거리를 찾아내려는 듯 페티그루를 뜯어보았다. "파마를 꼭 하셔야겠어요. 기분 나쁘게 하려는 소리는 아니에요. 하지만 가끔은 자신에게 뭐가 더 어울리는지 남이 더 잘 알아보잖아요? 알퐁스가 그런 사람이랍니다. 뭘 해야 하는지 바로 알죠. 우리 그 사람도 보러 가요."

의자에 앉은 페티그루는 얼굴에 홍조가 돌고 눈이 반짝이고 입가가 떨렸다.

"저, 아가씨." 페티그루가 입을 뗐다. "하나도 기분 나쁘지 않아요. 그런데 혹시 잊으셨는지……."

그때 요란하게 초인종이 울렸다.

"어머나!" 라포스 양이 말했다. "괜찮다면 대신 열어줄래요……?"

당연히 괜찮고말고! 페티그루는 부리나케 일어났다. 그리고 침실 문을 굳게 닫았다. 그래서 아무도 알지 못했다. 그녀가 서둘러 걸음을 옮기다가 하마터면 넘어질 뻔했다는 것을 말이다. 페티그루는 문 앞에 멈춰 서서 기대감에 숨이 멎을 듯한 순간의 완벽함을 잠시 느낀 뒤, 문을 열어젖혔다.

6. 03:13 PM ~ 03:44 PM

"어머!" 페티그루는 기겁했다.

놀랍도록 매력적인 여자가 휙 지나가는 바람에 페티그루는 나자빠질 뻔했다. 페티그루는 숨을 참고 눈을 깜빡이며 그 모습을 탐스럽게 관찰했다. 여자는 젊고 늘씬했으며 확실히 시선을 사로잡았다. 얼굴은 짙은 크림색으로 창백했고, 치명적이게 붉은 아치 모양 입술을 제외하면 다른 색은 없었다. 래커를 칠해놓은 듯 까만 머리는 낮게 묶어 목덜미 뒤쪽에 정성껏 말아놓았다. 머리에는 작은 모자가 아슬아슬하게 얹혀 있었다. 눈동자는 머리칼이 짙은 사람치고 흔치 않게 새파랬고, 그 위에 검은 눈썹은 부자연스럽게 꺾여 있었다. 길고 까만 속눈썹은 유명한 영화배우처럼 숱이 풍성하고 올라가 있었다. 페티그루는 매료되었다. 앙증맞은 조개처럼 생긴 귀에는 선명한 녹색 귀걸이가 달려 있었다. 여자가 지나갈 때 야릇하게 매혹적인 향수 냄새가 은은하게 풍겨 페티그루의 코를 사로잡았다. 그리고 웃은…… 페티그루는 설명을 포기했다. 세련된 파리지앵 패션을 표현하기에 그녀는 경험 미달이었다. 여자는 털 코트를 열어젖힌 뒤 장갑을 소파에 내팽개쳤다. 여기 머무르려는 거였다. 페티그루는 몸을 돌려 현관문을 닫았다.

손님은 부산히 거실을 둘러보았다.

"초면이네요."

"네." 페티그루가 대답했다.

"델리시아 있어요?"

"네."

"그 애를 봐야겠어요. 꼭 봐야 해요. *볼 수 있을까요?*"

"물론이에요." 페티그루가 말했다.

"아니." 손님은 굳게 닫힌 침실 문을 초조하게 바라보았다. "내가 참견하려는 건 아니에요. 닉이 돌아왔다던데요."

"지금은 라포스 양 혼자예요."

"다행이다!"

"성함을 말씀하시면," 페티그루가 싹싹하게 말했다. "라포스 양에게 손님이 왔다고 전할게요."

그러나 손님은 이미 문가를 향하고 있었다. 그러면서 놀란 듯 뒤를 휙 보았다.

"괜찮아요, 잘 아는 사이라."

그녀는 급히 걸음을 옮겨 문을 벌컥 열었다.

"델리시아."

"저리 가." 라포스 양이 말했다.

"말할 게 있어."

"알아. 언제는 안 그러니. 그러니까 가라는 거야. 나 지금 바빠. 화장하는데 방해받으면 삐끗해서 못나진단 말이야. 금방 끝나."

"잠깐이면 돼."

"귀네비어." 라포스 양이 말했다.

"네." 페티그루가 곧장 대꾸했다.

"이디스, 귀네비어와 인사해. 귀네비어가 안내해 줄 거야. 귀네비어, 이쪽은 이디스예요. 부디 데리고 나가 같이 있어 줄래요? 귀찮기는 하겠지만, 내가 오래 걸리지 않을 거예요."

"물론이에요." 페티그루가 기쁘게 대답했다.

그녀는 침실 문을 굳게 닫았다. 라포스 양은 혼자 있고 싶어 했다. 그러니 내버려 두어야 했다. 페티그루는 조금 소심하게 손님 쪽으로 몸을 돌렸다. 이런 젊은 여자와 무슨 말을 나눌지 조금은 막막했다. 모두가 라포스 양처럼 털털하고 친절하지는 않을 텐데.

"페티그루가 제 성이랍니다." 그녀는 행여 상대방이 자신을 친근하게 이름으로 부르는 게 내키지 않을까 봐 살짝 변명조로 말했다.

"오! 나는 뒤바리예요."

"별일은 없으시고요?" 페티그루가 정중히 물었다.

"죽겠어요." 뒤바리 양이 대답했다. "그쪽은요?"

"아…… 그럭저럭요." 페티그루는 숨이 막혔으나 서둘러 교양 있는 사람처럼 평온한 표정을 지었다. "다 좋아요."

"결혼해서 잘 사시나 보네." 뒤바리 양이 우울하게 말했다. "아니면 누구도 사랑하고 있지 않거나. 나는 둘 다 아니거든요."

"둘 다 아니라면요?" 페티그루가 경황이 없는 나머지 무례한 질문을 했다.

"결혼은 안 했고, 사랑에는 빠졌다는 소리예요."

"아!" 페티그루는 짜릿함과 흥미가 동했고 솔직하게 호기심을 느꼈다. "멋지네요."

"멋지다고요?" 뒤바리 양이 발끈했다. "멋지다뇨? 그 자식이 나를 버리고 떠났는데!"

"어머, 비극적이어라." 페티그루가 놀랐다.

"비극적이란 표현이 딱 맞네요." 뒤바리 양이 앓는 소리를 냈다. "그래서 델리시아를 만나러 온 거예요. 저 애는 타고난 미인이면서 똑똑하기도 하거든요. 미모에 속지 말아요."

"속지 않지요." 페티그루가 말했다.

"네, 당신은 속지 않을 거예요. 하지만 남자들은 실수하고 말죠. 외모만 보고 저 애가 똑똑하다고는 생각을 못 해요. 그리고 등쳐 먹으려 해요. 그게 실수라는 거예요."

"괘씸하네요." 페티그루는 분연히 대꾸했지만 대체 무슨 소리인지 전혀 감을 잡지 못했다.

"내 말이 그거예요. 하지만 저 애는 머리가 잘 돌아가서 잘 해내고 있어요. 나는 아니에요. 늘 더러운 꼴을 보네요."

그녀가 어찌나 불행한 표정으로 주변을 살피던지 페티그루의 선량한 마음이 녹아내렸다.

"여기 앉으세요." 페티그루가 친절하게 권했다.

"고마워요."

뒤바리 양이 자리에 앉았다.

"남자들은 최악이에요." 뒤바리 양이 처량하게 말했다.

"나도 그렇게 생각해요." 페티그루가 수긍했다.

그녀는 여전히 대화의 맥을 잡지 못했지만 상관없었다. 무척 즐거웠기 때문이다. 정신이 취한 듯한 상태였다. 이제껏 누구와도 이렇게 대화해 본 적이 없었다. 무척 독특한 대화가 뼛속까지 짜릿한 즐거움을 선사했다. 돌이켜보면 누구도 그녀에게 이런 사적인 이야기를 들려준 적이 없었다. 그런데 이 여자들은! 이들은 마음을 열어주었고, 그녀를 인정해 주었다. 그녀도 이들 중 한 사람으로 대접받았다. 이들이 그녀를 당연하게 받아들이는 모습이 그녀의 온 신경을 기쁨으로 전율하게 했다. 놀라운 일이 아니었다. 이들이 '안녕하세요'라고 인사한 순간부터 그녀는 이들과 한 무리가 되었다. 지위와 출신 가문이 어떻고 은행 잔고가 얼마인지는 중요하지 않았다. 외로운 인생을 살았던 페티그루는 비로소 자신이 얼마나 고독했던가를 깨달았다. 마침내 더 이상 외롭지 않게 된 오늘에야 말이다. 지금까지는 그 차이를 실감할 일이 없었다. 오랜 세월 남의 집을 전전하며 사는 동안은 어딘가에 소속감을 느끼는 구성원이었던 적이 없었다. 그런데 지금은 불과 몇 시간 만에 평화롭고 행복하게 제집에 있는 듯한 느낌을 받았다. 이들은 그녀를 받아들였고, 그녀에게 말을 건넸다.

그리고 이들의 말투란! 그녀는 이런 말투를 생전 들어보지 못했다. 이들이 하는 말은 터무니없이 비논리적이었고, 한마디 한마디가 독한 칵테일 같았다. 모든 말이 세련되고 짓궂은 재미를 주었다. 또 곤란해도 물러서지 않는 자신의 모습은 어떤가! 그녀가 이런 일에 서툴다는 것을 누구도 눈치채지 못하리라.

'꿈만 같아.' 페티그루는 뿌듯하게 생각했다. '나한테 이런 모습이 있을 줄이야.'

그녀는 뒤바리 양을 바라보고 서서 활짝 웃었다. 뒤바리 양은 자신이 델리시아 친구에게 어떤 기쁨을 가져다주었는지 모른 채 침울하게 앉아서 전기난로를 물끄러미 보았다. 페티그루는 어떻게든 뒤바리 양의 짐을 덜어주고픈 의욕이 마구 솟았다. 영화에서 숱하게 보았던 것처럼, 무심하고 편안하게, 별일 아니라는 듯 침착하게······.

"한잔하시죠." 페티그루가 말했다.

그러자 뒤바리 양의 얼굴이 환해졌다.

"괜찮은 생각이에요. 좋은 분이시네."

페티그루가 이번에도 주방 찬장으로 가 쟁반을 가득 채워 왔다. 쟁반에는 그녀가 보이는 대로 모조리 꺼낸 술병이 있었다.

"직접 섞어 드세요." 그녀가 무심하고 쾌활한 태도로 말했다.

"자기만의 술을 찾아야 한다는 게 제 철칙이랍니다."

뒤바리 양이 흔쾌히 자리에서 일어났다.

"진을 조금 섞고…… 라임 주스는요? 아! 여기 있네. 진과 라임을 섞으면 딱 좋겠어요."

페티그루는 티를 내지 않고 열중해 그녀를 지켜보았다.

"그쪽은요?" 뒤바리 양이 흔쾌히 물었다.

페티그루는 화들짝 놀랐다.

황급한 거절의 말이 튀어나올 뻔했으나 이내 마음을 고쳐먹었다. 지금은 사릴 때가 아니었다. 이 집주인이라면 분명 손님과 술을 마셨을 것이다.

"내 잔은 직접 섞을게요." 페티그루가 무턱대고 말했다.

"그래요."

뒤바리 양이 자기 잔을 들고 물러났다. 페티그루는 냉큼 소다수를 붓고 진짜 술처럼 보이도록 셰리를 아주 조금만 섞어 색을 맞췄다. 그리고 자리로 돌아갔다.

"건배." 뒤바리 양이 말했다.

페티그루는 그럴싸하게 호응할 말을 알지 못해 아무렇게나 꾸며냈다.

"술로 씻어내 쓸어버립시다."

두 사람은 술을 마셨다.

"한 잔 더?" 페티그루가 제안했다.

"글쎄요." 뒤바리 양은 내키지 않는 듯했다. "오길비 집에 가는 거면 맨정신으로 출발하는 게 낫잖아요. 어차피 *떠날 때* 거의 매번 취해서 헤어지니까."

"그래요." 페티그루가 수긍했다.

"또 토니가 올 수도 있으니 정신을 붙들고 있어야 해요."

"그렇지요." 페티그루가 말했다.

"그러니 더 마시지 않겠어요."

"술집 문 닫았습니다." 페티그루가 장단을 맞췄다.

"그냥 *소다수*만 살짝." 뒤바리 양이 말했다.

그녀는 정말로 소다수만 홀짝였는데, 벌써 제법 발랄해진 듯 보였다. 장례식장에 온 것처럼 침울했던 분위기는 어느새 사라지고 없었다. 그녀는 캐묻고픈 마음을 숨기지 않으며 흥미롭게 페티그루를 살폈다.

"델리시아의 친구라고 했죠?"

페티그루는 자기 발끝을 보았다가 닫힌 침실 문을 보았다가 도로 뒤바리 양을 보았다.

"그렇답니다." 페티그루가 말했다.

"가까운 친구인가?"

"대단히 가깝죠." 거짓말이었다.

"그렇구나." 뒤바리 양이 말했다. "나는 '델리시아의 친구는 곧 나의 친구'라고 늘 말하고 다녀요."

"고맙습니다." 페티그루가 말했다.

"저 애는 사람들에게서 내가 못 보는 걸 보고 또 늘 옳게 판단하거든요. 그래서 나는 저 애 말은 무조건 따라요."

페티그루는 이 말이 어쩐지 조금은 의심스러워 그저 미소만 지었다.

"런던은 처음인가 봐요?" 뒤바리 양이 눈치 빠르게 진단을 내렸다.

페티그루는 지난 십 년간 런던 아니면 그 인근에서 일했다는 사실을 털어놓지 않고 참았다. 그 사실을 인정하기가 갑자기 부끄러웠다. 자신이 런던 생활의 이점을 무엇 하나 얻지 못한 게 분명했기 때문이다.

"노섬벌랜드의 어느 마을 출신이랍니다." 그녀가 꾸며내어 대답했다.

"아!" 뒤바리 양이 쾌활하게 답했다. "스코틀랜드에 있나?"

"음, 아뇨."

"그래도 런던과는 멀잖아요." 뒤바리 양이 얼버무렸다.

"맞아요. 멀어요."

"이제 여기 정착하는 거예요?"

"그러면 좋죠."

"아, 곧 이곳이 어떤지 알게 될 거예요. 런던 같은 곳은 없어요. 시간은 좀 걸리겠지만 머지않아 시골은 잊게 되실걸요."

"정말 그럴까요?"

"약간의 전문가로서 말하자면 틀림없어요."

뒤바리 양이 갑자기 벌떡 일어났다. 그리고 열중한 눈빛과 표정으로 페티그루의 주위를 돌았다. 페티그루는 겁에 질렸다. 뒤바리 양이 얼굴을 찌푸리더니 엄지와 검지로 턱을 잡고 고개를 절레절레 흔들었다. 그러더니 불쑥 말했다.

"이런 칙칙한 갈색 옷은 입지 마세요. 당신 색깔이 아니니까."

"어머!" 페티그루가 펄쩍 뛰었다.

"확실히 별로예요. 취향도 없어요? 예술적 안목도?"

"그런 거 없어요." 페티그루가 소심히 대꾸했다.

"화장도 잘못됐어요."

"화장까지요!" 페티그루는 기겁했다.

"화장도요."

"제가요?" 페티그루는 숨이 넘어갈 것처럼 되물었다.

"그렇다니까요."

"저는 화장하지 않았는데요."

"화장하지 않았다니." 뒤바리 양은 충격을 받았다. "왜요? 민낯으로 돌아다니는 건 경우가 아니잖아요."

페티그루는 멍하게 그녀를 쳐다보았다. 머리가 핑핑 돌고 혼란스러웠다. 머릿속이 뒤죽박죽 뒤집혀 어지러웠다. 맞아, 왜지? 여태껏 그녀는 단 한 번도 코에 분칠하는 짜릿한 즐거움을 누리고 살지 않았다. 다들 그걸 즐기는 동안에도 그녀는 절대 그러지 않았다. 용기가 부족하기 때문이었고, 자신을 돌볼 줄 모르기 때문이었다. 목사였던 아버지의 불호령이 귓전을 울렸다. '분칠은 지옥으로 가는 길이다.' 어머니는 이렇게 속삭였다. '립스틱은 타락으로 떨어지는 첫걸음이야.' 아버지의 호통이 다시 이어졌다. '연지는 매춘부가 유혹하려고 찍는 것이지.' 어머니가 또 나직이 말했다. '눈썹 그리는 연필은 숙녀가 갖고 다닐 물건이 아니다……!'

페티그루의 머릿속 생각이 요란스럽게 마구 뒤섞였다. 최악의 꼴을 최선으로 꾸미는 게 어떻게 죄야? 그녀는 자세를 고쳐 앉았다. 눈이 반짝였다. 여성성을 간직한 모든 신체 부위가 신의 작품을 근사하게 손보는, 실로 중요하고 간절하고 진지한 과업을 간절히 바랐다. 그러다 퍼뜩 정신이 들어 다시 힘이 풀렸다. 얼굴에 먹구름이 드리워졌다.

"아!" 그녀는 덤덤한 목소리로 말했다. "아가씨…… 제 나이에 어떻게 그러나요. 이런 피부로 무슨."

"피부가 참 좋은데요."

"좋다고요?" 페티그루가 미심쩍게 말했다.

"흉터나 점도 안 보이고 잡티 하나 없잖아요. 색이야 칠하면 그만이죠! 자연색을 원하는 사람이 누가 있어요? 그건 정말 아니죠. 그러니까 본바탕은 완벽해요. 굳이 기초화장 할 필요도 없겠어요. 감춰야 할 단점이 없네요. 머리는 금발로 할지 흑갈색으로 할지, 색조는 분홍색을 쓸지 하얀색을 쓸지, 얼굴색은 가무잡잡하게 만들지 창백하게 만들지, 뭐든 맘대로 골라요."

뒤바리 양이 집중하여 앞으로 몸을 쑥 내밀었다. 그리고 페티그루의 얼굴을 이리저리 돌려가며 관찰했다. 피부를 매만졌고, 머릿결을 확인했다.

"흠! 좋은 클렌징크림이랑 근육을 탄탄하게 보여줄 강한 수축 크림이 필요하겠어. 눈썹은 무조건 짙은 색으로 칠하고, 머리 색은 여전히 고민이 되네. 밤색도 괜찮을 것 같은데. 얼굴에도 무조건 색을 입혀야 해. 그래야 파란 눈이 더 돋보일 테니. 이거 얼굴 전체를 손봐야겠는데. 충격적일 만큼 관리가 안 됐어."

그녀는 말을 뚝 끊더니 미안한 듯 쳐다보았다.

"어머나! 용서해 줘요. 내가 또 몰입해 버렸네. 이쪽 일을 하거든요. 직업적으로 관심을 안 가질 수가 없어서."

"마음 쓰지 마세요." 페티그루가 조용히 말했다. "정말로 그럴 필요 없어요. 저는 마음에 들어요. 이제껏 제 얼굴에 관심을 보인 사람이 없었거든요."

"정말 그런 것 같네요." 뒤바리 양이 질책하듯 말했다. "스스로도 돌보지 않은 모양이에요."

"그럴 시간이 없었어요." 페티그루가 변명했다.

"말도 안 돼요. 씻을 시간도 없었나요? 목욕하고 손톱을 자를 시간은 있었을 텐데. 여자의 제일 임무는 자기 얼굴을 돌보는 거랍니다. 당신 때문에 놀랐어요."

"그래도!" 페티그루가 힘없이 한숨을 쉬었다. "저는 나이를 먹을 만큼 먹은지라……."

뒤바리 양이 호되게 다그쳤다. "여자가 꾸미기에 너무 늦은 나이는 없어요. 나이를 먹을수록 더 열심히 관리해야죠. 그걸 알 만큼 나이도 잡수신 것 같은데."

"돈이 한 푼도 없었어요."

"아!" 그러자 뒤바리 양이 이해한다는 듯 말했다. "그러면 말이 달라지죠. 나조차 얼굴을 뜯어고치는 데 얼마나 돈을 갖다 바쳤는지 못 믿으실걸요. 나는 업계 사람이라 왕창 할인받는데도 말이에요."

그녀가 핸드백을 찾아 열었다.

"여기 명함요. 언제든 방문하면 최고로 대접할게요. 델리시아 친구는 내 친구이기도 하니까. 여유가 되면 내가 직접 봐줄 수도 있어요. 그게 아니면 제일 좋은 직원을 붙여드리죠."

'세상에나.' 페티그루는 숨이 턱 막혀왔다. 그녀는 손을 떨며 명함을 건네받았다.

"이디스 뒤바리." 그녀는 짜릿함을 느끼며 명함에 적힌 이름을 읽었다.

"확실히 런던 분은 아니네요." 뒤바리 양이 말했다. "그건 보통 이름이 아니거든요. 내 입으로 말하기 그렇지만, 런던 최고의 미용실이라고요."

페티그루의 얼굴이 반짝이기 시작했다.

"더 말해주세요." 그녀가 간청했다. "사실이에요? 방금 하신 말씀이 정말인가요? 그러니까 정말 이런 데 가면 외모 변신이 *가능하다는* 말씀이에요?"

뒤바리 양이 자리에 앉았다. 잠시 망설이더니 의자를 가까이 끌어당겼다.

"나를 봐요."

페티그루가 그녀를 보았다. 뒤바리 양이 소리 내어 서글서글하게 웃었다.

"나는 당신이 마음에 들어요. 어딘가 특별하달까……. 자! 내가 어떤 사람인 것 같아요?"

"어머!" 페티그루는 몹시 부끄러웠다. "뭐라 말해야 할지?"

"말하고 싶은 대로요. 눈치 보지 말고 솔직히 말해봐요."

"음." 페티그루는 마음을 먹고 말했다. "아가씨는 무척…… 사람을 *놀라게 하는* 외모를 지니셨어요."

뒤바리 양은 몹시 기뻐하는 기색을 내비쳤다.

"더 말해봐요."

페티그루는 맡은 일에 열중하기 시작했다. 뒤바리 양이 솔직하게 나온다면 자신도 그럴 수 있었다.

"아가씨는 라포스 양 같은 유형의 미녀는 아니지만 사람의 눈길을 끌어요. 어디를 가면 누구나 아가씨를 볼 거예요."

뒤바리 양이 뿌듯해하며 말했다. "봐요, 내가 말한 대로죠?"

"뭐가요?" 페티그루가 물었다.

"내가 당신한테 하려던 말이요."

"무슨?"

"당신이랑 나 말이에요." 뒤바리 양이 말했다. "우리는 똑 닮았어요."

"어머…… 그럴 리가요!" 페티그루는 믿을 수 없다는 듯이 말했다.

"당신은 남의 비밀을 말하고 다니는 여자처럼 보이지 않네요." 뒤바리 양이 불쑥 말했다.

"저는 그런 사람이 아니죠." 페티그루가 대답했다.

"당신처럼 완벽하게 자연 상태인 사람을 만나면 기쁜 소식을 퍼뜨리지 않을 수가 없어요."

"그게 뭐죠?" 페티그루가 영문을 몰라 물었다.

뒤바리 양이 몸을 바짝 내밀었다.

"내 머리 있잖아요." 뒤바리 양이 실토했다. "나도 당신처럼…… 머리가 쥐색이에요."

"설마!" 페티그루가 경악하여 말했다. "그럴 리가요."

"진짜예요. 검은색이 내게 더 잘 어울리겠다고 생각했어요."

"그건 그래요."

"또 내 눈썹은요." 뒤바리 양이 또 실토했다. "속눈썹도 그렇고 모래 색깔이에요. 전부 뽑아서 연필로 그렸어요. 속눈썹은 색깔도 문제지만 짧기까지 했죠. 그래서 새로 심었어요. 길고 바짝 올라간 검은색 털로요."

"대단하네요." 페티그루가 나직이 말했다. 그녀는 그제야 뒤바리 양의 눈이 왜 이토록 감탄스러운지 깨달았다.

"얼굴색도 하찮은 털 색깔만큼이나 칙칙하고 흐리멍덩했어요. 창백한 크림색이 훨씬 더 매력적이겠다고 생각했죠."

"물론이에요." 페티그루가 한숨 쉬듯 말했다.

"내 골칫거리는 코였어요. 코는 당신이 나보다 나아요. 하지만 매코믹 선생님은 참 솜씨 좋은 외과 의사세요. 새 코를 만들어 주셨어요."

"설마." 페티그루는 입이 떡 벌어졌다.

"치아는 더 큰 골칫거리였답니다." 뒤바리 양이 줄줄이 고백했다. "치열이 고르지 않았거든요. 50파운드를 내고 교정했어요. 그만한 값어치는 충분했죠."

페티그루는 몸을 뒤로 기댔다.

"믿기지 않아요." 희미하게 중얼거렸다. "정말로 믿기지가 않아요."

"귀를 깜빡했네." 뒤바리 양이 말했다. "귀가 너무 솟아 있었거든요. 하지만 말했다시피 매코믹 선생님은 솜씨가 끝내줘요. 선생님이 보기 좋게 고쳐줬어요."

"어떻게 그럴 수 있죠?" 페티그루는 뭐라 할 말이 없었다. "그러니까 아가씨 몸은 아가씨 것이 아닌 거네요."

"조금만 손보면 기적이 일어난답니다."

"기적이라." 페티그루가 그 말을 음미했다. "정말 기적이네요. 다시는 어떤 여자를 봐도 그 미모가 진짜라고 믿지 못할 것 같아요."

"그게 무슨!" 뒤바리 양이 말했다. "그러면 우리가 부끄러운 줄도 모르고 전부 발가벗은 채 돌아다녀야 한단 소리예요? 분칠을 지우고 속치마를 벗고 마스카라도 브래지어도 다 벗어 던진 채 다닐까요? 아름다움을 되돌리고 거친 야생의 상태로 돌아가기라도 해요?"

"라포스 양은 예외예요." 페티그루가 소심하지만 충직하게 말을 이었다. "라포스 양은…… 목욕하고…… 바로 나온 모습을…… 제가…… 봤거든요."

"오, 델리시아!" 뒤바리 양이 말했다. "저 애는 다르죠. 태어날 적부터 축복받은 애니까."

침실 문가를 힐끔 바라본 그녀 얼굴이 다시 어두워졌다.

"좀 서두르면 좋겠네. 지금 나는 끔찍한 곤경에 처했어요. 보통은 저 애가 빠져나갈 길을 알려주는데."

페티그루의 눈이 촉촉해졌다.

'얼마나 아름다운가!' 그녀는 감상에 젖어 생각했다. '이보다 아름다운 모습이 있을까? 여자를 돕는 여자라. 그런데 세상은 우리가 서로 못 믿는다고들 말하지!'

"곤란한 상황에서는 다른 여자의 도움이 최고죠." 페티그루가 한숨을 지었다.

뒤바리 양이 진저리를 쳤다.

"세상에나! 내 말을 어떻게 들으신 거람." 그녀가 진지한 투로 말했다. "내가 찾아갈 여자는 델리시아 말고 없어요."

"정말요?" 페티그루가 놀라서 되물었다.

"델리시아는 남들과 다르니까요. 저 애는 외모가 외모인지라 남자들 때문에 걱정할 필요가 없어요. 그래서 믿음이 가요."

"그래요." 페티그루가 말했다. "이해해요."

"저 애는 남의 남자를 빼앗으려 하지 않아요. 시시덕거리는 것쯤은 나도 상관하지 않아요. 여자도 인간인데 그럴 수야 있죠. 하지만 그걸 어떻게 하느냐가 문제예요. 저 애는 남자 가지고 뒤에서 배신하지 않아요. 당신이 자리를 비웠을 때 도리어 당신을 좋게 말해주죠."

"아가씨답네요." 페티그루가 흐뭇하게 말했다.

"참, 깜빡했네. 저 애의 오랜 친구라고 하셨죠. 아무튼! 좀 서두르면 좋겠네요. 이러다 저 애가 방법을 궁리할 시간도 부족하겠어요."

"미용실은 어쩌다 차리게 되었나요?" 페티그루는 고민에 빠져드는 뒤바리 양의 주의를 다른 데로 돌리려고 요령껏 질문을 던졌다. "아주 젊어 보이시는데요. 외람된 질문이 아니라면, 정말 궁금하네요."

"아, 그거요." 뒤바리 양이 말했다. "간단했어요. 사장을 후렸어요."

"사장을 후렸다니!" 페티그루가 힘없이 되풀이했다. "어머나! 어떻게 그런 생각을 다 하셨어요?"

"그야 간단했어요. 그때 나는 열여덟 살이었고…… 수습 직원이었어요. 사장은 늙어가고 있었고요. 그런 남자들은 늘 어린 여자한테 홀랑 넘어가죠……. 여자가 머리만 잘 쓴다면 말이에요. 나는 그런 쪽으로 늘 머리가 잘 돌아갔어요." 뒤바리 양이 아무렇지 않게 말했다. "'결혼 아니면 안 돼' 식으로 나가면 보통은 다들 결혼해 줘요. 거기다 나는 운이 아주 좋았어요. 열심히 추켜세워 줬더니만 정신을 못 차리더라고요. 결국 그이는 근사한 묘비를, 나는 미용실을 갖게 됐어요."

"공평해야 하니까요." 페티그루는 말문이 막혀 애매하게 대답했다.

"내가 얻어낸 거죠." 뒤바리 양이 천연덕스럽게 말했다. "하지만! 무언가를 얻어내려면 약간의 수고는 필요한 법이죠. 그이는 나쁜 인간은 아니었어요. 나는 더한 인간도 알아요. 또 나는 바보가 아니었어요. 결혼한 후에도 꾸준히 일을 배웠답니다. 돈도 받으면서요. 우리 미용실은 그이가 죽고 나서 세 배나 커졌어요."

"그럴만해요." 페티그루는 격식도 갖추지 않고 간결하게 감탄을 표했다.

"내가 값을 올렸어요. 그게 사업이죠. 당연히 이름도 바꿨답니다. 뒤바리는 내가 직접 고른 이름이에요. 뒤바리를 *떠올리면* 기대감이 생기잖아요. 왠지 있어 보이죠. 아주 현명한 선택이었다고 봐요. 물론," 뒤바리 양이 솔직히 말했다. "델리시아가 생각해 낸 이름이었지만, 얼른 판단을 내린 건 나였어요."

"완벽한 이름이에요." 페티그루가 칭찬했다. "정말 굉장해요." 감탄을 마구 쏟아냈다.

그녀는 옳고 그름을 따지려 노력했다. 하지만 쓸모없었다. 그녀는 이미 넋이 나가 있었다. 누가 누굴 판단한단 말인가? 브루메건 부인에게서 벗어나게 해주겠노라고 청한 남자가 있었다면 그가 누구든 그녀도 냉큼 결혼하지 않았을까? 당연히 그랬을 것이다! 왜 아닌 척을 하겠는가? 왜 바보 같은 노처녀들은 결혼할 기회가 없었다는 구실로, 결혼한 자매들보다 자신들이 우월하다고 생각하는 걸까? 위선은 집어치우자. 페티그루는 눈을 반짝이며 몸을 내밀어 뒤바리 양의 무릎을 토닥였다.

"제 생각에는요." 페티그루가 말했다. "아가씨는 참 멋진 사람이에요. 소싯적 제가 아가씨의 *반*만큼이라도 똑똑했다면 얼마나 좋았을까요. 그러면 저도 지금쯤 행복한 과부가 되었을 텐데요."

"운명은 자신이 잡는 기회에 달렸대요." 뒤바리 양이 위로를 건넸다. "언제나 그걸 기억하세요. 기회가 오면 꼭 붙들어요."

"설령 기회가 왔더라도," 페티그루는 서글픈 확신을 갖고서 말했다. "저는 절대 붙들지 못했을 거예요. 저는 그런 그릇이 아니었거든요."

"비관하지 말아요." 뒤바리 양이 말했다. "아직 인생이 종 친 것도 아닌데."

이번에는 그녀가 페티그루의 무릎을 토닥였다. 야릇하게 매혹적인 향수가 다시금 페티그루의 코를 괴롭혔다.

"향수 냄새가 참 좋아요." 페티그루가 감탄했다.

"그렇죠?" 뒤바리 양이 흡족하게 말했다.

"이런 냄새는 처음 맡아봐요."

"그럴 거예요. 영국에서 이 비법을 아는 건 나뿐이거든요."

"대단하네요!" 페티그루가 경탄했다. "비싸겠죠?"

"온스당 9파운드."

"네?" 페티그루가 기겁했다.

"별거 아녜요. 내가 부담하는 값은 10실링 6펜스밖에 안 돼요."

"그런데도 사람들이 그걸 *산다*는 말이에요?" 페티그루의 목소리가 떨렸다.

"내가 파는 만큼 사죠. 하지만 장기적으로 생각하면 물량이 부족한 척해야 시장을 안정적으로 확보할 수 있겠더라고요. 처음에 왕창 팔려면 그럴 수야 있지만, 그랬다가 사람들이 물량이 충분하다고 생각해 버리면 곧 수요가 꺾여버려요. 내 고객들은 희소한 물건을 좋아하죠."

"10실링 6펜스 물건을 9파운드에 판다니.•" 페티그루가 까무러칠 듯이 말했다.

"오, 그게 사업이에요. 다른 사람은 만들 줄 모르니 내 마음대로 값을 매기는 거죠. 만일 비밀이 누설된다면 값은 곤두박질칠 거예요. 사람들은 다른 데서 못 구하는 고급스러움에 값을 치르는 거니까."

페티그루는 충격에 빠진 와중에도 호기심을 누르지 못하고 물었다.

"이런 질문을 해도 되는지 모르겠지만, 대체 그런 걸 어디서 배우셨어요?"

"사연을 말하자면 길어요." 뒤바리 양이 말했다. "물건을 사러 프랑스에 갔다가 거기서 가스통 르블랑을 만났어요······. 거

• 영국 구 화폐제도에서는 12펜스가 1실링, 20실링이 1파운드다.

기서 제일가는 향수 전문가예요. 놓치기 아까운 기회여서 계획보다 오래 머물렀죠. 그 사람은 두 사업을 합치자고 하더군요. 하지만 나는 바보가 아니에요. 그 사람은 내 매력에만 넘어간 게 아니었어요. 뭐, 어쨌거나 나도 그를 쌀쌀맞게 대하지 않았고, 결국 그가 약혼 선물로 향수 제조 비법을 알려줬어요. 아시겠죠! 그는 돈 한 푼 쓰지 않았고, 비법이 가문 바깥으로 새어나갈 일이 없게 조치한 셈이에요. 그렇지만 결국 나는 혼자 영국으로 돌아왔어요."

"영국으로 혼자요?" 페티그루가 어리둥절해져서 물었다.

"그럼요." 뒤바리 양이 발끈했다. "아니, 그러니까! 그 사람은 *나랑* 결혼하고픈 게 아니었어요. 그가 원한 건 뒤바리 미용실이었죠. 그걸 몰랐던 건 아니었어요. 하지만 그런 프랑스식 방식은 영 내키지 않아요. 미용실만 아니었다면 그 사람은 나와 결혼할 생각은 꿈에도 하지 않았을 거예요. 그건 *내가* 용납 못 해요. 나는 열정적으로 청혼하는 남자가 좋거든요. 영국 남자들은 여자와 사업으로 얽히려고 하지 않죠, 침대로 데려가고 싶어 하지. 우리도 그런 걸 기대하도록 가르침 받고 컸잖아요. 어릴 적 교육은 평생 따라다닌다니까요."

"그렇죠." 페티그루도 발끈했다. "물론 그래요. 정말 못된 생각이군요! 사업만 생각하다니!"

뒤바리 양이 핸드백을 뒤지더니 콤팩트를 꺼냈다. 그리고 입술 선을 새로 그리기 시작했다. 페티그루는 자리에서 일어나 벽난로 위 거울 속 자기 모습을 들여다보며 중년의 흔적을 살폈다. 세월은 쭈글쭈글한 주름보다 미세한 신호들, 이를테면 나이 든 표정, 피로한 눈빛, 발랄함이 사라진 얼굴을 통해 더욱 또렷이 드러났다. 일자로 쭉 뻗은 쥐색 머리, 흐릿하고 지친 파란색 눈, 핏기 없는 입술, 야윈 얼굴, 퍼석하고 누렇게 뜬 안색도 그랬다.

'소용없는 짓이야.' 페티그루는 생각했다. '아무리 색칠하고 분칠한들 좋은 음식을 챙겨 먹지 못해 파리해진 안색을 감출 수는 없어. 내가 어딜 가서 좋은 음식을 먹겠어.'

도로 맥이 빠지고 시들해지면서 공포가 몰려왔다. 순식간에 거울 속 얼굴에도 초조한 걱정이 피어났다. 그 얼굴은 늙어가고 무너지고 있었다. 젊음의 징후는 죄다 부서지고 없었다.

페티그루는 서둘러 거울에서 눈을 뗐다. 그리고 비싼 옷을 차려입고 윤기 나는 검은 머리, 붉은 입술, 아름답고 매혹적으로 새하얀 얼굴을 하고 앉아 있는 뒤바리 양을 바라보았다.

'아뇨.' 페티그루는 절망적으로 생각했다. '아가씨는 절대 나를 변신시키지 못해요. 내가 젊었더라도 그랬을걸요. 단순히 화장의 문제가 아니거든요. 이건 내면의 문제예요.'

그녀는 천천히 자리에 앉았다. 그때 침실 문이 열리며 라포스 양이 나타났다.

7. 03:44 PM ~ 05:02 PM

라포스 양이 은색 깃과 띠가 둘린 검은 옷자락을 휘날리며 나타났다. 활짝 웃는 그녀의 예쁜 머리칼이 연한 황금 왕관처럼 반짝였다. 그 순간 뒤바리 양을 우러러보았던 페티그루의 마음이 즉시 가라앉았다.

'아!' 페티그루는 마치 제 것인 양 자부심을 느끼며 생각했다. '인공 작품은 절대 자연을 못 이긴다니까.'

"델리시아!" 뒤바리 양이 벌떡 일어나 외쳤다. "안 나오는 줄 알았잖아."

"진정해, 이디스." 라포스 양이 부탁했다. "너는 늘 유난을 떨더라."

"너도 지금 내 상황이면 그럴걸."

"맞아. 그러겠지." 라포스 양이 달래듯 맞장구쳤다. "남의 일에 말 얹기는 쉬운 법이니까. 그나저나 귀네비어와는 뭘 하고 있었어? 기다리게 해서 미안."

"얘, 됐어. 좋은 이야기를 나누고 있었어. 열심히 자랑하는 중이지. 그러면 마음이 달래지거든."

"어머, 그런 게 아니었어요." 페티그루가 황급히 부인했다. "제가 먼저 물어서 대답하신 거예요."

라포스 양이 소리 내어 웃었다.

"둘 다 사실이라 믿어요."

"오, 델리시아!" 뒤바리 양의 목소리가 갈라졌다.

그녀 얼굴에 또다시 모든 불행이 되돌아왔다. 뒤바리 양은 울먹였다. 얼굴이 일그러졌으나 화장을 망칠 수 없었던 뒤바리 양은 소파에 앉아 애써 마음을 다스렸다.

"다 알아." 라포스 양이 공감하며 친구를 달랬다. "나는 준비를 마쳤어. 담배가…… 여기 있나? 하나 피워." 그녀가 자신과 뒤바리 양을 위해 담뱃불을 붙인 뒤 그녀 옆에 앉았다. "자, 이제 말해봐."

뒤바리 양이 담배를 한 모금 빨았다.

"토니가 떠났어."

"설마!" 라포스 양이 못 믿겠다는 듯 말했다.

페티그루는 살짝 거리를 두고 앉았다. 침범자가 된 기분이었다. 두 여자는 진짜 친구 사이였다. 이들에게 페티그루의 존재는 이미 뒷전이었다. 페티그루는 자리를 비켜줘야 한다고 생각했지만, 말없이 나가버리기는 싫었다. 그녀가 여기 있다는 것은 뒤바라 양도 아는 사실이었으니 설령 뭘 엿듣게 된다고 해서 그게 그녀의 잘못은 아니었다. 그녀는 떠나기 싫었다. 토니가 누구인지, 왜 뒤바리 양을 떠났는지 궁금했다. 그러나 한편으로는, 이토록 많은 걸 경험하고 모험하는 흥미진진한 사람들이 그녀의 삶에 그저 한순간 스쳐 지나가기만 할지도 모른다는 사실에, 점점 더 외롭고 쓸쓸한 기분을 느끼기 시작했다.

뒤바리 양이 고개를 끄덕였다.

"진짜야." 그리고 뚱하게 대꾸했다.

"하지만 전에도 싸운 적 있잖아."

"맞아. 그런데 그건 진짜 싸움이 아니었어. 이번과 달라."

"그렇구나." 라포스 양이 수긍했다. "대체 무슨 일이 있었던 건데?"

"그러니까 말이야. 너도 토니가 어떤지 알지? 승강기 안내원한테 공손하게 말만 건네도 내가 그 남자한테 흑심이 있는 줄 알고 질투하는 게 토니잖아."

"알아. 그런데 네가 남자들한테 너무 사근사근하게 굴긴 해."

"그래, 나도 인정해. 근데 그냥 습관이야. 너도 알면서. 성공하려고 그렇게 굴다 보니까 습관으로 굳어버렸어."

"그래." 라포스 양이 또 장단을 맞췄다.

"나한테 남자는 토니 말고 없어. 너도 알지. 늘 그랬어. 물론 처음에는 사업을 위해 결혼을 선택하기도 하지. 그렇지만 안정을 찾고 나면 사업을 위해 누군가와 사랑에 빠지지는 않아. 토니가 청혼한다면 나는 결혼할 생각도 있어. 그런데 그이는 입을 꾹 다물고만 있어."

"결혼 생각이 없나 보지. 아무래도 결혼하려면 포기할 게 많잖아. 자유부터 자기 사업, 적지 않은 재산까지 말이야. 반드시 결혼할 이유는 없어. 토니는 청혼하는 게 오히려 염치없다고 생각하는지도 몰라. 그냥 그런 거야……. 음, 남녀 관계라는 게

다 그래. 양쪽 누구든 결심이 서면 끝나버리지. 그런데 결혼은 진지한 일이잖니. 아마 토니가 너를 많이 배려하나 봐."

"나도 그렇게 생각해. 분명히 그래. 사업으로 내가 그 사람보다 돈을 더 버니까. 그래도 그 사람이 말이라도 해줬으면 좋겠어. 그러면 지금 어느 단계에 와 있는지 알 수 있을 텐데. 나를 향한 마음이 진지하다고 말만 해주면, 그가 결혼에 동의하도록 내가 금세 설득할 수 있을 텐데 말이야."

"남자들도 참 웃긴다니까." 라포스 양이 수긍했다.

"토니 욕심이 과한 거지. 내가 자기와 결혼한 것처럼 조신하게 굴기를 바라면서, 결혼은 안 하고 심지어 그러자는 말 한마디가 없잖아."

"남자들이 그러는 게 웃겨. 자기들 마음을 알아서 읽으라는 건지."

"나는 맞춰줄 의향도 있어. 헤어지느니 그렇게라도 토니와 계속 만나는 편이 낫다는 소리야. 그렇다고 내가 순수한 재미조차 누려서는 안 되는 이유를 모르겠어. 너도 알겠지만, 토니가 육 주 동안 해외에 나가 있느라 내가 프랭크 데스먼드랑 잠시 다녔거든. 별거 아니었어. 그냥 재미 삼아 어울린 거야. 한번은 우리 일행이 차를 몰고 그 사람의 주말 별장으로 놀러 갔어. 다들 먼저 떠나고 나는 좀 더 마시려고 남았는데, 나중에 프랭크 차에 타고 보니까 조명이 안 켜지는 것 있지. 그 사람은 기계를 정비할 줄 모르고 주변에는 손전등조차 보이지 않았어. 비가 억수로 쏟아지는 날이었는데 사방은 컴컴했고 인근 마을까지는 1마일이나 가야 했어. 어쩔 수 없이 차에서 밤을 새우는 것 말고 방법이 있었겠어?"

"그래, 방법이 없네." 라포스 양이 동의했다. "나라도 그랬을 거야. 그런데 토니가 알게 됐구나."

뒤바리 양은 눈물이 그렁그렁해져 입술을 떨었다.

"응."

"설마." 라포스 양이 조금 망설이며 물었다. "아무 일도 없었겠지?"

"내가 상처받은 부분이 그 지점이야." 뒤바리 양이 애처로이 푸념했다. "너도 프랭크가 얼마나 매력적인 남자인지 알잖아. 그와 재미를 좀 볼 수 있다면 마다할 여자가 있으려나. 그런데 나는 토니를 생각해서 그러지 않았어. 그이가 이런 나를 믿어주면 얼마나 좋을까."

"어머! 그래도 미덕은 그 자체로 보상을 준다고 하잖니."

"무엇을 선택하든 똑같은 보상이 돌아올 줄 알았으면 차라리 재미나 볼 걸 그랬다."

"토니가 네 말을 믿을 것 같지 않은데."

"맞아, 내가 할 수 있는 게 없어. 프랭크 평판이 어떤지는 너도 알지. 토니는 나도 프랭크도 믿지 않아……. 심지어 나는 프랭크에게 부탁까지 했어. 그는 나를 위해 거짓말이라도 해주겠다고 하고."

"그 사람은 그럴 거야." 라포스 양이 시큰둥하게 답했다. "그게 제일 문제야. 토니는 프랭크가 거짓말하리라고 생각하니까. 그 사람이 거짓말하지 않는다고 어떻게 토니를 설득한담? 아! 진짜 골치 아프네."

"맞아, 그런 상황이야."

뒤바리 양이 목메어 말하고는 신중하게 참았던 눈물을 떨궜다. 그리고 라포스 양의 팔을 와락 붙들었다.

"오, 델리시아! 뭐라도 생각해 봐. 나는 토니 없이 못 살아."

라포스 양이 친구를 달랬다. 뒤바리 양은 눈가를 톡톡 두드린 뒤 체념한 표정으로 위를 올려다보았다.

"남자 때문에 울다니! 이게 다 뭔 일이니? 내가 미친 여자 같겠지. 맞아, 나 미쳤어. 맙소사! 토니는 무섭고 의심 많은 인간이야. 그와 다시는 얽히고 싶지도 않은데."

"그것참 비장하네." 라포스 양이 한숨을 지었다. "하지만 마음에도 없는 소리잖아."

뒤바리 양이 또다시 무너져 내렸다.

"곧장 네가 생각나더라. 너라면 답을 알 것 같아서."

"노력해 볼게." 라포스 양이 자신 없이 대답했다. "하지만…… 상대는 토니야! 심지어 너는 그날 거기서 밤을 지새우지 않았다고 말도 못 하잖아."

"알아."

"문제네."

"그래서 곧장 너한테 온 거야. 닉이 돌아왔다길래 네가 시간이 날지는 알 수 없었지만 그래도 무작정 왔어."

"참, 맞아. 닉이 돌아왔어."

"내일 온다고 하지 않았니?"

"그랬지."

"그래도 오길비네 집은 갈 거지?"

"오, 물론이야."

"닉이 언제 왔어?"

"오늘 아침."

"지금은 어디 있어?"

"몰라. 오래 머물지 않았거든."

"얼마나 머물렀는데?"

"딱 한 시간."

"그 사람이…… 순순히…… 물러났을 리 없는데?" 뒤바리 양이 경악하여 물었다.

"아니야! 귀네비어가 가만히 놔두지 않았거든. 그게 진짜 이유야."

"뭐? 닉을 가만히 놔두지 않았다고?"

"귀네비어가 닉을 마음에 들어 하지 않았어."

"지금 농담하는 거지."

"직접 물어봐."

"그러면 그 사람이 언제라도 돌아올 수 있는 거야?"

"아니. 내일 온대."

"오늘 밤에 돌아오지 않는다는 소리야?"

"응."

"어떻게?"

"귀네비어가 허락하지 않았어."

"맙소사!" 뒤바리 양이 기절초풍하여 감탄했다.

"사실이야."

"그 사람이 그렇게 하겠대?"

"어쩌겠어."

"농담하지 마."

"닉은 귀네비어를 당해내지 못해."

"세상에나!"

뒤바리 양이 몸을 돌려 페티그루를 뚫어지게 쳐다보았다. 경외심, 놀라움, 믿지 못하겠다는 의심이 얼굴에 역력했다. 그러나 이내 존경심이 모든 감정을 뒤덮었다.

"당신이 닉을 이 집에서 내쫓았단 말이에요?"

"어머나!" 페티그루가 어쩔 줄 몰라 하며 답했다. "그렇게 지독하게는 아니었어요."

"내가 곤란한 상황이었거든." 라포스 양이 말했다.

"너도?" 뒤바리 양이 힘없이 물었다.

"닉이 원래는 내일 온다고 했었잖아."

"그랬지."

"그래서 어젯밤 필이 여기서 잤어."

"맙소사!"

"닉 소식을 너무 늦게 들은 거야."

"그랬겠구나."

"필이 내가 새로 출연하는 쇼를 후원하거든. 그래서 그를 물리칠 수가 없었어. 일이 어떻게 될 줄 알고 그래."

"물론 못 그러지."

"필은 닉의 존재를 몰라."

"내 생각에도 좋은 작전은 아니네."

"그래서 필이 여기 있었던 거야."

"어떻게 됐어?"

"귀네비어가 내보냈지."

"설마."

"진짜야."

"필이 의심하든?"

"전혀."

"그런 다음에 닉이 왔고?"

"응." 라포스 양이 말했다. "그런데 필이 피운 궐련 꽁초를 닉이 발견한 것 있지."

"안 돼!" 뒤바리 양이 경악했다.

"그것도 귀네비어가 잘 처리해 줬어. 의심하지 못하게 새 궐련을 건넸지. 닉이 완전히 페티그루의 손바닥 안에 있었어."

"말도 안 돼!" 뒤바리 양이 숨도 제대로 못 쉬며 말했다. "닉이 정말 속아 넘어갔다고?"

"*귀네비어*가 그렇게 했지." 라포스 양이 간결히 대답했다. "너도 깜빡 속았을걸."

"설명해 줘." 뒤바리 양이 속삭이듯 나직한 목소리로 청했다. "자세하게 말해줘. 빠짐없이 다."

라포스 양이 자초지종을 설명했다. 페티그루는 들떠서 손사래 치고 얼굴을 붉혔으며 이따금 아니라며 변명했다. 얼굴에서 빛이 났다. 살면서 이렇게 뿌듯한 적은 처음이었다. 당시에는 아무런 생각이 없었는데, 라포스 양의 설명을 듣고 있으니 뭐 어쩌면 *정말로* 자신이 기적을 행한 것 같기도 했다. 그녀가 해낸 일을 무척 즐거워하는 라포스 양을 보면서 그녀는 더없이 행복했다. 닉은 그녀가 생각했던 것보다 훨씬 위협적인 사람인 모양이었다. 그녀가 해낸 일은 정말로 보통이 아니었다.

"대단한 분이시네!" 뒤바리 양이 말했다.

그녀가 다가와 페티그루의 손을 덥석 잡았다.

"귀네비어." 그녀가 거리낌 없이 말했다. "본모습을 잘도 숨겨놓았군요." 그러면서 페티그루의 옷자락을 매만졌다. "내가 실수했어요. 당신은 정말 멋진 분이에요."

"나도 그렇게 생각해." 라포스 양이 말했다.

둘은 서로를 쳐다보았다.

"닉도 해치울 수 있는 사람이라면……." 뒤바리 양이 말끝을 흐렸다.

"나도 똑같은 생각이야." 라포스 양이 말했다.

둘이 동시에 몸을 돌려 페티그루를 보았다.

"이건 기회야." 뒤바리 양이 말했다.

"괜히 훈수 둘 것도 없어." 라포스 양이 급히 끼어들었다. "이분은 혼자서 더 잘하거든. 때가 되면 묘안을 생각해 낼 거야. 그런 분이셔. 우리가 괜히 참견해서는 안 돼."

"물론이지."

"그 사람도 온대?"

"간다고 했어."

"지금 몇 시지?" 라포스 양이 물었다.

"네 시 십 분."

"어머나! 귀네비어도 옷을 갈아입어야 하는데. 네가 조언해 주면 되겠다. 오늘 오후도 그렇고 밤 모임에 어울리는 차림으로 부탁해. 오후에는 외투를 벗을 필요가 없어. 도착하자마자 곧 떠날 사람들처럼 보이고 싶거든. 오길비네가 어떤지 너도 알잖아."

"일어나볼까요?" 뒤바리 양이 페티그루에게 진지하게 말했다. 페티그루가 자리에서 일어났다. 뒤바리 양이 찌푸리며 그녀를 살폈다.

"사이즈는 너랑 비슷하네."

"내 생각도 그래."

"네 옷이 맞겠다."

"골라보자."

"어머, 제발요!" 페티그루가 떨리는 목소리로 말했다. "일이 있으시면 가보세요. 저는 신경 쓰지 마시고요. 여러분 친구를 방해하기는 싫어요."

"오길비네를 방해한다니." 뒤바리 양이 놀란 듯이 말했다.

"테렌스를 방해한다?" 라포스 양이 말했다.

"모이라를 방해한다?" 뒤바리 양도 말했다.

"그들은 방해라는 단어조차 모를걸요." 라포스 양이 말했다.

"제가 민폐가 되지만 않는다면 갈게요." 신나는 일이 또 생긴 것에 잔뜩 흥분한 나머지 페티그루는 적극적으로 둘러대질 못하고 목소리가 기어들어 갔다. "하지만 정말 성가신 사람이 되기는 싫은데."

"성가시다뇨." 뒤바리 양이 놀라서 외쳤다. "당신은 우리의 조력자인걸요. 나를 꼭 살려줘요. 부디 제발 잊지 말아요."

"오, 귀네비어!" 라포스 양이 간곡히 말했다. "우리를 실망시키지 말아요. 토니를 어떻게 좀 해줘요."

페티그루는 입을 다물었다. 왜 행복을 마다하겠는가? 그녀는 날아오를 듯한 기분을 만끽했다. 벌떡 일어나자 마치 닉의 코카인처럼 온몸에 굉장한 전율이 돌았다. 무슨 일이 벌어지든 상관없었다. 그녀는 준비가 되어있었다. 다시금 즐거움에 취했다. 이 놀라운 하루 동안 일어난 일들에 관해 의심은 집어치웠다. 토니와 만나 뭘 하라는 건지 알 수 없었고, 두 여자의 대화는 대부분이 막연했지만, 그녀는 그냥 내버려 두기로 했다.

"우리가 어디를 가나요?" 페티그루가 물었다.

"오길비 집에서 열리는 칵테일파티에 가요."

"칵테일파티라!" 페티그루가 행복에 젖어 말했다. "칵테일파티! 제가요?"

"안 될 이유가 있나요?" 뒤바리 양이 물었다.

"안 될 이유가 있겠어요?" 페티그루가 되물었다. 얼굴이 환히 빛났다. "오, 여러분! 나를 데리고 가줘요."

두 여자가 그녀를 침실로 데리고 갔다. 뒤바리 양과 라포스 양이 열심히 옷을 고르는 동안 페티그루는 짧게 목욕을 마쳤다. 나와서는 라포스 양이 준비해 둔 실크 내의를 입었다. 그녀는 살면서 진짜 실크 내의는 입어 본 적이 없었다. 입자마자 무언가 달라진 기분이 들었다. 짓궂어졌고 대담해졌으며 뭐든 해낼 자신이 생겼다. 쭈뼛거림은 집에서 만든 모직 옷과 함께 벗어던졌다.

'실크 내의가 사람 심리를 어떻게 바꾸는지는 아직 연구되지 않은 모양이로군.' 페티그루는 흡족하게 생각했다.

그녀는 사교계에 처음 데뷔하는 처녀처럼 침실에 들어섰다. 레이스 장식이 달린 밑단 아래로 맨다리가 훤히 드러났으나 부끄럽지 않았다.

뒤바리 양이 그녀를 거울 앞에 앉혔다.

"아뇨." 페티그루가 단호히 말했다. "여기 앉지 않겠어요. 최종 결과만 보고 싶네요. 중간 단계를 봐서 기분을 그르치기는 싫어요."

그러자 두 여자가 거울이 없는 곳으로 페티그루를 이끌었다. 이제 하루 중 가장 중요한 순간이 찾아왔다.

"얼굴을 볼까." 뒤바리 양이 말했다.

"뭘 좀 할 수 있겠어?" 라포스 양이 초조하게 물었다.

"해봐야지." 뒤바리 양이 말했다. "나한테 맡겨."

그녀는 멀찍이 물러나 페티그루를 살피고 주위를 맴돌았다. 페티그루의 머리를 한쪽으로 젖혀보기도 했다. 그러자 이마에 주름이 짙어졌다. 어느새 직업인이 된 뒤바리 양은 조금 전과 달랐다. 초조해하지도, 걱정에 잠기지도, 우유부단하지도 않았다. 엄숙하고 단호하고 유능한, 한마디로 전문가였다.

"턱선을 좀 봐." 뒤바리 양이 말했다. "호루라기처럼 매끈해. 부기를 빼게 마사지할 필요 없겠어. 또 코를 봐. 완벽하네. 얼굴에 손볼 데가 많지만…… 코는 완벽해! 코를 고치려면 의사한테 가야 하는데 그런 위험을 감수할 사람은 많지 않지."

"아름다워." 라포스 양이 맞장구쳤다.

"서른다섯이 넘으면 말이야." 뒤바리 양이 잔소리를 늘어놓았다. "화장을 덜어내야 해. 화장을 두껍게 칠한 중년 여자보다 볼썽사나운 게 없거든. 젊어 보이기는커녕 더 늙어 보인다고. 화장품을 덕지덕지 발라 화려하게 꾸미는 건 아주 젊고 주름 없이 팽팽한 얼굴에서나 먹히는 거야. 화장의 효과는 미묘하고 예술적이어야 해. 자연스럽되 애 쓴 느낌은 절대 없어야 하지. 화장을 한 건지 맨 얼굴인지 헷갈릴 정도로 말이야."

뒤바리 양이 작업을 시작했다. 페티그루의 얼굴을 두드리고 토닥이고 매만지고 문지르고 그 위에 크림을 발라 펴고 로션을 톡톡 두드렸다가 닦아냈다. 페티그루는 피부가 따끔했지만 이내 광이 나고 건강하게 젊어지는 느낌을 받았다.

"자!" 마침내 뒤바리 양이 입을 열었다. "내가 여기서 할 수 있는 최선은 여기까지야. 우리 미용실에서만큼은 아니지만 말이야. 너라고 모든 걸 갖췄을 수는 없으니까."

그녀가 페티그루를 찬찬히 뜯어보았다. 페티그루도 떨리는 마음으로 그녀를 보았다. 얼떨결에 뒤바리 양의 가게에 발을 들인 것처럼 왠지 죄책감이 들었다. 물론 정말 그럴 수 있으려면 얼마만큼의 술을 병째로 마셔야 할지 짐작도 가지 않았다.

뒤바리 양은 조명 각도에 맞춰 페티그루의 얼굴을 기울였다.

"보이지. 눈썹과 속눈썹은 일부러 더 *검게* 하지 않았어. 살짝 진하게만 칠했지. 부자연스러운 것 같아? 아니, 그럴 리 없어."

"이보다 더 잘할 수는 없어." 라포스 양도 맞장구쳤다. "너 정말 대단하다, 이디스."

"그럼, 내 할 일은 야무지게 하거든." 뒤바리 양이 겸손히 인정했다.

그녀는 잠시 페티그루를 감상했다.

"자!" 그리고 힘차게 말했다. "이제 옷을 입히자."

"녹색이랑 금색이 섞인 양단 옷은 정말 아닌 거지?" 라포스 양이 미련이 남은 듯 물었다.

"응, 아니야." 뒤바리 양은 단호했다. "귀네비어에게 너무 과해. 그 옷과 어울리는 분위기가 아니거든. 터놓고 말해 음탕한 분위기가 부족하달까? 네가 무슨 옷을 걸치든지 척척 소화하는 여자여서 망정이지, 델리시아 너는 옷에 대한 안목이 꽝이야. 귀네비어는 아무 옷이나 소화하지를 *못해*. 맞는 옷을 골라 입어야만 한다고."

"네 뜻대로 해." 라포스 양이 온순하게 대답했다.

"검은 벨벳으로 가자." 뒤바리 양이 말했다.

두 여자가 페티그루에게 검은 벨벳 드레스를 입혔다. 처음에는 떨리는 마음에 감히 쳐다보기도 힘들었다. 그러나 옷은 꼭 맞았다. 완벽하지는 않았지만, 거슬릴 정도도 아니었다.

"역시 나랑 사이즈가 비슷한가 봐." 라포스 양이 안도의 한숨을 내쉬었다.

'다행이다.' 페티그루는 들떠서 엉뚱한 생각을 했다. '이게 다 부족하게 먹어서 중년에도 살이 붙지 않은 덕분이라니까.'

"목걸이가 필요해." 뒤바리 양이 말했다. "소박하면서 숙녀다운 거면 좋겠는데."

"나한테 진주 목걸이가 있어." 라포스 양이 말했다. "아주 고가는 아니지만, 누가 알겠어?"

"그거 좋다."

"아뇨." 페티그루가 아주 단호한 투로 끼어들었다. "저는 다른 사람의 진주 목걸이는 *절대* 착용하지 않겠어요. 행여 잃어버리면 어떡하나, 한순간도 마음을 놓을 수 없을 테니까요. 고맙지만 사양할게요."

뒤바리 양과 라포스 양이 눈빛을 교환했다.

"이분은 허튼 말은 안 해." 라포스 양이 말했다. "귀네비어가 아니라고 하면 아닌 거야."

"비취 귀걸이를 할 거야." 뒤바리 양이 말했다. "그것과 어울리는 목걸이가 필요해. 귀네비어의 분위기에 너무 반짝이는 보석은 어울리지 않아."

페티그루가 한마디 덧붙이려 입술을 달싹이는데 라포스 양이 급히 끼어들었다.

"어차피 다 모조품이니까 걱정하지 말아요. 궁상맞은 시절의 유산이랄까. 하지만 이디스는 그것들을 늘 좋아했죠."

그렇게 넘어갔다.

"그리고 이따 밤에는," 뒤바리 양이 말했다. "꽃 장식을 달 거야. 우아하게 녹색과 크림색 위주로 분위기를 잡을 건데 딱 한 송이는 색깔이 화려했으면 해. 조화가 아니라 진짜 생화로. 그래야 개성이 살아. ……산뜻하고 자연스러운 이 여자의 느낌이 말이야."

"물들지 않은 느낌." 라포스 양이 말했다.

"머리도 똑똑하고." 뒤바리 양이 고개를 저었다.

"믿기지 않을 정도야." 라포스 양이 수긍했다.

"거만한 분위기를 생각할 수도 있지만."

"그런 건 찾아볼 수도 없어."

"천만다행이지!" 뒤바리 양이 말했다.

"꽃은 내가 직접 고를게." 라포스 양이 약속했다.

"그게 낫겠다. 하여간 웃긴다니까. 이렇게 똑똑한 사람들이 정작 스스로 돌보는 법을 모른다는 게 말이야. 그런 게 안 보이나? 기분 나빠지는 마세요."

"전혀 불쾌하지 않아요." 페티그루가 대꾸했다.

"그러면 이제 머리를 할 차례." 뒤바리 양이 말했다.

그녀가 페티그루의 머리를 풀었다.

"거의 직모이지만 아이론으로 지지면 잘 말리겠다. 타고난 곱슬머리는 도리어 잘 길들지 않기도 하거든……. 참!" 뒤바리 양이 멍하게 라포스 양을 보았다. "너는 아이론이 필요 없지. 타고난 곱슬머리니까. 그러면 이 집에는 없겠네. 망했다."

"아냐. 나도 있어." 라포스 양이 자신 있게 말했다. "몰리 리로이가 비 오는 날 이곳으로 오다가 곱슬기가 다 풀리고 머리 끝이 아무렇게나 뻗쳐서 최악의 밤을 보냈었잖아. …… 그날 이후로 만일의 사태를 대비해 손님용 아이론을 장만했지. 달구는 장치도 있어."

라포스 양이 마치 모자에서 토끼를 꺼내는 마술사처럼 필요한 모든 장비를 뚝딱 차려냈다. 뒤바리 양이 작업을 시작했다.

"머리를 다시 감을 시간은 없어. 안타깝지만 어쩔 수 없지. 다행히 머리가 기름지지는 않았네. 굵게 조금만 말아야겠다. 예술적으로 꾸밀 시간은 부족해."

야무진 손가락이 열심히 꼼지락댔다. 앉아 있는 페티그루는 신난 나머지 졸도할 지경이었다. 그녀는 이제껏 살면서 자연이 선물한 소박한 몸에다 변화를 줘본 적이 없었다. 어머니는 이렇게 다그치셨다. "왜 하나님이 손수 창조하신 것을 더 꾸미려 하지? 과연 그분이 기뻐하실까? 아니. 너의 그 얼굴과 머리는 그분이 주신 거다. 그러니 잘 간직하거라." 페티그루는 가만히 앉아서 모험과 일탈의 행복을 마음껏 누렸다. 조금 막 나간다는 아찔한 느낌, 유행을 따르는 속물이 된 감각, 떳떳하지 않은 황홀함의 짓궂은 느낌을 맛보았는데, 무척 맛이 좋았다. 정말이지 만족스러웠다.

"끝났어." 뒤바리 양이 입을 열었다. "옆 가르마를 탔어. 이마에서 뒤로 넘어가는 웨이브를 무심한 듯 굵게 몇 개 말아서 자연스럽고 크게 애쓰지 않은 듯한 인상을 줬지. 목덜미 부근에 정교하게 틀어 올린 머리는 무심한 분위기를 풍기기에 가장 안전한 방법이야."

"됐다." 그녀가 자신이 완성한 작품과 거리를 두고 섰다.

"맙소사!" 라포스 양이 감탄했다. "머리 하나로 사람이 이렇게 달라진다고?"

"이제 다 끝났나요?" 페티그루가 떨며 말했다.

"끝났어요." 뒤바리 양이 말했다.

"이대로 끝." 라포스 양이 외쳤다.

"만족스러운 작업이었어." 뒤바리 양이 겸손히 맞장구쳤다.

"정말 안 믿겨." 라포스 양이 경이로움을 표했다.

"모델이 훌륭했지." 뒤바리 양이 말했다. 그러나 기어코 자부심이 겸손함을 비집고 나왔다. "이런 말이 어떨지 모르지만, 내 결과물이 자랑스러워."

"이제 봐도 될까요?" 페티그루가 간절히 말했다.

"거울이 기다리고 있어요." 뒤바리 양이 말했다.

페티그루가 자리에서 일어나 몸을 돌려 거울 속 자신과 마주했다.

"*아냐*." 페티그루가 속삭였다.

"*맞아요*." 뒤바리 양과 라포스 양이 기쁘게 합창했다.

"이건 제가 아니에요." 페티그루는 숨이 턱 막혔다.

"틀림없이 당신이에요." 뒤바리 양이 대꾸했다.

"귀네비어란 사람 그대로예요." 라포스 양이 용기를 주었다.

두 여자는 조용해졌다. 성스러운 순간이었다. 페티그루가 주인공인 순간. 둘은 말없이 감상하는 것으로 경의를 표했다.

페티그루는 물끄러미 거울을 쳐다보았다. 쓰러지지 않으려 의자 등받이를 붙들었다. 어지러웠다. 거울 속에는 다른 여자가 서 있었다. 세련된 여자. 균형 잡히고 교양 넘치며, 완벽하고 모자란 데 없이 우아한 여자. 나이란 것을 초월한 여자. 젊지 않은 게 분명한데 늙지도 않은 여자. 누가 이 여자의 나이를 신경 쓰겠는가? 아무도 그러지 않으리라. 이렇게 매력적인 자태의 여자를 본다면 누구도 그러지 않을 것이다. 짙은 검은색의 벨벳 드레스는 무척이나 깊이 있고 윤기가 흘러서 광택이 마치 하나의 색깔처럼 빛을 발했다. 가히 예술가의 작품이었다. 창의적이고 솜씨 좋은 마름질 덕에 그 옷을 걸치면 사람이 도발적인 동시에 정숙해 보였다. 보는 사람으로 하여금 이 여자가 도발적인지 정숙한지 알아내고 싶다는 흥미를 자극했다. 그런가 하면 옷의 선이 간소해 한결 더 늘씬해 보이는 효과가 있었다. 귀걸이는, 뭐랄까, 완숙한 느낌을 주었다. 다른 말이 필요 없었다. 거기에 목걸이는 우아함을 더했다. 그녀가, 그러니까 미스 페티그루가 우아해졌다.

그리고 이 은은한 홍조! 진짜인가? 누가 알겠는가? 굵게 말린 머리까지! 뻗친 머리도, 뭉친 가닥도, 축 처진 직모 머리칼도 말끔히 정리되어 있었다. 진짜 그녀 머리란 말인가? 그녀도 몰라볼 정도였다. 기억했던 것보다 훨씬 더 푸르게 보이는 두 눈! 예술적으로 음영을 준 눈썹과 속눈썹! 살짝 관능적인 붉은 입술! 립스틱을 발랐나? 그녀와 키스할 남자만이 확실히 알게 되리라.

그녀가 미소를 지었다. 그러자 거울 속 여자도 똑같이 미소를 지었다. 자신감 있고 침착했다. 얌전한 태도, 비굴한 미소, 소심한 수줍음, 볼품없는 몸, 추레한 머리, 누렇게 뜬 안색은 어디로 갔지? 사라지고 없었다. '뒤바리 미용실'의 노련한 주인장이자 경영자인 뒤바리 양의 마법 덕분이었다.

페티그루는 넋이 나간 채 전율하면서 집중력을 발휘해 꿈속에서나 그렸을 법한 자기 모습을 뚫어지게 들여다보았다. 갑자기 울컥하며 눈가가 촉촉해졌다.

"귀네비어." 뒤바리 양이 당황하여 소리쳤다. "세상에, 얼른 참아요."

"귀네비어." 라포스 양도 놀라서 숨소리를 냈다. "꾹 참아요. 화장을 생각해요. 무슨 일이 있어도 화장을 지켜야 해요."

페티그루는 씩씩하게 눈물을 참았다.

"명심할게요." 페티그루가 위엄 있게 말했다. "'잉글랜드는 바라노니!'[•] 적절한 관리는 필수죠."

"구두도 필요한데." 뒤바리 양이 말했다.

페티그루가 신발을 갈아신었다.

"이런!" 페티그루가 놀라서 외쳤다. "조금 큰데요."

"음, 차라리 다행이에요." 라포스 양이 안심한 듯 말했다. "작은 것보다 나으니까. 중간에 구두 가게에서 깔창만 한 켤레 사면 돼요."

"이제 외투만 입으면 돼." 뒤바리 양이 말했다.

페티그루는 후줄근한 갈색 트위드 외투를 걸쳤다가 기껏 화

• 1805년 트라팔가르 해전에서 호레이쇼 넬슨 제독이 함대 전체에 내걸며 사기를 증진시킨 문장 '잉글랜드는 모든 이가 각자의 의무를 다할 것을 바란다'에서 따온 말.

려하게 꾸민 모습이 다 가려지면 어쩌나 겁이 났다. 하지만 괜한 걱정이었다. 순식간에 그녀는 무척 보드랍고 윤기가 흐르고 행복이 느껴질 만큼 따뜻한 털 코트 차림이 되었다. 이런 호사는 난생처음이었다.

"오!" 페티그루가 숨을 겨우 내쉬었다. "오! 믿기지 않아요. 털 코트를 한 번 걸쳐라도 보는 게 평생 소원이었는데."

"모자는 필요 없을까?" 뒤바리 양이 물었다.

"어울리는 모자가 나한테 없어." 라포스 양이 결정을 내렸다. "모자 없이 가야겠다. 누구도 신경 쓰지 않을 거야."

장갑, 손수건, 새 핸드백까지, 준비가 끝났다.

"다 준비됐어?" 마지막으로 자기 단장을 마친 뒤바리 양이 물었다.

"준비 끝." 라포스 양이었다. "이제 나가자."

끝으로 방을 둘러보고 빠진 물건이 없는지 확인한 세 여자는 그렇게 문을 나섰다.

8. 05:02 PM ~ 06:21 PM

페티그루는 어느새 복도를 지나고 있었다. 이제 더는 질책하고 당황하고 놀라고 힐난하지 않았다. 눈이 반짝였고 얼굴이 빛났다. 기운이 솟았다. 모든 게 정신없이 일어나고 있었다. 따라가기 벅찼지만, 세상에나, 정말로 즐거웠다.

'상관없다 이거야.' 페티그루가 기쁨에 겨워 생각했다. '어머니가 알면 놀라 자빠지시겠지. 어쩔 수 없어. 살면서 이렇게 신난 적이 있었나. 앞일은 알 수 없으니 낯선 사람을 조심하라고 어머니는 늘 말씀하셨지. 자칫 그들을 따라 파멸에 이를 수도 있으니까. 하지만 나 같은 중년의 노처녀를 누가 굳이 망가트리려 하겠어? 어머니 말씀은 믿지 않겠어. 왜 이런 일이 일어나는지는 나도 몰라. 아무렴 어때, 이렇게 일어나고 있는데. 그걸로 충분해.'

"괜찮아요?" 라포스 양이 걱정하듯 물었다.

"어서 가요." 페티그루가 기뻐하며 명랑하게 대답했다.

"택시를 부를까요, 아가씨?" 아래층에서 만난 수위가 물었다.

페티그루는 순전히 놀러 가기 위해 택시를 타본 적이 없었다. 택시를 타다니, 마무리까지 완벽했다. 그녀는 몸을 뒤로 기대고 앉아 획획 지나가는 런던 거리의 풍경을 보았다. 꿈결 같았으나 완벽하게 현실적인 꿈이었다. 모퉁이를 돌아도 악몽이 튀어나오지 않았다. 어디로 가는지는 알 수 없었다. 그녀는 언제나 런던이라는 미로를 두려워했고 허구한 날 방향을 헤맸다.

세 여자는 도중에 멈춰 구두 깔창을 한 켤레 샀다. 그리고 다시 길을 떠났다. 어느 집 앞에 택시가 멈춰섰다. 창문마다 불이 켜져 있었다. 세 여자가 내렸고, 라포스 양이 택시 요금을 냈다. 현관문을 두드리자 세 여자는 안으로 들여보내졌다. 페티그루를 가로막는 이는 없었다.

"우리가 너무 늦었어." 뒤바리 양이었다.

가정부가 옷방으로 세 여자를 안내했다. 그곳에는 아무도 없었다.

"이제 됐어, 메이지." 라포스 양이 말했다. "우리가 알아서 할게."

가정부가 자리를 떴다.

라포스 양과 뒤바리 양이 코에 분을 칠했다.

"같이 해요, 귀네비어." 라포스 양이 말했다. "코를 덧칠해야 해요. 안 하면 안 돼요. 등장하기 전 마지막으로 할 일이죠. 코에 분칠하는 것 말이에요. 그래야 자신감이 생겨요."

페티그루는 떨리는 손으로 초조하고 서툴게, 그러나 흡족하게, 난생처음 코에 분을 칠했다.

"있잖아요." 그녀가 행복하게 입을 열었다. "아가씨가 옳았어요. 정말 몸가짐부터 자신감이 생기네요. 벌써 느껴져요."

"바로 그거예요." 뒤바리 양이 칭찬했다.

세 여자는 아래층으로 내려갔다. 닫힌 문 안쪽에서 흥겹게 노는 소리가 요란하게 새어 나왔다. 페티그루는 갑자기 불안해져 우뚝 멈춰 섰다. 무대 공포증 같은 것이 엄습했다. 지금 자신이 어떤 모습인지 그녀는 까맣게 잊어버렸다. 변신한 모습을 마주한 시간이 너무 짧았기 때문이었다. 달라진 모습에 익숙해지려면 더 오랜 시간 꼼꼼히 뜯어보아야 할 터였다. 과거에 늘 느끼고 살았던 기분이 되돌아왔다. 끊임없이 새 일자리를 찾으며 안절부절 긴장하고 무능력하며 볼품없고 수줍음 많은 미스 페티그루. 몸이 떨려왔다. 다들 그녀를 비웃고 흘끔대며 한마디씩 말을 얹겠지. 견딜 자신이 없었다. 더 이상의 조롱은 무리였다. 지금껏 실컷 당해왔으니까.

라포스 양과 뒤바리 양도 걸음을 멈췄다.

"다 왔어요." 뒤바리 양이 나직하게 말했다.

페티그루가 그녀를 쳐다보았다. 뒤바리 양의 쾌활한 여유도 사라지고 없었다. 그녀는 잔뜩 풀 죽어 있었다. 축 처져서 긴장한 모습이 페티그루보다도 더 겁에 질린 듯했다. 페티그루는 놀란 나머지 긴장감마저 잊었다.

"기운 차려, 이디스." 라포스 양이 애원했다. "그 사람한테 이런 모습을 보일 순 없어. 다 잘될 거야. 귀네비어가 다 생각이 있을 거라고."

두 여자가 동시에 페티그루를 보았다.

"토니를 잊으면 안 돼요." 라포스 양이 간곡히 말했다.

"들어가서 그 사람이 보이면 내가 손짓할게요." 뒤바리 양 역시 똑같이 위중한 투로 말했다.

'친절하기도 해라.' 페티그루는 속으로 감동했다. '다퉈서 멀어진 전 연인을 내게 보여준다는 게 얼마나 친근한 행동이야.'

"그 사람을 꼭 만나보고 싶네요. 정말 고마워요." 페티그루가 진심을 담아 말했다.

"봐." 라포스 양이 뿌듯해하며 말했다. "내가 뭐라 그랬어? 귀네비어는 다 생각이 있다니까."

"제발 부탁할게요……." 뒤바리 양이 입을 뗐다.

"훈수는 필요 없다고 했지." 라포스 양이 다시 사정했다. "그런 건 오히려 혼란만 일으킨다니까. 귀네비어가 알아서 하게 내버려 둬. 그게 훨씬 나아."

"절대 잊으시면 안 돼요." 뒤바리 양이 마지막으로 절박하게 부탁했다.

페티그루는 대체 무슨 말인지 도통 알아듣지 못했다. 두 여자의 말은 이상하고 좀처럼 이해하기가 힘들었지만, 그녀는 그러려니 했다. 더구나 지금은 물어볼 시간이 없기도 했다. 라포스 양이 문을 열어젖혔고, 그렇게 그녀도 방으로 휩쓸려 들어갔다.

그녀는 눈이 부셔 몇 번을 깜빡였다. 방 안에는 남녀가 가득했다. 뒤섞여 엉킨 목소리들이 귀를 괴롭혔다. 넓은 공간이었다. 저 멀리 맨 끝에 바 카운터 같은 것이 보였고, 그 뒤로 술병이 아주 많았다. 그녀는 주변을 제대로 파악할 겨를조차 없었다. 들어가자마자 사람들이 시끄럽게 소리치며 세 사람을 에워쌌기 때문이다. 라포스 양과 뒤바리 양은 인기가 좋은 게 분명했다.

"델리시아."

"이디스."

라포스 양이 활짝 웃었다. 뒤바리 양은 놀랍도록 달라져 있었다. 웃음을 터뜨리고 수다를 떨고 농담을 주고받았다. 우울과 불행의 흔적은 찾아볼 수 없었다. 라포스 양은 페티그루의 팔을 꼭 붙들고 돌아다니며 사람들에게 그녀를 소개했다. 페티그루는 정중하게 "안녕하세요?"라는 인사를 족히 백 명쯤 되는 사람들에게 건넸다. 누구도 그녀를 빤히 쳐다보거나 비웃지 않았다. 여주인의 냉대를 받는 일도 없었다. 실은 정확히 누가 여주인인지 감이 오지 않았다. 화려한 빨간 의상을 차려입고서 "델리시아, 와줘서 고마워요"라고 말한 몽환적 인상의 여자가 *아마*도 여주인이겠거니 짐작할 따름이었다. 그런데 얼마 후 속이 비치는 초록색 옷을 입은 여자가 "우리 델리시아, 얼굴을 보니 참 반가워요"라고 말을 건네자 페티그루는 도로 긴가민가해졌다.

정신을 차리고 보니 그녀 손에 술잔이 쥐어져 있었다. 짙고

구불구불한 머리에 짓궂게 눈을 반짝이며 꼬시는 듯한 목소리로 말을 건넨 청년이 준 것이었다. 그런데 그때 라포스 양이 다급하게 고개를 저었다.

"나라면 마시지 않아요." 그녀가 속삭였다. "적어도 그 술은요. 테렌스나 마실 술이죠. 내가 다른 걸 가져다줄게요. 무시하는 건 아니지만, 귀네비어, 당신은 독한 술에 *그리* 익숙한 분이 아닌 것 같아요. 그리고 지금 여기 토니도 와 있잖아요. *진짜* 독한 상대라고요."

"조언대로 할게요." 페티그루가 당황하여 대답했다. "아가씨가 반대하는 건 절대 하지 않아요."

라포스 양이 술잔을 가져다주었다.

"이제," 라포스 양이 잠시 숨을 고른 뒤 말을 이었다. "좀 앉아요. 어디가 좋으려나? 밤도 되기 전에 지치시면 안 되는데."

"제 생각에는요." 페티그루가 간결히 대답했다. "그냥 저기 서 있고 싶어요. 고개를 들면 건너편 거울이 보이는 위치에서요. 순전히 허영심 때문에 그런다고 생각하지는 말아주세요. 물론 그런 마음이 아예 없지는 않지만, 달라진 내 모습이 아직 익숙하지 않아서 이따금 몰래 거울로 확인하면 큰 힘과 용기를 얻을 것 같아요."

"좋은 생각이네요." 라포스 양이 수긍했다.

그녀가 페티그루가 원하는 자리로 안내했다. 페티그루는 은근슬쩍 거울로 자기 모습을 확인했다. 안도의 한숨이 절로 났다. 아직 변신한 모습 그대로였다. 이 자리에 있는 여자들과 별반 다르지 않았다. 그녀는 벨벳 드레스를 뽐내고 싶어서 아주 무심하게 털 코트 자락을 풀었다. 자신감이 차올라 혼자 남겨지든 말든 상관없을 것 같았다. 그녀는 이곳에서 마음껏 구경하고 즐기고 기억할 작정이었다. 그것만으로 충분했다. 하지만 그녀는 혼자 남겨지지 않았다. 라포스 양이 자리를 떠난 후 놀랍게도 다른 사람들이 곧장 페티그루의 곁을 채웠다. 심지어 꽤 많은 사람이 차례로 다녀갔다. 다들 유쾌하게 말을 건넸고, 물론 페티그루는 사양했으나 술을 권했다. 또 모두가 존경하듯이 그녀를 바라보았다. 페티그루는 점점 더 우쭐해졌고 매 순간 짜릿해졌다. 스스로도 이해가 가지 않았다. 갑자기 모두에게 주목받는 주인공이 된 듯했다. 평소에는 그렇게 겁이 나던 대화도 막힘 없이 술술 이어졌다. 누가 뭐라고 말하든 맞장구치고 미소를 지으면 상대방은 곧장 만족하는 듯했다. 그러다가 용기를 내어 의견을 내면 상대방은 놀라 감탄하는 표정을 지었다. 그녀는 어쩌면 지금까지 자신이 대화 솜씨를 발휘할 기회가 없었던 게 아닐까 하는 생각이 들기 시작했다.

그녀는 하도 웃고 고개를 끄덕이느라 머리가 헝클어지고 부스스해져 슬슬 망가져 보이겠다는 생각이 들었다. 그럴 때마다 거울 속 모습을 슬쩍 확인하면 곧장 자신감을 되찾았다. 거울

속 그녀는 가정 교사 페티그루가 아니라 흐트러진 모습도 독특하고 자연스럽게 매력적인 낯선 여인이었다.

사람들이 계속 찾아와 친근하게 말을 섞었다. 다행히도 그녀는 라포스 양이 여기저기 떠들고 다니고 있다는 사실을 까마득히 몰랐다. 라포스 양은 좋은 것을 혼자만 아는 성격이 아니었다. 자세하게 설명할 수는 없으나 간략하게나마 가상의 사건을 소문내지 않고는 못 배겼다.

"그렇다니까요." 라포스 양이 말했다. "내가 만나본 사람 중에 흉내를 가장 멋들어지게 내는 사람이에요."

"근사한 파티군요." 버라이어티 쇼로 유명해진 레지 카터릿이 보드빌 쇼에서 활약하는 미녀 플로렌스 소머스에게 말을 건넸다.

"모이라가 사람을 제대로 모았네요." 소머스 양이 동의했다.

"저 숙녀는 누군가요?" 레지가 물었다.

"미스 페티그루요."

"초면인데."

"네?" 상대방이 괜히 뻐기며 되물었다. "저분이 브루메건 부인 흉내 내는 걸 못 봤어요?"

"브루메건 부인?"

"브루메건 부인요."

"처음 듣는데요."

"브루메건 부인을 처음 듣는다고요?"

"네." 그는 조바심이 났다. "모르면 안 되나요?"

"당연히 알아야죠."

"그러면 이제부터 알아야겠군요."

"요즘은 유행을 나 몰라라 할 수 없어요." 소머스 양이 맞장구쳤다.

"맞아요. 돈이 드는 것도 아닌데."

"그러면 안녕히." 소머스 양이 작별을 고했다. "저기 찰리가 있어서요. 이따 봐요."

"근사한 파티 아닙니까." 레지 카터릿이 이번에는 자신보다 뛰어난 젊은 주연 배우 모리스 딘스모어에게 말을 걸었다.

"멋지군요." 모리스가 태평하게 대꾸했다.

"새로운 유명 인사들을 불러 모으는데 확실히 일가견이 있어요."

"유명 인사? 누구요?"

"미스 페티그루요."

"페티그루?"

"저분이 브루메건 부인 흉내 내는 걸 못 봤어요?" 믿을 수 없다는 듯한 투였다.

"브루메건 부인?"

"브루메건 부인을 몰라요?"

"아…… 아! 알죠. 생각해 보니 만난 적이 있군요. 데스먼드네에서 봤던가?"

"아마 그럴 겁니다."

"미스 페티그루가 그 부인을 그렇게 잘 따라 합니까?"

"기가 막혀요. 도라 딜레이니 저리 가라예요."

"설마."

"음…… 이건 비밀인데, 필 골드버그가 저 여자를 뒤에서 도와준다더군요. 델리시아 친구라던데, 델리시아도 골드버그가 밀어주잖습니까. 둘이…… 특별한 사이니까."

"세상에!" 모리스가 말했다.

"진짜예요. 골드버그의 친구라, 누가 저 여자를 멀리하고 싶겠습니까?"

"그럴 사람이 있을까요?" 모리스가 맞장구쳤다.

그는 급히 자리를 옮겼다.

"아! 안녕하세요, 이블린." 모리스가 자신보다 뛰어난 젊은 주연 여배우에게 인사했다.

"안녕하세요, 모리스."

"그 여자를 만나봤나요?"

"누구요?"

"맙소사, 당신이라면 무조건 알겠죠."

"누구를요?"

"미스 페티그루요."

"아…… 아…… 페티그루."

"미래의 스타죠."

"오…… 음, 생각해 보니 기사를 읽은 것 같네요."

"그 여자가 브루메건 부인 흉내 내는 걸 본 적 없습니까?"

"브루메건 부인요?"

"예." 그가 거들먹거렸다. "브루메건 부인은 들어봤죠?"

"오…… 그게, 네, 들어봤죠. 그 여자가 브루메건 부인 역할을 맡는대요?"

"지방 공연에서 난리가 났다던데요."

"아, 지방 공연!" 반응이 차가워졌다.

"다음에는 런던에서 공연한대요." 담백하게 덧붙였다.

"런던에서?"

"예. 필 골드버그가 뒤에서 도와준다죠. 새로 올리는 레뷰● 공연에 코미디 스타로 나온답니다. 델리시아 라포스와 함께."

"아, 그 말을 들으니 기억이 나네요."

"인생 모르는 겁니다. 무명에서 런던의 여왕이 되다니."

"아, 네. 저분과 대화를 좀 해봐야겠어요."

그렇게 페티그루는 모두를 맞이했다. 반짝이는 눈과 환히 빛

● 노래, 춤, 촌극을 결합한 통속적이고 풍자적인 쇼.

나는 얼굴, 그리고 뒤바리 양이 말아준 웨이브를 간직했으나 몹시 예술적으로 흐트러진 머리를 하고서 말이다. 귀걸이는 속물적인 세련됨을 과시하며 빛났다. 뺨에는 자연스럽게 홍조가 돌았다. 가슴은 굉장한 흥분으로 부풀어 올랐다.

라포스 양이 그녀의 팔을 붙들었다. 페티그루가 자신에게 감탄하던 이에게서 시선을 거뒀다.

"저 사람이 토니예요." 라포스 양이 소곤거렸다.

페티그루는 라포스 양이 가리킨 쪽을 보았다. 그는 보통 체격의 젊은 남자로, 헝클어진 갈색 머리와 이글이글하게 타오르는 눈빛이 눈에 띄었다. 어딘가 강인하고 완고한 사람이라는 인상을 풍겼다.

'오!' 페티그루는 안심했다. '잘생겼네. 나는…… 나는…… 백수건달을 예상했는데. 여자를 겉모습만 보고 얼마나 잘못 판단할 수 있는지 보여주는군.'

뒤바리 양과 토니가 만났다.

"안녕, 토니?" 뒤바리 양이 경쾌하게 말을 건넸다.

"파티 한번 성대하네." 토니가 태연히 받아쳤다.

뒤바리 양은 그대로 지나쳤다. 둘의 만남은 무척 산뜻하고 침착했으며, 매우 세련되고 무심했다. 이후로 둘은 서로를 피해 거리를 두었다. 한쪽 구석으로 간 뒤바리 양은 활기가 넘쳤다. 반대쪽 구석에서 토니 역시 활기가 넘쳤다.

'어머나!' 페티그루는 생각했다. '괜찮은 척하면서 서로 무지하게 의식하고 있잖아? 아이고, 딱해라! 여전히 서로 신경 쓰고 있어.'

이후 뒤바리 양이 다가왔다.

"저 사람이 토니예요." 그녀가 속삭였다.

"알아요." 페티그루가 대답했다.

그녀가 뒤바리 양을 살폈다. 마침 토니가 다른 쪽을 보고 있었기에 뒤바리 양은 대놓고 그를 바라보았다. 페티그루는 뒤바리 양의 눈빛에서 잠깐이나마 서글픈 기색을 읽었지만, 토니가 고개를 돌리자마자 그녀는 다른 누군가와 웃음을 터트렸다.

페티그루는 갑자기 주변 사람들에 관한 관심이 식었다. 어쨌거나 그들은 모르는 사람들이라지만, 뒤바리 양은 친구였다. 뒤바리 양의 심정을 생각하니 마냥 즐거울 수 없었다.

그녀는 슬쩍 비켜나서 바 끄트머리 구석으로 갔다. 마침 높은 스툴이 있길래 그 위에 걸터앉았다.

'아이고!' 페티그루는 슬프게 생각했다. '저 남자가 정신을 차리면 좋으련만. 뒤바리 양이 이렇게 불행해하는 모습은 보기 힘들어. 젊은 시절은 금방 가버리는데.'

라포스 양이 다가왔다.

"귀네비어. 내 친구 토니를 소개할게요."

"안녕하세요?" 페티그루가 인사했다.

"안녕하세요?" 토니도 인사했다.

"그러면 대화들 나눠요." 라포스 양이 기분 좋게 말을 건넨 뒤 자리를 떴다.

"술을 가져다드리죠." 토니가 싹싹하게 말했다.

"고마워요." 페티그루가 골똘히 생각하며 대답했다. "한잔하면 좋겠네요."

'이미 두 잔을 마시긴 했지만,' 페티그루는 분별력을 잃지 않고 생각했다. '취기는 느껴지지 않아. 한 잔 더 마셔도 되겠어. 또 빼지 않아야 좋은 인상을 줄 테지.'

토니가 비평하듯이 그녀를 관찰하기 시작했다. 그는 자신이 여자를 잘 본다고 자부하는 편이었다. 페티그루의 은은하게 반짝이는 귀걸이와 단정하게 재단된 드레스를 보고서 나름의 판단을 내렸다.

"독사의 독으로 가져다드릴까요?"

"오…… 음, 그럴까요? 좋죠." 페티그루는 조금 당황하며 대답했다.

토니가 술을 가져다주었다. 페티그루는 절반을 벌컥 마셨다. 토니는 감탄하며 지켜보았다. 페티그루는 혹시 진짜 독이 든 건 아닌지 잠시 생각했다. 그녀는 아무런 동요도 없이 의자에 앉아 있었다. 감히 움직일 수 없었다. 목구멍이 타들어 가는 듯했다. 방이 넘실거렸고 의자가 흔들렸다. 헛것이 보였다. 그러다 모든 게 잠잠해졌다. 방은 더 이상 움직이지 않았다. 의자도 꿈쩍하지 않았고, 그녀는 그 위에 여전히 무사히 앉아 있었다. 시험 삼아 움직여 보았다. 균형 감각은 그대로였다. 페티그루는 씩 웃었다.

대단해진 기분이 들었다. 내면에 당당함과 자신감이 가득 채워지는 듯했다. 그 감각이란 굉장했다. 과거에 소심했던 자기 모습을 생각하니 우스웠다. 하찮기는! 벌벌 떨기나 하고! 내가 두려움이란 걸 알기는 했었던가? 그럴 리가. 그녀는 당장이라도 싸우고 싶은 충동을 느꼈다. 눈부신 승리를 거둬 자기 힘을 증명하고 싶다는 이유 하나만으로 누군가와 결투를 벌이고 싶었다. 그녀는 전투심에 눈을 반짝이며 방을 둘러보았다. 싸울 사람 어디 없나?

마침 토니가 그녀 곁에 아주 얌전하게 서 있었다. 다른 사람들이 있는 자리로 돌아갈 생각이 없어 보였다. 그를 보니 페티그루의 머릿속에 기억 하나가 퍼뜩 떠올랐다. 그녀는 뒤바리 양이 그를 보고 있지 않을 때 그의 시선이 뒤바리 양을 쫓는 걸 보았다. 그러자 비로소 모든 게 기억났다. 아주 천천히, 그리고 아주 신중하게, 페티그루가 자리에서 일어났다.

"하!" 페티그루가 대뜸 소리쳤다. "당신이 토니죠?"

그가 화들짝 놀랐다.

"네, 그렇습니다만."

"만나고 싶었어요."

"영광이네요."

"별소리를." 페티그루가 말했다. "나는 어리석은 젊은이라면 늘 흥미가 있거든요."

"예?" 토니는 놀라서 말문이 막혔다.

"어리석은 놈."

"*저요?*"

"그래요, 당신."

"오!" 토니가 넉살을 부렸다. "저를 아는 분이신 줄은 몰랐습니다."

"아주 잘 알지요."

그가 재미있어하며 쳐다보았다.

"그런데 왜 어리석다는 거죠?"

"에이, 들어봤자 관심도 없을 텐데." 페티그루가 오만하게 대꾸했다. "나야 학구적인 호기심으로 젊은이들의 우매한 짓을 찾아 듣는 거랍니다. 보다시피 나이를 먹을 만큼 먹었으니 스스로 바보짓을 할 때는 지났고, 그래서 그런 취미를 즐긴다고 아무런 영향도 받지 않지요."

"그게 저와 무슨 상관인데요?" 토니가 노려보며 말했다.

"어쩌다 당신 이야기를 들었거든요." 페티그루도 지지 않고 쏘아보았다.

"누가 나보고 어리석다고 했다는 겁니까?" 토니가 발끈하여 캐물었다.

얼굴이 벌게지고 눈이 이글이글 끓기 시작했다.

"아뇨······. 정확히 말하자면," 페티그루가 매섭게 대답했다. "다 듣고 나서 내가 내린 결론이에요."

"대체 뭘 들었길래요?"

"자세히 말하고픈 생각은 없네요." 페티그루가 고상하게 대답했다. "그 어리석은 젊은이가 누구인가 궁금했는데, 보고 나니 알았어요."

"뭐를요?"

"내 해석이 맞았다는 것을요."

"맙소사!" 토니가 소리치며 노려보았다. "누가 그런 얘기를 했습니까? 나더러 어리석다고 말한 놈은 가만둘 수 없어요."

"그러면 어리석게 굴지를 말아야지."

"제가요?"

"네." 페티그루가 돌연 불쌍해하며 말했다. "물론 당신의 잘못은 아니에요. 젊은이들은 원래 분별력이 없는 법이니까. 당신도 내 나이가 되면 누가 진실을 말하는지 아닌지 알게 된답니다."

"그렇게 나이를 먹지 않아도 *나*는 사람들이 진실을 말하는지 아닌지 압니다."

페티그루가 거드름을 피우며 미소 지었고, 토니는 계속 얼굴이 벌게졌다.

"지금 비웃습니까?"

"그냥 웃는 거예요." 페티그루가 당당하게 말했다. "좋은 뜻에서요. 하지만 신경 쓰지 말아요. 나는 원체 젊은이들 이야기 듣는 걸 좋아하거든. 듣고 있으면 참 재미있어요. 다들 자기가 똑똑한 줄 알죠! 이제 순순히 속지 않는 나이가 되어 얼마나 다행인지 몰라요."

"나를 속이는 사람은 없는데요."

"당신만 빼면요."

"그게 무슨……."

"하지만 이것 봐요!" 페티그루가 냉소적으로 변해 덧붙였다. "당신 선택이 옳아요. 연애는 다 부질없어요. 당신도 내 나이가 되면 알게 될 거예요. 그리고 이유는 어리석었지만 옳은 선택을 했다는 사실에 스스로 고마워질 겁니다."

"저기요." 토니가 격분하여 외쳤다. "한 번만 더 당신 나이가 어떻고 내 나이가 어떻고 하면 가만히 있지 않을 겁니다."

"그렇지만 명심하세요." 페티그루가 아랑곳하지 않고 말을 이었다. "내 생각에는 그 여자도 운이 좋았어요. 라포스 양에게도, 그 여자가 그 남자에게서 벗어난 건 잘된 일이라고 말했어요. 당신 친구는 내가 잘 모르지만, 나는 여자들이 진실을 말하는지 아닌지 잘 알아요. 직업상 모를 수가 없답니다. 애들이 거짓말하는 것도 딱 그렇거든요. 애들이 거짓말하는지 알아차릴 때는 직감이란 게 필요해요."

"맙소사!" 토니가 펄쩍 뛰며 소리쳤다. "대체 무슨 소리입니까?"

"내가 하는 일이 그래요." 페티그루가 점잖게 대꾸했다.

"그게 뭔데요?"

"가르치는 일을 해요."

"누구를요?"

"애들을."

"젠장!" 토니가 힘없이 중얼거렸다. "좀 진정하시죠." 그가 애원했다. "차분하고 침착하게…… 생각하시라고요. 대체 무슨 이야기를 하려는 겁니까?"

페티그루는 잠시 생각에 잠겼다. 깊이 고민해 봤지만 생각이 잘 모이지 않았다. 질문과 대답을 주고받던 그녀에게 퍼뜩 영감이 떠올랐다.

"당신의 전 애인 이야기죠."

"이디스." 토니가 격정을 터뜨렸다.

페티그루는 속으로 생각한 말과 입 밖으로 내뱉은 말을 혼동한 채 분개하며 말을 이었다. "그 여자에게도 내가 말했지만, 혼자 재미를 보려고 난봉을 피우는 남자에게 뭐 하러 마음을 쓰냐는 거예요. 다 시시한 것을."

"나는 혼자 재미나 보려고 난봉을 피우지 않습니다." 토니가 열받아 대꾸했다.

"뭐, *당신*은 스스로를 과소평가하는군요."

"돌겠네! 우리 지금 뭐 하는 거죠?" 토니가 답답해하며 소리쳤다. "그게 뭔 상관인데요?"

"쯧쯧!" 페티그루가 세게 혀를 찼다. "솔직해집시다. 당신이 떠나면 보통 여자들이 단박에 당신을 잊던가요?"

"아뇨."

"말도 안 되지."

"말도 안 된다니. 뭐가요? 뭘 알고 있는 거죠?"

페티그루는 짜증스러울 정도로 태연했다. 그녀의 머릿속은 놀랍도록 가볍고 선명했다. 무엇 하나 거슬리는 게 없었다. 기발한 대답이 혀끝까지 올라왔다. 이 청년은 그녀의 적수가 아니었다.

"스스로 그렇게 잘난 줄 알면 당신이 없는 사이에 여자가 딴 남자에게 한눈파는 일은 일어나지 않겠군요."

"그렇죠."

"그런데 왜 그런 척을 하나요?" 페티그루가 다시 열을 내며 몰아붙였다. "그건 복잡한 관계를 비겁하게 회피하는 짓이에요. *아주* 비겁하죠. 뒷문으로 슬쩍 빠져나가는 거지 뭐예요. 정말이지 야비해요." 페티그루가 의기양양하게 말을 맺었다.

"무슨 복잡한 관계요? 뒷문은 또 무슨 뒷문?" 토니가 머리라도 쥐어뜯고 싶은 심정으로 소리쳤다.

"말해봤자 입만 아프지. 질리기 전에 남자답게 먼저 말하지 그랬어요?"

"내가 뭐에 질렸다는 겁니까?"

"뒤바리 양한테요."

"나는 그 여자에게 질리지 않았는데요."

"이런, 이게 뭐람!" 페티그루가 누그러지며 대꾸했다. "참 이상한 일이네요. 당신이 뒤바리 양에게 질리지 않았고 뒤바리 양도 당신에게 질리지 않았다는데⋯⋯ 제삼자는 이걸 어떻게 받아들여야 하죠?"

"누가 제삼자 생각이 궁금하답니까?"

"영원한 비밀은 없어요." 페티그루가 그를 노려보며 말했다. "전에도 그랬지만 지금도 그런 생각이 드네요."

"뭐가요?"

"당신이 참 어리석은 젊은이라는 생각이요."

"참나, 말 다 했어요? 말 다 했냐고요!"

"네, 그런데요."

둘은 서로를 노려보았다. 페티그루는 평생 남에게 이토록 무례했던 적이 없었다. 갑자기 그걸 깨달았다. 지금 내가 무슨 말을 하고 있었더라? 조금 혼란스러웠다. 잔에는 여전히 술이 절반 남아 있었다. 그걸 한 모금 마셨다. 목구멍이 뜨거워졌다. 단번에 기분이 나아졌다. 토니는 이런 대접을 당해도 쌌다. 소중한 친구 뒤바리 양에게 큰 상처를 주지 않았던가. 그녀는 다시 매섭게 그를 쳐다보았다.

"그 여자는 진심으로 당신을 좋아했는데."

"하! 나를 진심으로 좋아한다고?" 토니가 비꼬듯 되물었다.

"그렇게 말하지 않던가요?"

"아, *말*은 그렇게 합디다."

"그런데도 몰라요?"

"아니, 그 여자는……."

"아!" 페티그루가 현란히 빈정대며 말했다. "젊은이의 분별력이란 정말이지……."

"그래요. 그 여잔 *진심*으로 그랬어요." 토니가 버럭 외쳤.

"당신은요?"

토니가 그녀를 한껏 노려보다가 술을 꿀꺽 삼켰다. 얼굴이 벌게졌다.

"예." 토니가 말했다. "나도 진심이었습니다."

"그렇다면 이렇게 어이없는 이야기는 또 처음이네요. 부디 그 여자가 자기 약속대로 더는 당신과 엮이지 않기를 바랄 뿐이에요."

"오, 그 여자가 그렇게 말하던가요?"

"네, 그랬어요." 페티그루가 열띠게 대답했다. "나도 전적으로 그 생각에 동의해요. 이렇게까지 솔직하고 싶지는 않지만, 나이도 먹었겠다, 굳이 삼갈 이유도 없죠. 젊은 친구, 당신을 만나보고 나니 뒤바리 양이 좀 더 안정적이고 듬직하게 배려할 줄 아는 남자를 만나는 게 훨씬 낫겠다는 생각이 드네요. 결혼은 장난이 아니잖아요."

"그러니까 그 여자를 다른 남자와 결혼시키기라도 하겠다, 이 말입니까?" 토니가 발끈해서 물었다.

"그렇게 권하기는 했죠." 페티그루가 지지 않고 노한 기색으로 대꾸했다. "당신과 헤어져서 참 다행이라고 생각해요."

"나와 아예 헤어졌다고 말합디까?"

"그렇게 말하지 않던가요?"

"아, 그랬다는 말이죠? 어디 한번 확인해 봐야겠군."

토니가 주변을 쏘아보았다. 뒤바리 양은 토니의 뜨거운 시선이 닿을 만큼 멀지 않은 곳에 앉아 있었다. 어느새 슬그머니 두 사람 곁으로 자리를 옮겨온 터였다. 페티그루와 토니가 구석에서 이야기하고 있다니, 그녀로서는 모른 척하기에 심히 중대한 사건이었다. 자신이 필요해지면 곧장 달려갈 수 있는 곳에 있어야만 했다. 그리고 정말로 그런 일이 일어났다.

"이디스." 토니가 낮지만 또렷하게 잘 들리는 목소리로 그녀를 불렀다.

뒤바리 양이 시치미를 떼고 다가갔다.

"진짜 나랑 헤어졌다고 했어?" 토니가 낮게 폭발할 것 같은 목소리로 물었다.

뒤바리 양의 머릿속이 바쁘게 굴러갔다. 그녀는 페티그루를 힐끔 살폈다. 뭔가 은밀한 작전이 벌어지고 있었다. 생각 없이 대응했다가는 거사를 망칠 수도 있었다. 의심스러울 때는 질문을 되묻는 게 상책이었다.

"내가요?" 뒤바리 양이 천연덕스럽게 되물었다.

"내가 안정적이지 못하다 이거지?"

"음." 뒤바리 양이 조심스럽게 되물었다. "그렇지 않나?"

"하!" 토니가 또 한 번 성질을 터트렸다. "그래서 다른 남자와 결혼하려는 것이로군."

"글쎄." 뒤바리 양이 여전히 조심스러워하며 말을 이었다. "이제 어린 나이도 아니고, 나도 정착할 때가 되긴 했잖아요……. 만일 당신이 나와 결혼하고 싶은 생각이 없다면……."

"그래서 이제 영영 나를 안 보겠다고?"

"오!" 뒤바리 양이 조마조마해하며 대답했다. "그렇게까지 하려던 건 아니었어요, 토니. 당신한테 상처받고 울컥해 했던 말이었어요. 우리가 친구가 되지 못하리란 법은 없잖아요."

"친구라!" 토니가 또다시 폭발했다. "친구라니! 진심이야?"

"아니, 네, 그런데요." 뒤바리 양이 가슴을 졸이며 수긍했다. 대화가 아슬아슬하게 흐르고 있었다. 그녀는 도무지 감을 잡을 수 없었다. 커튼 뒤에 숨어서 둘의 대화를 미리 엿듣지 않은 게 후회되었지만, 그랬더라면 어떻게 떳떳하게 등장할 수 있었겠는가?

"그러니까 당신한테는 내가 그렇게 쉽게 잊을 수 있는 존재였던 거야?" 토니가 추궁했다.

"아, 아뇨." 뒤바리 양이 당황해 말했다. "그게 아니라…… 당신은 너무 고집이 세요."

"틀린 말은 아니지."

"봐봐요, 맞잖아요." 뒤바리 양이 허탈하게 말했다.

"인정해 주니 참 고맙군." 토니가 싸움을 걸듯이 말했다. "여자들은 자기 내키는 대로 나를 들었다 놨다 하지 못해."

"그렇겠죠."

"깨달았다니 다행이야."

"알고 말고요."

"그래서, 뭐 어떡하자는 거야?"

"아!" 뒤바리 양은 가슴이 어찌나 두근대는지 몸 밖으로 튀어나올까 봐 겁이 났다. 마음 같아서는 팔을 벌려 토니를 껴안고 싶었지만, 타고난 내숭 덕에 참을 수 있었다.

"아, 나도 몰라요." 뒤바리 양이 도도하게 말했다. "어떤 여자가 거짓말쟁이라는 말을 듣고 싶어 하겠어요. 설령 진짜 거짓말쟁이더라도 말이에요. 하물며 진실을 말하는데 그런 말을 듣는다면……."

"그래." 토니의 눈이 이글이글 끓었다. "내가 사과했잖아……. 그런데도 그렇게 느끼고 있는 거라면……."

그가 떠나려는 듯 움직였다.

"토니." 뒤바리 양이 왈칵 울음을 터트렸다.

"이디스." 토니가 허스키한 목소리로 받아주었다.

페티그루는 인자한 미소를 지으며 서 있었다. 토니와 그녀가 무슨 이야기를 나누는지 이제는 거의 알 수 없게 되었고, 말소리조차 암호처럼 아리송해졌지만, 어찌 되었거나 두 사람 모두에게 좋은 결과로 끝났으니 그거면 되었다. 뒤바리 양이 저렇게나 행복해 보이니 페티그루는 토니의 모든 것을 용서했다.

그러다 조금 불안해져서 주변을 살폈다. 이렇게 대놓고 감정을 드러내는 건 조금 낯부끄러운 일이 아닌가. 심지어 그게 여자라면…… 아, 더더욱 곤란한데.

하지만 아무도 신경을 쓰지 않았다. 다들 떠드느라 바빴다. 남의 말에 귀를 기울이지도 않았다. 누구도 주목하지 않았지만, 토니는 잡아먹을 듯 숭배하는 눈빛으로 뒤바리 양을 보고 있었다. 페티그루는 살짝 안도의 한숨을 돌렸다.

뒤바리 양이 빙그르르 몸을 돌렸다. 그리고 말 그대로 별처럼 초롱초롱한 눈으로 페티그루를 보았다.

"오!" 뒤바리 양이 숨넘어갈 듯이 말했다. "정말 대단한 분이세요."

페티그루는 놀란 표정을 지었다. 뒤바리 양이 그녀를 꼭 껴안으며 귀에 이렇게 속삭였다.

"어떻게 고맙다고 말해야 하죠?"

페티그루는 더없이 기뻤다. 이유는 알 수 없었으나 두 남녀가 화해한 것은 분명했다.

"아이참!" 페티그루가 나직하게 속삭였다. "꼭 행복하셔야 해요."

뒤바리 양은 화장이 지워져 정성껏 꾸민 얼굴이 망가질 수 있다는 걱정은 아랑곳하지 않고, 진짜 모습을 원치 않게 토니에게 들킬 수 있다는 사실도 개의치 않은 채, 눈에 눈물이 그렁그렁 차올랐다. 심지어 한두 방울이 떨어져 검은 마스카라 자국이 희미하게 남기까지 했다.

"어머!" 뒤바리 양이 숨을 몰아쉬었다. "꼴이 엉망이네."

"완벽한데 뭘." 토니가 다정하게 말했다.

"탈의실에 다녀와야겠어요." 뒤바리 양이 당황하여 말했다.

"같이 가지." 토니가 말했다.

그렇게 둘은 사라졌다. 페티그루는 인자한 어머니처럼 너그럽게 두 사람을 지켜보았다.

'귀엽기도 해라.' 그녀는 감상에 젖어 생각했다. '연인 싸움은 칼로 물 베기라더니. 둘이 서로 얼굴을 보자마자 홀랑 잊어버리는군.'

아주 약한 딸꾹질이 나왔다.

'이런, 소화 불량인가. 자기 전에 마그네슘을 먹어야겠어.'

9. 06:21 PM ~ 07:25 PM

페티그루는 더없이 행복했다. 기분 좋게 후련해지고 들뜬 나머지 그대로 둥둥 떠서 문을 미끄러져 지나갈 수 있을 것만 같았다. 잔에 술이 약간 남아 있는 게 보였다. 그녀는 남은 술을 마저 비웠다.

라포스 양은 반대편에서 페티그루를 지켜보고 있었다. 지난 이십오 분 동안 그녀는 페티그루가 있는 방구석에만 집중했다. 그리고 토니가 그곳에 얼마만큼 머무는가를 유심히 보았다. 얼마 후 뒤바리 양이 거기에 합세했을 때 호기심은 극에 달했다. 그러다 지인이 나타나 그녀에게 말을 건넸고, 그가 시야에서 사라졌을 때 토니의 모습도 사라지고 없었다. 뒤바리 양도 보이지 않았다.

페티그루는 혼자 쾌활하게 서 있었다. 얼굴이 환했고 눈이 빛났으며, 머리는 조금 헝클어졌고, 손에는 빈 술잔을 들고 있었다.

페티그루는 무척 행복해 보였다. 지나치게 행복해 보였다. 라포스 양은 그 표정을 알아보았다. 가슴에 쿵 하고 양심의 가책을 느꼈다. 귀네비어를 너무 오랫동안 내버려 둔 것이었다. 토니에게 자기 친구를 털 코트와 검은 드레스만으로 판단하지 말라고 단단히 경고해 두는 것도 깜빡 잊고 말았다. 욕을 먹어도 할 말이 없는 경솔함이었다. 그녀는 부디 너무 늦지 않았기만을 바랐다.

그녀는 말을 거는 친구에게 대충 대답한 뒤 무례하게 그를 떠나 인파를 헤치며 자신이 책임져야 하는 사람에게로 갔다. 페티그루는 빈 잔을 들고 의아한 눈빛으로 활짝 웃으며 그녀를 반겼다.

"귀네비어." 라포스 양이 불안해하며 말을 건넸다. "술을 마시고 있었던 거예요?"

"술요?"

"혹시 다리가 후들거리나요?"

"후들거리냐고요?" 페티그루가 되물으며 도도하게 턱을 치켜들었다.

페티그루는 아주 당당하게 대답했다. "제 *다리*는 아주 말짱한데요."

"어디 걸어봐요." 라포스 양이 엄히 말했다.

페티그루는 두 걸음 앞으로 갔다가 다시 돌아왔는데 아주 말짱했다.

"다행이다!" 라포스 양은 그제야 안도했다.

"저를 의심하다뇨." 페티그루가 원망하듯 말했다. "아주 상처가 크네요."

"기분 나빠하지 말아요." 라포스 양이 사과했다. "내가 의심한 건 당신이 아니라 토니였어요."

"매력적인 젊은이더군요." 페티그루가 감상적으로 말했다.

"조금 별나긴 하지만요. 그런데 아가씨의 의심은 이번에도 틀렸네요. 그 친구는 저에게 술을 한 잔 건넸고, 제가 받은 건 그게 다였어요."

"토니가 술고래란 말이에요." 라포스 양은 여전히 의심을 거두지 못하고 심각하게 말했다.

그러나 걱정을 이긴 건 호기심이었다. 더는 불안을 속에 담아두고만 있을 수 없었다.

"토니는 어디로 갔어요?" 라포스 양이 대답을 기대하며 페티그루에게 물었다.

"누구요?"

"토니요."

"탈의실에 갔어요." 페티그루가 꿈결 같은 목소리로 그녀에게 대답했다.

"아!" 라포스 양은 크게 실망하여 탄식했다.

"이디스는요?" 그녀가 이번에는 기대 없이 물었다.

"탈의실에 갔죠." 페티그루가 감상적으로 대꾸했다.

"아!" 라포스 양은 이번에는 흥분하여 감탄을 내뱉었다. "오, 귀네비어, 하지만…… 제발 그 말만은……."

"무슨 말요?"

"두 사람이…… 함께 가지는 않았죠?"

"안 될 것 있나요?" 페티그루가 되물었다. "거짓 한 점 없는 진실인걸요."

"어머, *당신* 정말!" 라포스 양이 소리쳤다. "정말 대단해요……. 멋져요……. 기적 같은 분이라니까. 어떻게 했어요? 내가 해낼 수 있다고 말했죠! 아, 정말 기쁘다! 당신은 내가 만나본 최고의 여자예요. 당신이 아니면 누구도 못 했을 거예요. 토니와 이디스가 다시 화해하다니."

페티그루는 현자 같은 표정을 지었다.

"아가씨! 젊은 사람들은 다 싸우면서 살아요. 아무 일도 아니라는 소리죠. 둘이 다시 마주한 순간부터 문제는 간단했어요. 둘 다……."

"물론 간단한 일이죠……. 당신한테는요. 다른 사람이었으면 절대 두 사람을 화해 못 시켰어요. 토니가 한 가지 생각에 꽂히면 얼마나 집요한지 당신은 몰라요……. 나는 알거든요. 이건 진짜 기적이에요."

페티그루도 더는 고집 피우지 않았다. 매력적인 친구가 계속 알쏭달쏭하게 말하고 싶다면야 말릴 생각이 없었다. 페티그루는 상관하지 않았다. 사실은 아무것도 상관없었다. 살면서 이토록 기분 좋게 들뜨고 후련한 적은 처음이었다는 사실만 중요할 뿐이었다. 원하면 마음껏 알쏭달쏭하게 말하라지. 이 여자들은 이렇게 말하는 걸 좋아하나 봐. 무슨 상관이람? 아무렇지 않았다.

"마음대로 생각해요." 페티그루가 인자하게 말했다.

"우리 가요." 라포스 양이 말했다.

페티그루는 덜컥 걱정이 앞섰다. 다급히 문가를 쳐다보았다. 아주 멀리 떨어진 듯 보였다. 저기까지 지나가기가 무척 꺼려진다는 생각이 불쑥 끼어들었다.

"아가씨." 페티그루가 당당하게 말했다. "괜찮다면 팔짱을 껴도 될까요? 제가 조금 어지러워서요. 아마 열기 때문인가 봐요. 창문도 없이 이렇게 사람이 많은 공간에 있는 게 익숙하지 않아요."

"거봐요!" 라포스 양이 열을 냈다. "이럴 줄 알았어요. 토니가 대체 무슨 술을 준 거래요? 내가 자리를 비울 때만 해도 당신은 멀쩡했는데. 그자를 만나면 가만히 안 둘 거예요. 진즉에 조심시켰어야 하는데."

"아!" 페티그루가 기겁했다. "제발요. 그런 게 아니에요……. 그건 정말 말도 안 된다고요……. 그렇게 생각한다면 부끄러워서 살 수 없어요. 다시 한번 말하지만 이건 열기 때문이에요. 확실해요."

"자, 됐어요." 라포스 양이 그녀를 달랬다. "물론 열기 때문이겠죠. 당황하지 말아요. 이제 괜찮아요. 밖으로 나가면 금세 나아질 거예요. 여기 공기가 영 나쁘네요."

라포스 양이 페티그루를 꼭 붙들고 방 건너편으로 이끌었다.

사람들이 여기저기서 말을 건넸다.

"설마 가는 거 아니죠?"

"벌써 취했나요?"

"아직 술도 남았는데."

페티그루는 누구 하나 빼놓지 않고 눈을 맞추며 웃어 보였다. 라포스 양은 차분히 대꾸하며 사람들을 물리쳤다. 그렇게 두 여자는 문밖으로 나갔다.

복도에서 페티그루는 멈춰 서서 숨을 골랐다.

"맙소사! 이렇게 좋은 시간을 보냈는데 여주인께 인사도 드리지 못했네요. 저를 뭐라고 생각할까요? 다시 안으로 돌아가야겠어요."

"절대 안 돼요." 라포스 양이 다급히 말렸다. "그냥 넘어가요. 어떤 경우에든 모이라를 놀라게 해서는 안 돼요. 그런 일에 익숙한 사람이 아니거든요."

페티그루는 복도에 나와 시원한 공기를 마시니 한결 살 것 같았다.

"아가씨, 제가 아까도 말했지만요. 정말로 저 방 공기가 더웠어요."

"알았어요." 라포스 양이 눈을 반짝이며 대답했다. "허풍이 불어서 그런가 봐요."

"그게 무슨 말이죠." 페티그루가 말했다.

"다들 허풍을 떨었다는 거죠." 라포스 양이 부연했다.

"아!" 페티그루는 그제야 의미를 깨달았다. "허풍이라…… 아, 재밌기도 하지! 정말 배꼽 빠지겠네!"

페티그루는 웃음을 터트렸다. 어찌나 웃었는지 눈물이 줄줄 흘렀다.

"어머나." 라포스 양이 기분 좋게 말했다. "어지간히 취하셨네요."

그녀는 가볍게 던진 농담을 상대방이 이렇게나 재미있게 받아주니 무척 기분이 좋았다. 두 사람은 함께 깔깔대며 계단을 올랐다. 이제 페티그루는 부축도 마다하고 난간을 부여잡으며 스스로 걸었다.

라포스 양은 여자 탈의실로 지정된 침실 밖에서 빠르게 여러 번 노크한 뒤 문을 열었다.

"이런, 이런." 라포스 양이 말했다. "내가 헛것을 보는 건가, 아니면 여기 진짜 *남자*가 있는 건가? 오, 미덕이시여, 어디로 날아갔나요?"

"그만하지." 토니가 말했다.

"델리시아." 뒤바리 양이 소리쳤다. 그녀는 매무새가 흐트러져 있었다. 화장을 고친다는 구실로 자리를 비웠을 때 페티그루가 보았던 모습보다 오히려 훨씬 덜 단정했다.

"이디스." 라포스 양이 대꾸하며 다정하게 씩 미소 지었다.

뒤바리 양이 팔을 펼치고 달려들어 그녀를 와락 안았다.

"델리시아. 우리 결혼하기로 했어."

"설마!" 라포스 양이 외쳤다. 그리고 똑같이 기뻐하며 뒤바리 양을 안아주었다. 그런 뒤 단호하게 친구를 뿌리치고 토니 역시 꼭 안아주었다. 토니도 마다하지 않았다.

"축하해요, 늙다리 씨. 왜 이렇게 오래 걸렸어요?"

토니가 씩 웃었다.

"그런 자격을 얻기에는 돈이 부족하다고 생각했거든."

"그런 것쯤이야 언제든 이디스에게 빌릴 수 있었을 텐데."

"글쎄." 토니가 진지하게 대답했다. "왜 이 여자와 결혼하고 싶은지 확실히 보여줄 수 있을 때까지 기다리는 게 낫다고 생각했어. 하지만 얼마 되지도 않는 인내심을 발휘하느라 하마터면 기회를 통으로 날려버릴 뻔했군."

"쓸데없고 말고요." 라포스 양이 맞장구쳤다. "그래도 자제력은 칭찬할 만하네요."

"남자다움을 인정해 주니 기쁘군." 토니가 겸손히 대답했다.

"아, 무엇보다 말이죠." 라포스 양이 간곡히 당부했다. "자식을 낳으면 둘째까지는 내가 대모가 되어줄게요. 하지만 그 이후로는 책임 안 져요."

"열세 번째 애도 맡아야 해." 토니가 청했다. "그런 불길한 숫자에도 운을 가져다줄 테니까."

"당신, 그런 말을 하다니 한 번 더 뽀뽀해 줘야겠네."

라포스 양이 토니에게 또 입을 맞췄다. 토니 역시 즐거워 보였다. 페티그루는 이렇게 상대를 가리지 않는 애정 공세에 어느새 무감해지고 있었다. 다들 개의치 않는 눈치인데, 그녀라고 왜 그래야 한단 말인가? 하지만 조금 아리송했다. 이런 상황에 이런 분위기가 그리 어울리지 않는 것 같았기 때문이다. 뒤바리 양의 얼굴에서 수줍은 미소와 홍조는 흔적조차 찾아볼 수 없었고, 토니 역시 미래에 대한 책임을 무겁게 생각하며 짓눌린 기색을 전혀 보이지 않았다. 이런 순간에는 아름답고 다정한 감상을 전해야 할 텐데, 그걸 말로 표현하기란 참 어려운 일이었다. 하지만 그녀는 그런 감상을 더 이상 혼자 담아둘 수 없었다.

"아." 페티그루가 낭만적인 즐거움에 떨려 하며 수줍게 입을 열었다. "괜찮다면…… 저도 축하를 건네고 싶네요."

"고맙습니다." 토니가 말했다.

"젊은이들의 사랑이란……." 페티그루가 운을 뗐다.

라포스 양과 뒤바리 양도 그녀 쪽으로 몸을 돌렸다. 페티그루는 뒤바리 양의 눈빛을 보자마자 그녀가 또 달려들리라는 것을 알았다. 그리고 그 예감은 옳았다. 뒤바리 양은 페티그루에게 와락 달려들었다. 페티그루는 이렇게나 적극적인 애정 표현이 몹시 당황스러웠지만, 동시에 무척 기뻤다. 숙녀로서 바람직한 행동은 절대 아니었다. 유럽 대륙에서 높게 평가하는 '점잖은 영국인'의 모습과도 거리가 멀었다. 하지만 지금 페티그루는 얌전한 숙녀의 처신 따위야 눈곱만큼도 신경 쓰지 않았다.

뒤바리 양이 와락 달려들어 페티그루를 꼭 껴안았다.

"아, 정말 멋진 분이야. 이 고마움을 어떻게 갚죠!" 그녀 눈에 또다시 눈물이 그렁그렁했다.

"어머, 귀네비어." 라포스 양도 감동해서 외쳤다. "당신 없으면 우리가 어쩔 뻔했어요?"

"이 은혜는 절대 못 갚아." 뒤바리 양이 행복에 겨워 말했다. "원하는 게 있으면 언제든 와요. 주름도 없애주고 머리도 바꿔줄게요. 얼굴도 젊게 만들어 주고."

"*대체* 무슨 소리야?" 토니가 끼어들었다.

"아무것도 아니에요." 라포스 양과 뒤바리 양이 합창했다.

"남자는 빠져요." 라포스 양이 친절하게 덧붙였다. "이건 여자들만의 이야기라서."

뒤바리 양이 외투를 챙겨 입었다.

"이따 밤에 봐." 라포스 양이 인사했다.

그렇게 문이 닫혔다.

"참 명랑한 아가씨네요." 페티그루가 말했다. "하지만 조금 종잡을 수 없어요."

"사람들이 쏟아져 나오기 전에 우리도 먼저 떠나요." 라포스 양이 말했다.

그렇게 두 여자는 그 집을 나섰다. 라포스 양이 택시를 불러 페티그루를 안쪽에 태웠다. 그러다 꽃집 앞에서 택시를 잠시 멈춰 세우더니 내렸다.

"자." 라포스 양이 쾌활하게 돌아오며 말했다. "이따가 당신 옷에 꽂으려고 꽃을 주문해 뒀어요. 대체 누가 나더러 기억력이 안 좋대?"

"어머, 친절하셔라!" 페티그루가 눈물이 그렁그렁해져 속삭였다.

"이디스에게 해주신 일도 있잖아요!" 라포스 양이 말했다. "그런데 꽃쯤이야!"

"하지만," 가엾은 페티그루가 말을 이었다. "이런 건 저에게……."

"자기 비하는 됐네요." 라포스 양이 말을 끊었다. "듣지 않겠어요."

두 여자는 온슬로 맨션에 돌아왔다. 건물 안으로 들어가 승강기를 타고 올라간 뒤 라포스 양의 집 앞에 다다르자 라포스 양이 열쇠로 문을 열었다.

페티그루는 이상하게도 제집에 온 듯한 기분을 느꼈다. 오후 외출은 흥미진진하고 짜릿했다. 앞으로 두고두고 곱씹을 추억이 되리라. 하지만 라포스 양의 집으로 돌아온 순간에 불쑥 찾아온, 마치 좋은 식사를 하고 난 것처럼 든든한 느낌은 또 달랐다. 이 단순한 기쁨은 얼얼할 정도로 강렬했다. 모든 게 꿈으로 남을 내일은 생각도 하지 않으련다. 이 모든 건 오늘 일어나는 일이니까.

페티그루는 부산하게 움직였다. 전등을 켰고 전기난로를 틀었다. 쿠션이 보기 좋게 불룩해지도록 팡팡 두드렸다. 모든 조명이 짙은 붉은색을 발하자 공간에 온통 아늑하게 붉은 온기가 번졌다.

라포스 양이 털 코트를 벗어 던졌다.

"좀 쉬어야겠다."

그러더니 난로 앞 안락의자에 풀썩 앉았다.

페티그루도 털 코트를 벗은 뒤 라포스 양과 달리 아주 조심히 내려놓았다. 빌려 입은 드레스 덕에 중요한 사람이 되어 호사를 누리는 느낌이 들었다. 걸을 때도 전과는 다르게 당당해졌다. 짙은 검은색 벨벳이 그녀를 어딘가 있어 보이게 꾸며주었다.

"앉아요, 귀네비어." 라포스 양이 말을 건넸다. "피곤할 텐데."

"전혀 피곤하지 않아요." 페티그루가 행복하게 대답했다. "너무 신나서 피로도 잊었네요."

"다리는 괜찮아요?"

"제 다리는 말이죠." 페티그루는 새삼 당당하게 대꾸했다. "언제나 말짱했답니다. 열기 때문에 머리가 어지럽기는 했지만, 그뿐이에요."

"그러면 편한 대로 해요." 라포스 양이 씩 웃었다.

페티그루는 기분 좋게 그녀의 옆자리에 가 앉았다. 춥고 어두운 11월 거리의 냉기를 전기난로가 따스한 온기로 녹여주었다. 그녀와 라포스 양은 단둘이서 편안하고 아늑한 친밀감을 만끽했다. 커튼을 내리고 문을 닫고 난롯가로 의자를 당겨 앉은 두 사람. 페티그루는 오늘의 멋진 하루를 통틀어서도 이 순간이 가장 행복하게 느껴졌다. 그래도 지금이 잠시 숨을 고르는 때이기만을 바랐다. 오늘이 지나고 나면 그녀에게는 조용하고 한적한 시간으로 꽉 채워진 세월만이 남아 있었다. 따라서 지금 이런 평화가 반갑지 않았다. 오히려 정반대였다. 무언가 사건이 벌어져야 했다. 그렇지 않으면 된통 당했다는 배신감을 느낄 것이다. 하지만 오늘 운명은 그녀에게 줄곧 과분하도록 친절하게 굴었다. 그러니 이제 와서 그녀를 버리고 돌아설 리 없었다. 분명히 또다시 무언가 벌어지리라. 그녀는 사건이 다시 시작되기 전까지 기력을 보충하며 현명하게 여유를 즐길 생각이었다.

"아가씨는 어떨지 모르겠지만요." 페티그루가 대범하게 말을 붙였다. "함께 차를 마시면 좋을 것 같아요."

"오!" 라포스 양이 대꾸했다.

"술은 기분 전환에 무척 좋더군요." 페티그루가 진지하게 말을 이었다. "확실히 기분 좋게 묘한 느낌을 줘요. 하지만 아무리 술이라고 해도 정말 근사한…… 차 한 잔…… 그건 절대 못 이긴다는 게…… 제 지론이랍니다."

"옳은 말이에요." 라포스 양이 다정히 대답했다. "내가 가서 차를 내올게요."

"가만히 계세요." 페티그루가 단호히 말렸다. "차의 *진가*를 아는 사람을 위해서…… 차를 내리는 일을…… 제가 얼마나 즐*기는데요*."

라포스 양은 그녀 말을 따랐다.

페티그루가 급히 주방으로 갔다. 그리고 기쁘게 움직이며 집 안일을 했다. 라포스 양을 위해 일한다는 건 참 달랐다. 갑자기 가슴이 아려왔다. 이런 공간을 갖는다는 것은 얼마나 행복한 일인가! 그렇게 되면 다시는 남을 위해 일하지 않아도 되었다. 다시는 혼자 변두리에 나앉지 않을 것이다. 다시는 사람들에게 무시당하고 업신여김당하고 멸시당하지 않을 것이다. 그러나 그녀는 이런 감정을 물리쳤다. 아직 이 하루가 다 끝난 게 아니었다. 분명 이대로 끝이 나는 건 아니었다. 라포스 양이 밤 외출도 계획해 두지 않았던가. 그게 아니라면 무슨 이유로 꽃집에서 꽃을 시켰겠는가?

전기 주전자가 끓었다. 페티그루는 차를 우렸다. 그런 뒤 비스킷과 함께 쟁반에 담아 자신을 기다리는 라포스 양에게로 가져갔다.

"당신 말이 맞네요." 라포스 양이 말했다. "차를 마시니 정말 기운이 나요."

페티그루는 향긋한 찻잔을 들고 흡족하게 미소 지었다.

"저는 늘 이렇게 말하죠. 상쾌한 차 한 잔이면 몇 시간은 거뜬하다고 말이에요."

"지금 몇 시죠?" 라포스 양이 물었다.

"일곱 시가 다 되어가요." 페티그루가 답했다.

"어머!" 라포스 양이 호사스럽게 감탄을 내뱉었다. "나가기 전에 옷을 갈아입을래요."

"그러셔야죠." 페티그루가 자연스럽게 세련된 투로 대답했다. "이따 나이트클럽에서 노래를 부르셔야 하니까요."

"맞아요. '새빨간 공작' 때문에요. 알다시피 거기 주인이 닉이에요."

"어머!" 페티그루는 불길함을 느꼈다.

"토니와 이디스가 참 행복해 보이지 않던가요?" 라포스 양이 한숨을 푹 쉬었다. 그녀 얼굴에 젊은 남자의 관심을 잡아끌 성숙한 여인의 몽환적이고 복잡미묘한 표정이 서렸다. 페티그루는 심장이 더욱 내려앉았다.

"진정한 연애의 결말은 결혼이랍니다." 페티그루가 엄숙하게 말했다. "양쪽 모두가 결혼을 생각하는 게 아니라면 영원한 행복은 있을 수 없어요."

"맞는 말씀이에요." 라포스 양이 고분고분 대꾸했다.

"부디 닉과의 결혼은 생각하지 마세요. 정말 그건 권할 수가 없네요."

"맙소사, 절대 안 그래요." 라포스 양이 질겁하여 말했다. "닉과…… 결혼이라니! 그 사람은 단 오 분도 충실하지 못할 거예요."

"옳게 판단해 다행이네요." 페티그루가 말했다. "그 사람은 그럴 위인이에요."

"하지만 연인으로서는 굉장해요." 라포스 양이 아쉬운 듯 말했다.

"그렇겠죠. 숱한 연습 끝에 완벽해지는 법이니."

"그 사람은 대단한 경지에 올랐다고요." 라포스 양이 변명조로 말을 이었다.

"제가 볼 때는요. 관계를 지속할 줄 아는 능력이 중요하다고 봐요."

"아!"

"아시죠?"

"알죠." 라포스 양이 서글프게 동의했다.

"이제 깨달을 때도 됐잖아요." 페티그루는 단호했다.

"여자의 열정에 아주 물을 뿌리시네요." 라포스 양이 한숨을 쉬었다.

"필요할 때는 어쩔 수 없어요." 페티그루가 받아쳤다.

"너무 매정하세요." 라포스 양이 눈을 반짝였다. "슬슬 무서워지려고 해요."

"그러면 다행이고요."

라포스 양이 소리 내어 웃었다.

"대체 그 술에 뭐가 들었던 건지!"

"아!" 페티그루가 당황해 소심해졌다. "아, 라포스 아가씨……. 다시 말하지만…… 단단히 오해하고 계세요. 저는요……."

"자…… 됐어요……." 라포스 양이 그녀를 달랬다. "농담이에요. 저녁은 어떡하죠? 뭐라도 주문할까요?"

"저녁이요?" 페티그루가 말했다. "저 말씀이에요? 어머, 아니에요. 너무 신나서 허기지지 않네요. 뭐라도 먹었다가는 소화불량에 시달리고, 어쩌면 딸꾹질까지 하면서 밤을 망칠지 몰라요."

"나도 그리 배고프지 않아요." 라포스 양이 느긋하게 맞장구쳤다. "그러면 건너뛰고 나중에 뭘 먹을까요?"

"그게 훨씬 낫겠어요." 페티그루가 수긍했다.

그리고 차를 새로 따랐다. 막간의 휴식은 참으로 달콤했다. 하지만 슬슬 길어지고 있었다. 무언가가 곧 일어나야만 했다. 라포스 양을 알게 된 것은 오늘 하루뿐이지만, 그러는 동안 내내 사건이 끊이질 않았다. 페티그루는 당장 무언가가 일어나기를 기다렸다. 사건이 기대에 못 미친다면 몹시 실망스러울 것이다. 초인종이 울렸을 때 그녀는 하나도 놀라지 않았다. 도리어 기대감에 눈을 반짝였고, 싸움이나 살인 사건 심지어는 누군가 급사했다는 소식마저 각오해 바짝 신경이 곤두선 채로 벌떡 일어났다.

"제가 나가볼게요." 페티그루가 말했다.

하지만 도착한 것은 그냥 꽃이었다. 페티그루는 꽃이 포장된 상자를 들고 느릿느릿 자리로 돌아왔다.

"이것 봐요." 라포스 양이 상자를 열며 말했다. "내가 말한 꽃이에요."

새빨간 장미 한 송이가 깃털처럼 보송한 녹색 상자에 화려한 색을 발하며 담겨 있었다. 라포스 양은 그 꽃을 페티그루의 어깨에 얹어보았다.

"이디스가 말한 대로네요." 라포스 양이 뛸 듯이 기뻐했다. "검은 드레스에 이렇게 색감을 살짝 더하고 녹색 귀걸이와 목걸이까지 있으니까 분위기가……! 완벽해요." 그녀는 말을 잃었다.

라포스 양은 꽃을 테이블에 가만히 내려놓은 뒤 다시 앉았다. 페티그루는 돌연 죄책감이 느껴졌다. 그녀는 온종일 온갖 호사를 누리며 라포스 양과 대등하게 수다를 떨었고, 라포스 양의 친구들을 만나고 오기까지 했다. 라포스 양이 이런 페티그루의 진짜 용무를 알게 된다면 과연 어떻게 생각할까? 진작 말하려 했었다는 변명은 통하지 않을 것이다. 그런 시도를 하기는 했으나 무척 성의가 없었기 때문이다. 만일 그녀가 정말로 진실을 털어놓고 싶었다면 기회는 얼마든지 있었다. 하지만 하루를 함께하면서 라포스 양에게 진실을 말해야 한다는 생각을 깡그리 잊고 지낸 순간이 훨씬 더 많았다. 페티그루는 양심의 가책을 느꼈다.

  그녀는 몸을 떨며 작지만 또렷하게 들려오는 내면의 목소리를 애써 밀쳐냈다. 페티그루는 그들이 오늘 밤 가기로 한 곳에 꼭 가고 싶었다. 안쓰러우리만치 간절했다. 나이트클럽에도 가 보고, 그런 데서 하는 일들에 끼어도 보고, 왁자지껄한 세상과 어울리고 싶었다. 이제 그녀는 평생 자신을 이끈 원칙들을 몽땅 내다 버렸음을 꾸밈없이 직시하고 진심으로 고백하게 되었다. 단 하루 만에, 그것도 단 한 번의 유혹 앞에서, 그녀는 품위의 길에서 그냥 삐끗한 것도 아니고 제대로 굴러떨어지고 말았다. 미덕을 지키며 살았던 그 오랜 세월이 단번에 물거품이 되었다. 이전까지는 그냥 유혹을 만날 일이 없었을 뿐이었다. 환

락가가 그녀를 부르고, 음악이 유혹하고, 악의 소굴이 손짓했다. 그녀는 토니가 건넸던 술을 다시 한번 맛보고 싶었다. 그게 참으로 안정감과 힘을 느끼게 해주었더랬다. 변명할 구실은 없었다. 부모와 원칙들이 정죄했던 죄악의 길이 외로운 미덕의 길보다 훨씬 더 즐거웠다. 그녀의 도덕심은 시험을 견뎌내지 못했다.

페티그루는 절망스럽게 방을 둘러보았다. 완벽한 하루의 완벽한 결말을 잃는다는 것은 생각만으로도 울렁거릴 만큼 실망스러웠다. 하지만 사기를 치면서 계속 라포스 양의 친절을 받고만 있을 수는 없었다. 그러기에 그녀의 양심은 혹독한 훈련을 받은 터였다.

그녀가 라포스 양의 앞으로 가 앉았다.

"저기, 문제가 살짝 있는데요." 페티그루가 갈라지고 떨리는 목소리로 운을 뗐다. "아무래도 나가기 전에 해결해야 할 문제가……."

"나는 엄마가 없어요." 라포스 양이 불쑥 말했다.

페티그루는 벙쪘다.

"물론," 라포스 양이 말을 다듬었다. "나를 이 세상에 낳아준 여자가 있기는 하죠. 하지만 엄마를 내가 고르진 않았잖아요. 그립지도 않아요."

"어머니요!" 페티그루가 놀라서 숨을 죽였다.

"좋은 여자가 아니었어요." 라포스 양이 단도직입적으로 말을 이었다. "사실은 고약한 여자였죠. 생각만 해도 소름이 돋는 사람 있잖아요. 애들에게는 정말이지 좋지 못했어요. 지독하게 나쁜 영향만 주었죠. 여기 앉아 있는 당신을 보니까, 만일 나에게 선택권이 있었다면 내가 선택했을 엄마는 이런 모습이었겠다는 생각이 들어요." 라포스 양이 진지하게 말했다. "물론 당신이 내 엄마만큼 나이 들지는 않았지만 말이에요. 그건 나도 알아요. 하지만 그냥 그런 느낌이 들어요. 당신과 함께 있으면 자신감이 생기고 애정을 느껴요. 당신을 알게 되어서 참 좋아요."

"어머나, 아가씨!" 페티그루는 전율했다. "이런 친절은 더 견딜 수가 없네요. 안 돼요. 그럴 수 없어요. 저는 이런 일에 익숙하지 않아요."

페티그루의 눈가가 촉촉해졌다.

"만일 아가씨가……." 그녀가 머뭇거렸다.

똑똑, 쾅쾅쾅, 쿵쿵. 누군가 문을 세게 두드렸다.

"이거 원." 라포스 양이 귀찮은 듯 말했다. "대체 누구지? 왜 점잖게 초인종을 누르지 않는 거야. 아무래도 내가 나가봐야겠어요."

하지만 페티그루가 먼저 일어났다. 마법처럼 눈물이 싹 말랐다. 그녀는 사냥감 냄새를 맡은 사냥개처럼 짜릿했고 활기가 돌았고 몸이 떨렸다. 저 노크 소리는 평범한 손님의 것이 아니었다. 그녀의 자백은 또 이렇게 없던 일이 되었다.

그녀가 부리나케 방을 가로질렀다. 반짝이는 눈과 환한 얼굴, 잔뜩 긴장한 몸으로, 페티그루가 문을 활짝 열었다.

10. 07:25 PM ~ 08:28 PM

"하!" 남자의 목소리가 쩌렁쩌렁 울려 퍼졌다. "*나더러* 그 여자가 여기 없다고 말하지 마쇼. 안 믿으니까."

"들어오세요." 페티그루가 넋을 잃고 말했다.

손님이 성큼성큼 들어왔다. 야회복 차림의 남자는 키가 훤칠했다. 검은 외투는 단추를 제대로 잠그지 않았고 실크 모자는 삐뚜름했다. 흰 머플러 자락이 휘날렸다. 우람한 체격에 우락부락한 얼굴, 권투 선수처럼 다부진 턱, 이글이글한 눈, 딱딱하게 굳은 표정이 헤라클레스 또는 클라크 게이블[*] 같았다.

그는 곧장 모자를 벗어 던지고, 머플러를 잡아 풀고, 장갑을 바닥에 내팽개친 다음, 사람 기를 죽이고 꿰뚫어 마비시킬 듯한 서슬 퍼런 눈빛으로 주변을 노려보았다. 전형적으로 힘센 영웅의 눈빛이었으나 그런 인물답다기에는 과묵하지 못했다. 그는 라포스 양에게 시선을 고정했다.

"이 되바라진 여자 같으니." 그가 성을 내며 말했다. "드디어 만났군?"

"어머나!" 라포스 양이 소리쳤다.

그녀는 손님을 맞이하러 일어나지도 않았다. 어마어마한 공포나 충격 혹은 당황스러움, 그게 아니더라도 어쨌든 강렬한

---

[*] 1930년대에 특유의 남성미로 인기를 누리며 영화 〈바람과 함께 사라지다〉1939의 남자 주인공으로 활약한 할리우드 배우.

감정에 사로잡혀 의자에 몸이 묶인 것처럼 보였다. 페티그루는 상황을 그렇게 판단했다. 하지만 강렬한 감정이란 지금 페티그루가 바라던 바였다. 그녀는 그런 감정을 즐겼다. 라포스 양과 잠재적인 가해자 사이에 끼어들려고 하는데, 손님은 페티그루를 없는 사람 취급하며 홱 지나쳐 라포스 양 앞에 떡하니 섰다.

"자! 이제 뭐라고 변명할 참이야?"

"변명하지 않아요." 라포스 양이 떨며 대답했다. "변명의 여지가 없어요."

"그나마 솔직해서 다행이군." 그가 퉁명스럽게 말했다. "구토하며 수작을 부려도 받아주지 않을 거야."

"절대 그러지 않아요." 라포스 양이 발끈해 대꾸했다. "애초에 절대 과식하지 않으니까. 몸매를 생각해야죠."

"일어나."

라포스 양이 눈으로 안도의 미소를 지으며 순순히 일어났다. 그러나 성난 청년은 라포스 양은 물론 페티그루까지 질겁할 정도로 대뜸 라포스 양의 어깨를 붙들고 거칠게 흔들어댔다.

페티그루는 분노의 고함을 내지르며 달려들었다가 멈췄다. 이유는 알 수 없었다. 웬 낯선 청년이 나타나 그녀의 친구에게 못되게 굴고 있는데, 그녀는 꿔다 놓은 보릿자루처럼 가만히 서 있었다. 사실은 끼어들고 싶지도 않았다. 페티그루는 그런 자기 모습에 스스로 경악했다. 하지만 갑자기 이런 생각이 들었다. 이 기세 넘치는 청년이 무척 믿음직하며 라포스 양을 진짜로 해칠 리 없다는 것, 또 어쩌면 라포스 양이 이런 일을 당할 만하다는 것. 그래, 그녀는 그렇게 생각하기로 했다. 그녀는 라포스 양을 무척이나 아꼈지만, 솔직히 마음 한구석으로는 그녀의 친구가 정당한 분노를 일으킬 짓을 하고도 남으리라는 사실을 인정하지 않을 수 없었다. 지금이 바로 그런 경우인 듯했다. 하루 동안의 모험으로 한결 날카로워진 그녀의 재치가 놀라운 분별력을 발휘하기 시작했다. 상황이 또렷이 이해되었다. 페티그루는 대화 토막을 엿들은 결과, 라포스 양이 변명의 여지가 없이 남자를 화나게 할 짓을 저질렀다는 사실을 알아냈다. 그녀는 그렇게 받아들였다. 그렇다면 처벌은 정당했다. 페티그루는 어른이 된 후로 내내 애들을 다뤄왔으며 라포스 양도 어떻게 보면 다 큰 애와 같았다. 페티그루는 꼭 필요하다면 처벌해도 된다는 주장을 전적으로 존중했다. 그래서 일이 어떻게 흘러가는지 두고 보기로 했다. 진짜 중재해야 하는 상황이 온다면 시간이야 충분하리라. 일단은 상황을 파악해야 했다.

얼마 후 남자가 라포스 양 흔들기를 멈췄다.

"삼십 일 동안 이날을 기다렸어. 이제 뭐라고 말하려나?"

"나는…… 할 말이 없어요." 라포스 양이 숨도 못 쉬며 놀랍도록 유순하게 대답했다.

남자는 그녀를 모질게 바라보았다.

"이렇게 나오시겠다? 회피하려 들지 마시지."

"아뇨……. 아니에요!" 라포스 양이 다급히 대답했다.

그가 그녀를 풀어주었다.

"이번에는…… 어림도 없어."

"그러지 않을 거예요." 라포스 양이 겸손히 말했다.

그가 뒤로 물러섰다.

"오, 그래, 그러겠지. 하지만 더는 믿지 않아. 저번에 당신이 나를 아주 바보로 만들었잖아."

"아, 제발." 라포스 양이 괴로워하며 말했다. "그렇게 말하지 말아요. 당신이 하고픈 대로 해요. 다시 나를 마구 흔들어대도 좋아요."

"또 그러고 싶진 않아."

라포스 양은 어쩔 줄 몰라 하면서도 안도의 미소를 지었다.

"그럼 다행이네요. 나도 정말 싫었어." 그녀의 미소가 애교스러워졌다. "그러면 이제 다 끝났으니 나한테 키스해 주지 않을래요?"

"됐어, 이 여자야. 더는 그러지 않아."

라포스 양이 별안간 놀라서 그를 올려다보았다. 남자는 무언의 질문에 냉정하게 대답했다.

"그래. 끝이야."

"하지만……." 라포스 양이 입을 열었다.

"더 이상의 하지만은 없어. 회피도, 변명도 더는 통하지 않아. 나는 끝냈어. 한 번은 속아도 두 번은 속지 않아. 그런 짓은 어떤 남자도…… 여자도 참아주지 않는다고."

"오!" 라포스 양이 탄식했다.

"그냥 알려주는 거야. 당신한테 내가 참 바보 같이도 굴었고 당신도 그걸 알았지. 하지만 나도 참는 데 한계가 있어. 당신은 그 선을 넘었고. 지난번에도 결국 당신이 나를 갖고 놀았잖아. 이제 내 말을 따를 게 아니라면…… 나는 여기서 관두겠어."

마지막 말에 소름이 끼쳤다. 페티그루는 그가 진심이란 걸 알 수 있었다. 라포스 양도 마찬가지였는지 안색이 조금 창백해졌다. 페티그루가 자리에 앉았다. 흥분해 심장이 쿵쾅댔다. 그녀는 느긋하게 새로운 상황을 즐기려 했으나, 만일 도움이 필요해졌을 때 그럴 여력이 있다면 언제라도 끼어들어 친구를 구할 수 있도록 신경을 바짝 곤두세웠다.

"그래도," 손님이 냉정하게 말했다. "나는 여전히 설명을 기다리고 있어."

라포스 양이 풀썩 의자에 앉았다.

"오!" 라포스 양이 울음을 터트렸다. "무서워서 그랬어요."

"고맙군." 청년이 말했다. "나를 어떻게 생각하는지 알게 됐으니 말이야."

그는 성난 손짓으로 거칠게 머리를 쓸어 넘겼다. 무척 멋스럽고 숱 많은 머리는 세련된 유행을 철저히 따라 말끔히 뒤로 넘겨져 있었다. 머리 색은 그리 밝지도 어둡지도 않았다. 보기 좋게 중간 정도의 색이었는데, 그래서 금발 주인공이나 가무잡잡한 악당의 분위기를 풍긴다기보다 그저 남자를 남자답게 보이도록 했다. 정확히 말해 젊은 편은 아니었다. 이십 대는 아닐 것이다. 아마 삼십 대 초반이려나. 하지만 마흔이 되지 않은 남자는 페티그루에게 매한가지로 젊은이였다.

"오, 제발." 라포스 양이 애원했다. "그런 게 아니었어요. 그냥 마지막 순간에 도무지 견딜 수 없어서 그랬어요. 아! 설명 못 해요. 정말로 미안해요. 당신이 언제 돌아오려나 너무 무서웠어요."

"충분히 이해해." 그가 차분히 대꾸했다. "일부러 남자의 기대치를 높여 세상 꼭대기에 오른 듯한 기분을 느끼게 한 다음 또 변덕을 부려서 희망을 산산조각 내는 거잖아! 칭찬할 행동은 아니지. 아니라고 할지 몰라도…… 당신은 그런 행동을 했어. 그게 모든 걸 바꿔놓았어."

라포스 양이 다시 애원하듯 그를 바라보았다. 그리고 갑자기 훌쩍이기 시작했다. 손님은 인상을 찌푸리더니 또 와락 라포스 양을 품에 안고 그녀에게 입을 맞췄다. 그러자 기적 같은 일이 일어났다. 라포스 양이 우는 와중에도 촉촉하게 젖은 미소를 지어 보인 것이다.

"상처 주려는 건 절대 아니었어요." 그녀가 가쁘게 울먹이며 말했다. "당신이 그렇게…… 생각할 줄은 꿈에도 몰랐어요."

"눈 벌겋게 울지 마. 나중에 또 나를 탓하려고." 그녀에게 입을 맞추던 그가 명령조로 말했다. "바라는 게 있어서 흘리는 눈물인 거 알아. 유감스럽지만 그런 건 감상적인 남자한테나 통하는 법이라고. 호통친 게 미안하진 않지만, 더 목소리를 높이진 않을게. 하지만 비슷한 상황이 온다면 또 그럴 거야. 물론 더는 그런 상황이 없어야겠지. 꼭 명심했으면 해."

마지막 말을 뱉을 때는 목소리가 조금 냉정해졌다. 라포스 양이 그를 쳐다보았다. 그도 라포스 양을 보았다. 그가 몸을 숙여 또 한 번 입을 맞췄고 그런 뒤 그녀를 일으켜 세웠다. 잠시 인상을 찌푸리더니 몸을 돌려 페티그루를 보며 미소 지었다.

"안녕하세요? 우리가 약간 다퉜는데, 신경 쓰지 마시죠."

"전혀요." 페티그루가 대답했다.

"델리시아는 관객을 좋아해요. 누군가 지켜보는 상황에 익숙하거든요. 이 여자가 흘린 눈물은 나를 짐승 같은 놈으로 보이게 하려는 장치였어요."

"어머나." 페티그루는 라포스 양을 향한 충심과 이 이상한 청년을 향한 묘한 공감 사이에서 허둥댔다.

"내가 짐승처럼 보입니까?"

"아뇨." 페티그루가 대답했다.

"그러면 식인종처럼 보이나요?"

"아뇨." 페티그루가 기겁하며 대답했다.

"내가 아내를 패는 사람 같습니까?"

"당연히 아니죠." 페티그루가 이번에는 버럭 부정했다.

"이것 봐." 손님이 의기양양해져서 말했다. "남자에게서 뭘 더 바라? 짐승도, 식인종도, 아내를 패는 놈도 아니라는데. 당신과 똑같은 성별을 가진 이 여성분이 이렇게 증명해 주잖아. 제기랄, 내가 당신에게 너무 과분한 것 같은데."

라포스 양이 킥킥 웃기 시작했다. 주체할 수 없이 터져 나오는 웃음이었다. 페티그루가 유쾌한 호기심을 느끼며 자리에서 일어났다. 덩치 큰 남자의 웃음은 무척이나 매력적이었다.

"오, 제발." 라포스 양이 계속 킥킥 웃으며 말했다. "점잖게 좀 굴어요."

"무례하군." 손님이 발끈해 대답했다. "배은망덕하다고. 아무래도 기운을 보충해야겠어. 술이 필요해. 맙소사, 이 여자야. 손님 대접도 잊은 거야? 손님이 뭘 원하는지 미리 생각하고 대접하는 게 진정 바람직한 집주인의 자질인 거 몰라?"

"저기 뒤에 많아요." 라포스 양이 말했다.

"제가 가져올게요." 페티그루가 나섰다.

"가만히 계세요. 내가 병을 내오죠." 그가 일어나다가 테이블에 쾅 부딪혔다. "맙소사, 델리시아. 거실 가구를 대체 누가 배치한 거야? 〈코러스 걸, 공작부인이 되다〉에 나오는 유혹 장면도 아니고 말이야."

"멋지지 않나요?" 라포스 양이 열을 내며 말했다. "내가 직접 이렇게 배치했는데."

"감각 한번 처참하군."

그가 주방으로 들어가자 쿵쿵 돌아다니며 의자와 테이블을 덜커덩 옮겼다가 찬장 문을 쾅 여닫고 쟁반에 유리잔을 쨍그랑 옮겨 담는 소리가 났다.

"참 요란한 분이네요." 페티그루가 기분 좋게 말을 건넸다.

"정확히 보셨어요." 라포스 양이 맞장구쳤다.

갑자기 주방에서 화가 나서 악을 쓰는 소리가 들려왔다.

"어머!" 페티그루가 외쳤다.

"어머나!" 라포스 양도 외쳤다.

그가 성난 얼굴로 문가에 모습을 드러냈다.

"맙소사, 이 여자가!" 그가 으르렁댔다. "몇 번을 더 말해야 해? 남자는 위스키, 위-스-키라고 했잖아. 럼주며 포트와인이며 셰리며 심지어 더럽게 맛도 없는 진까지 죄다 있으면서, 위스키는 한 방울도 없다니. 당신 센스는 다 어디 갔어? 손님에 대한 배려는 없는 거야?"

"어머나!" 라포스 양이 소심해져 중얼거렸다. "*다른 술은 영 아니에요?*"

"안 돼. 지금은 *위스키*를 마셔야겠어. 그게 *필요*하다고. 꼭 마셔야겠어. 아까 수위 양반이 똑똑해 보이던데. 금방 다녀오지."

그가 거실을 쿵쿵 가로질러 현관문을 세차게 닫고 나갔다.

"아이고." 페티그루가 떨리는 목소리로 한숨을 쉬었다.

"저 남자가," 라포스 양이 가만히 말했다. "마이클이에요."

"*마이클*요?" 페티그루가 경악했다.

"마이클요."

"세상에나…… 맙소사!" 페티그루가 희미한 목소리로 탄식했다.

그녀는 더듬더듬 의자를 찾아 앉았다. 정신을 가다듬고 마이클에 관한 선입견을 지운 뒤 직접 본 그를 다시 평가하는 데 일 분 정도가 걸렸다. 그리고 그때부터 눈이 반짝이기 시작했다. 얼굴에 홍조가 돌았고, 몸은 기쁨에 전율했다. 그녀가 허리를 곧게 폈다. 그리고 반짝이는 눈으로 라포스 양을 바라보았다.

"오, 아가씨!" 페티그루가 기쁘게 말했다. "축하드려요."

"네?" 라포스 양이 물었다. "뭐가요?"

페티그루는 물러서지 않았다. 이제 그녀는 마이클을 적극적으로 찬성하는 사람이 되어 있었다. 낭만을 아는 중년의 노처녀만큼 든든한 지지자는 없으리라.

"제가 스무 살만 어렸어도," 페티그루가 환한 얼굴로 말했다. "할 수만 있다면 아가씨에게서 저 청년을 빼앗겠어요."

"진심이에요?" 라포스 양이 흥미를 보이며 되물었다.

"사실 걱정했었거든요." 페티그루가 흐뭇하게 말을 이었다. "티는 안 냈지만 내심 걱정했었는데, 이제는 아니에요. 아주 후련해졌어요."

"마이클을 마음에 들어 하는 줄 몰랐네요. 분명 아까 말할 때는 그렇게 느끼지 못했는데."

"직접 본 게 아니었으니까요." 페티그루가 변명했다. "선입견에 빠지는 게 이렇게나 안 좋다니까요."

"그러면 마이클을…… 추천한다는 말이에요?" 라포스 양이 놀라서 말했다.

"아가씨에게…… 완벽한 짝이에요." 페티그루는 단호했다.

모든 고민이 날아갔다. 라포스 양의 미래는 정해졌다. 마이클 없는 삶은 아마도 따분하고 칙칙하고 불만투성이일 것이다. 페티그루는 바보처럼 두려워했으나 모두 쓸모없는 짓이었다. 마이클이야말로 라포스 양의 완벽한 짝이었다. 마이클과 결혼한다면 라포스 양은 마땅히 누려야 하는 화려하고 다채로운 인생을 계속 살아갈 수 있으리라. 그런 남자와 함께하는데 어떻게 그저 평범한 삶에 머물겠는가? 모든 게 잘 풀렸다. 무겁던 마음의 짐이 사라졌다.

"하얀 벨벳과 면사포, 오렌지 꽃." 페티그루가 행복에 젖어 말했다. "아가씨. 이렇게 짧게 본 사이에 이런 말을 하는 게 건

방지다는 걸 알지만, 날짜만 알려주시면 무슨 일이 있어도 결혼식장에 갈게요."

"어머, 귀네비어!" 라포스 양이 소리 내어 웃었다. "너무 멀리 가시네요."

그녀는 진지해지더니 소매 단추를 괜히 만지작거렸다.

"그런데 그리 간단하지 않아요."

"아니, 왜요?" 페티그루가 용감히 물었다. "저 남자가 아가씨와 결혼하고 싶어 한다면서요?"

"그랬었죠." 라포스 양의 대답이 의뭉스러웠다.

"그랬었다뇨!" 페티그루는 심장이 쿵 내려앉았다. "분명 그렇다고 저한테 *말씀*하셨잖아요." 그녀가 애원하듯 말했다.

"그 이후로 만나질 못했거든요."

"그게 무슨 상관이죠?"

"그러니까, 조금 전에 어떤지 보셨죠."

"그야 봤죠." 페티그루가 말했다. "어떤 문제 때문인지 화가 단단히 났던데요."

"화가 많이 난 것 같아요." 라포스 양이 말했다.

"혹시…… 제가 어떻게든 도움이 될 수 있을까요?" 페티그루가 낙담하여 말했다.

"문제가 아주 복잡해요."

"또 시작이네요."

"그렇게 흥미로운 이야기는 아니에요."

"견딜 수 있어요."

"그러면," 라포스 양이 한숨을 푹 쉬고 말했다. "마이클이 돌아오기 전에 다 설명해 볼게요. 마이클은 나와 결혼하고 싶어 했어요. 계속 졸라댔죠. 그러다 갑자기 내 머릿속에도 '마이클과 결혼하면 닉에게서 해방이겠구나' 하는 생각이 스쳤어요. 그래서 청혼을 승낙했어요. 마이클이 혼인 허가증을 신청했고, 우리는 등기소에서 곧바로 결혼하기로 했죠. 그런데 그날 아침 닉이 돌아왔고…… 그리고…… 그러니까…… 내가 등기소로 가지 않았어요. 마이클은 눈에 뵈는 게 없어져서 술에 취해 행패를 부렸고, 그를 연행하러 온 순경에게 한 방을 날려버린 거예요. 결국 꼼짝없이 삼십 일 동안 감옥에 있다 나왔어요. 출소하기 전에 어느 정도 마음을 정리했을 줄 알았는데, 아니네요."

"뵈는 게 없어져서!" 페티그루가 숨넘어갈 듯 말했다. "순경을 한 방 때렸군요."

머릿속이 흥분해 바삐 돌아갔다. 라포스 양의 이야기를 주의 깊게 들으며 그녀는 사건의 내막을 똑바로 추론할 수 있었다. 가슴 찢어지게 낙담한 마이클이 술에 취해 정신이 나가 그만 경찰을 폭행한 것이다. 그러니까 그는 전과자이자 술고래이며 영국 법상 가장 악질적인 죄를 저지른 자였다. 버젓이 임무를 수행하는 경찰을 때렸으니 평생 전과자로 낙인찍혀 살아갈 것이다. 가장 저질스러운 자라고 경멸당해도 할 말이 없었다. 하지만 정말 그럴까? 마이클은 그렇지 않았다. 도리어 페티그루 눈에는 그가 더욱 좋게 보였다. 생각만으로도 짜릿했다. 마이클은 가히 남자 중의 남자였다. 그가 더없이 가엾어졌다. 사랑을 위해 어리석은 짓을 저질렀다면 누가 용서하지 않겠는가? 라포스 양마저도 실연의 상처가 얼마나 깊은가를 증명해 주는 이 사건에 마음이 움직여야 옳았다. 페티그루는 기대감에 몸을 떨며 라포스 양을 향해 몸을 돌렸다.

"그 사람이 옳았어요." 라포스 양이 말했다. "나는 무서운 척한 거였어요. 닉만 아니었다면 *아마* 마이클과 결혼했을 거예요……. 장담할 순 없지만." 라포스 양의 목소리가 어두워졌다. "머릿속이 복잡해져요. 결혼이란 걸 생각하면……."

"오, 그렇지만 이제는 아니죠!" 페티그루가 황급히 말을 가로막았다. "그러니까 오늘…… 한날에 두 남자를 동시에 만났잖아요……. 그러면 비교할 것조차 없다는 걸 아실 텐데요……. 분명히 그래요……."

라포스 양이 앉은 자리에서 일어나 벽난로 위 선반에 머리를 기댔다.

"당신은 이해 못 해요." 숨죽인 목소리로 그녀가 말했다. "닉을 향한 마음은 여전해요."

페티그루는 말을 잃었다. 닉이 아무리 매력적이라 한들 세상에 어느 여자가 마이클보다 닉에게 끌린단 말인가? 한 명은 황금이고 다른 한 명은 금박 돌덩이에 불과한데. 하지만 동시에 세 남자와 만나는 젊은 숙녀에게 그녀가 뭐라고 조언하겠는가? 그녀는 평생 단 한 명과도 사랑한 적이 없는데! 페티그루는 눈물겨운 노력을 기울였다.

"어머, 하지만 라포스 양." 페티그루가 조바심을 내며 말했다. "제발 잘 고민해 봐요. 마이클이야말로 사내라고요. 닉은 그냥…… 골칫거리예요."

"소용없어요." 라포스 양이 힘없이 대답했다. "아까 다 말하지 않았나요?"

"마이클이 닉의 존재를 알고 있나요?" 페티그루가 서글프게 물었다.

"우리가 친하다는 건 알아요." 라포스 양이 조심스레 대답했다. "하지만, 이 정도로 친한 줄은 모르죠."

"몰랐으면 하네요." 페티그루가 엄숙하게 말했다.

"모르는 게 약이죠……." 라포스 양이 격언을 들먹였다.

"맞아요." 페티그루는 될 대로 되라는 듯 과거의 도덕적 기준은 조금도 생각하지 않고 맞장구쳤다.

"그러면 이제," 라포스 양이 울적하게 입을 열었다. "마이클에게 작별을 고해야겠죠."

"어머, 안 돼요!" 페티그루가 울먹이며 외쳤다.

라포스 양이 기탄없이 말했다. "나는 단 한 번도 마이클을 속인 적 없어요. 마이클은 아니라고 생각할 수도 있지만요. 언젠가 그가 '끝'을 고할 때가 오리란 것도 줄곧 알고 있었어요. 이제 내 쪽에서 답을 줘야 해요. 때가 온 거예요. 당신도 들었잖아요. 그 사람은 진심이에요. 난 마이클을 잘 알아요. 맙소사. 내가 갖기는 뭐하고 버리기는 아까워 이러는 것처럼 보이리란 것 알아요. 하지만 나는 그가 떠나지 않았으면 좋겠어요."

"오, 제발요!" 페티그루가 애원했다. "알았다고 말해버리지 말아요. 한 번 끝나면 후회해도 소용없단 말이에요."

"모르겠어요." 라포스 양이 다시 어두워진 목소리로 말했다. "다 이유가 있어요……."

그때 마이클이 다시 문을 두드렸다. 라포스 양은 이유를 말하려다 말고 급히 코에 분을 칠했다. 페티그루가 문을 열었다.

"내가 뭐랬어?" 마이클이 대뜸 말했다. "수위 양반이 똑똑하다니까. 조금 꾀를 부리고 설득하고 슬슬 꾀었더니만 곧바로 필요한 걸 주더군."

그러면서 테이블에 위스키 한 병을 쿵 소리 나게 올렸다. 라포스 양이 코르크 따개를 가져왔고 페티그루는 유리잔들을 챙겼다.

"다 따랐으면 그만이라고 말해."

"그만." 라포스 양이 말했다.

"소다수는?"

"됐어요."

"독한 여자로군."

페티그루는 모험을 각오하고 자리에서 일어났다.

"됐으면 그만이라고 말해요."

"*그만.*" 페티그루가 숨 가쁘게 말했다.

"에이, 빼기는!" 마이클이 핀잔을 줬다.

"부담 주지 말아요." 라포스 양이 나섰다. "귀네비어는 절제하는 분이에요. 당신과 다르다고요. 당신처럼 술에 취해 순경이나 패고 다니지 않는다는 소리예요. 소다수를 넣어줘요."

"저는 늘 위스키를 맛보고 싶었어요." 페티그루가 흡족하게 말했다. "한 번도 마셔본 적이 없거든요. 감기에 걸렸을 때 약으로라도 입에 대본 적이 없어요."

"어디서 자라셨길래?" 마이클이 딱하게 여기며 물었다.

"천천히 마셔요." 라포스 양이 청했다.

"끝까지 쭉." 마이클이었다.

페티그루가 위스키를 한 모금 홀짝였다. 그러고는 인상을 쓰며 테이블에 슬그머니 유리잔을 내려놓았다.

'웩!' 페티그루는 속으로 실망했다. '대단하다더니 아니잖아. 남자들은 왜 이런 술을 마시려고 돈을 낭비한담. 레몬스쿼시처럼 맛 좋고 값싼 술이나 마시지……!'

"기분이 한결 낫군." 마이클이 말했다.

그는 페티그루의 가득 찬 술잔을 눈치껏 외면하며 빈 잔을 테이블에 두었다.

"한 잔 더 마셔요." 라포스 양이 권했다. "아니, 두 잔 더."

마이클이 깐깐한 눈빛으로 그녀를 살폈다.

"이 여자야, 나를 취하게 한다고 해서 내 마음이 바뀌진 않아. 결국 나는 정신을 차리거든."

"그렇게 생각하지 않았어요." 라포스 양이 한숨을 쉬었다. "그래도 시도해 볼 순 있잖아요."

"그냥 관둬. 소용없으니까." 마이클은 차분했다. "이제 좀 남자다워진 기분이 드니 본론으로 돌아가 볼까. 그래서 대답이 뭐야?"

라포스 양이 조금 창백해진 얼굴로 일어나 그를 보았다. 그가 차분하게 눈을 피하지 않자 결국 라포스 양은 초조하게 시선을 떨궜다. 마이클은 주머니에서 담뱃갑을 꺼내 담배에 불을 붙이고 서서 기다렸다. 공중으로 담배 연기가 나선형으로 길게 흩어 퍼졌다.

"그렁그렁한 눈물도," 마이클이 말했다. "매력적으로 흐트러진 머리도, 조금 과하게 늘어진 옷도, 애처롭게 떨리는 입술도, 어린애처럼 보채는 듯한 표정도, 다 소용없을 거야."

페티그루는 심장이 조여왔다. 라포스 양은 의자 등받이를 부여잡았다.

"지금 이게," 마이클이 가만히 덧붙였다. "마지막으로 물어보는 거야."

라포스 양이 절박하게 도움을 청하듯 페티그루를 흘끔 보았다. 페티그루는 깊고 떨리는 숨을 내쉬었다.

"저기요." 페티그루가 회유하거나 애걸복걸하거나 설득하려는 게 아니라 사심 없고 넉살 좋은 투로 솜씨 좋게 운을 뗐다. 순전히 학구적인 호기심을 느끼며 멀찍이 지켜보던 자의 목소리였다. "혹시 이런 중대한 질문을 던질 때는 여유를 주어야 한다고 생각하지 않으세요? 최후통첩에도 기한이란 게 있잖아요. 여자 마음은 남자와 달라서 단번에 결정을 내리지 못한답니다. 성급한 결정은 나중에 무효가 될 때도 많아요. 사나이가 내뱉은 말을 지킨다는 철칙이 여자들에게는 없지요. 그러니 여자들에게 결정을 내릴 시간을 주세요."

마이클이 폐에 한가득 담배를 들이마셨다가 힘차게 뱉었다.

"하! 옳은 말씀입니다. 말씀하신 것처럼 최후통첩 전에는 늘 경고가 따라붙죠. 내가 늘 자기 장단에 놀아나리라는 헛된 믿음을 이 여자에게 심어준 것인지도 모르겠어요. 무언가를 바꾸려면 그전에 먼저 알리는 게 공평한 법이죠. 일주일. 내 뜻이 충분히 전달되기에 일주일이면 충분할 겁니다. 그 안에 이 여자도 옳은 방향으로 어련히 결정을 내리겠죠."

페티그루는 가만히 깊은숨을 내쉬었다. 긴장해서 무표정하던 라포스 양도 단번에 화색이 돌았다.

마이클은 돌연 휙 돌아서 냉철한 눈빛으로 페티그루를 빤히 보았다.

"분별력 있는 분 같군요. 나를 똑바로 보세요."

페티그루는 태연하게 그를 보았다.

"내가 맨정신처럼 보이나요?" 마이클이 물었다. "차분하고 정직해 보이나요?"

"어머!" 페티그루는 당황했다. "꼭 대답해야 하나요?"

"예."

"어머…… 그렇다면, 맨정신처럼은 안 보여요." 페티그루는 솔직하게 대답했다. "차분하지도 않지만…… 그래도 정직해 보이기는 하네요."

"뭐라고요?" 마이클이 놀라서 되묻더니 씩 웃었다. "참 독특하시군요."

그는 페티그루가 앉은 체스터필드 소파로 다가와 그녀 옆자리에 앉았다. 페티그루는 온몸이 짜릿했다.

"나와 결혼하면 이 여자가 손해 볼까요?" 마이클이 물었다.

"아가씨에게는 최고의 일이죠." 페티그루가 망설임 없이 대답했다.

마이클이 기분 좋게 웃었다.

"뭘 좀 아는 분이라니까." 그는 몹시도 기뻐했다. "우리 친구 합시다. 분별력 있는 분이라고 내가 말했던가요?"

"그러셨어요."

"이 여자가 마음이라고 부르는, 그 엉뚱한 실수를 저지르지 않게 힘 좀 써주실 수 있을까요?"

"글쎄요." 페티그루는 자신이 없었다.

"그럴 줄 알았어요. 이 여자는 뭐가 도움이 되는지 알아보는 분별력이 없거든요."

"오, 하지만 참 착해요." 페티그루가 간곡하게 말했다.

"더럽게도 신경 쓰이는 여자예요."

"하지만 정말로 사랑스러워요." 페티그루는 계속 친구를 변호했다.

"예, 빌어먹을, 하지만 쥐보다도 분별력이 떨어진다고요."

"꼭 그런 게 필요한가요?" 페티그루가 진지하게 물었다.

"약간의 지성을 갖춘다면 해가 될 리 없죠."

"남자는 똑똑한 여자를 좋아하지 않는 줄 알았는데요."

"나는 좋아합니다. 그래서 내가 남들과 다르다는 거예요. 이런 내가 어쩌다 이런 여자를 골랐는지."

"아가씨에게도 분별력은 있어요." 페티그루가 기운차게 거들었다.

"그런데 왜 쓰질 않는답니까?"

"모르죠." 페티그루는 한숨을 쉬었다.

"가진 게 없으니 그렇죠."

"미안한데 나도 여기 있거든요." 라포스 양이 사랑스럽게 웃음기 넘치는 목소리로 끼어들었다.

"조용히 있어." 마이클이 말했다. "진지한 대화 중이라고. 바보처럼 방해하지 마."

"미안해요." 라포스 양이 순순히 대꾸했다.

"됐어."

마이클이 다시 페티그루에게로 몸을 돌렸다.

"우리 둘은 뭘 좀 알지 않습니까."

"그러길 바라네요." 페티그루가 힘없이 말했다.

"나는 여자를 많이 만나봤습니다."

"오!" 페티그루는 헉 소리가 나왔다.

"재미를 보고 살았어요."

"어머!" 소리는 좀 더 작아졌다.

"여자들도 재미를 봤고요."

"그려지네요." 목소리가 더더욱 희미해졌다.

"하지만 그 여자들과는 결혼하고픈 맘이 들지 않았어요."

"그래요."

"델리시아는 예외입니다. 이 여자는 달라요."

"물론이에요."

"결혼은 진지한 문제 아닙니까."

"당연하죠."

"그런데 델리시아는 작은 악마예요. 가끔은 눈물 쏙 빠지게 다그치고 싶을 때가 있어요. 이 여자는 물리적인 힘이라도 써서 버릇을 고치게 할 필요가 있어요. 그런 일을 하기에 나만 한 남자가 없지요. 그런데 다른 여자들과는 달리 델리시아만큼은 누군가의 청혼을 수락해 그 남자와 결혼하고 나면 제대로 살겠다는 생각이 듭니다. 다른 여자들에게서는 그런 확신을 받은 적이 없어요."

"그게 바로 중산층 가정에서 교육받은 여자의 도덕성 아니겠어요?" 라포스 양이 자기를 둘러싼 흥미로운 대화에 어떻게든 끼고 싶어 또다시 말을 끊었다. "결혼에 있어서 여자는 어릴 적 영향으로부터 *절대* 벗어나질 못해요."

"가만히 좀 있으라니까." 마이클이 강하게 말했다.

"오!" 라포스 양은 또 기가 죽었다. "미안해요."

"미안하면 미안하게 좀 굴든가."

그는 혼란스럽고 충격에 빠진 동시에 짜릿함을 느끼는 페티그루를 돌아보았다.

"델리시아의 친한 친구이신가요?"

"네." 페티그루가 능청스럽게 거짓말했다.

"그러면 빌어먹을 바보짓을 제발 관두라고 말해주십시오.

그리고 이 여자에게 어울리는 남자는 바로 나라고 전해줘요. 검은 머리에 느끼하고 험상궂게 생긴 이탈리아 녀석이 아니라요. 내가 아무것도 모르는 줄 아나 보지."

"이탈리아 사람 아니거든요." 라포스 양이 벌컥 성질을 냈다.

"걸려들었군." 마이클이 덤덤하게 말했다. "내가 누구 얘기를 하는 줄 알고?"

"당신…… 당신……." 라포스 양이 얼굴을 붉히며 격하게 소리쳤다.

"그 남자의 고조할아버지가 이탈리아 사람이라고. 핏줄은 드러나게 되어 있어. 내 눈은 못 속여."

마이클이 벌떡 일어나더니 주변을 무섭게 둘러보았다.

"빌어먹을 칼다렐리 자식이 오늘도 여기 다녀간 것 아냐? 나는 멀리서도 그 자식 냄새를 맡는다고."

"제가 있을 때 잠깐 들렀어요." 페티그루가 다급히 둘러댔다. 칼다렐리는 필히 닉을 말하는 것이라고 그녀는 단번에 연관 지었다.

"하! 그러면 당신도 그 자식을 봤군요?"

"네."

"그 비열한 자식."

"동의해요."

"여자에게 좋지 않아요."

"물론이에요." 그녀는 닉의 어둡고 열정적인 눈빛을 생각하니 가슴이 두근거렸으나 애써 진정시키며 마음에도 없는 말로 맞장구쳤다.

"숙녀와 함께 있으면 안 되는 놈이에요."

"나는 숙녀가 아니거든요." 라포스 양이 열을 내며 불쑥 내뱉었다.

"아니지." 마이클이 수긍했다. "아니고말고. 숙녀들에게 실례를 저질렀군. 내가 단어를 잘못 사용했네. 사과하지."

"용서할게요." 라포스 양이 도도하게 대답했다.

"백인 여자와 함께 있으면 안 되는 놈이야." 마이클이 모욕적으로 말을 고쳤다.

"가까이하면 안 되고말고요." 페티그루도 동조했다.

"그놈을 보니 어떻던가요?"

"아이스크림 같았어요." 페티그루가 말했다.

"예?" 마이클이 재미있어하며 환해진 얼굴로 되물었다.

"이분 정말," 그가 기뻐하며 소리쳤다. "정말 사람을 꿰뚫어 보는군요. 나도 그 자식만 생각하면 감상적인 영화 속 흐느적거리는 *세뇨리따*● 앞에서 느끼한 노래를 부르는 남자가 떠오릅니다."

● 미혼 여성을 가리키는 스페인어.

'참 *사랑스러울* 것 같은데!' 페티그루는 아쉬워하며 생각했다.

"아이스크림이라." 마이클이 소리쳤다. "대단해. 칼다렐리가 아이스크림이라니, 완벽한 비유로군."

그가 라포스 양에게로 몸을 돌렸다.

"하!" 그리고 의기양양하게 소리쳤다. "칼다렐리는 아이스크림 같은 놈이야. 당신 친구는 아이스크림 장수 아들보다 *나*를 더 좋게 보시고."

"어떻게 그런 말을 해요?" 라포스 양이 화를 냈다. "닉의 아버지는 평생 아이스크림이라고는 팔아본 적 없는 분인 걸 당신도 알잖아요. 그리고 *당신* 아버지는 생선 장수였으면서."

"생선이 어때서!"

마이클이 벌떡 일어났다. 그리고 거실을 성큼성큼 서성이며 굉장한 웅변을 늘어놓았다. 페티그루는 초조한 눈빛으로 괜히 의자와 장식품에 시선을 두었다.

"어떻게 *생선*을…… 아이스크림과 비교하지?" 마이클은 열을 냈다. "생선에는 인 성분이 들었어. 생선은 두뇌에 활력을 주고 영양분이 넘치지. 생선은 근육을 키워주고 비타민도 공급해 줘. 대구 간 기름은 또 얼마나 좋다고. 삐쩍 마른 아기도 생선을 먹이면 쑥쑥 자라고 건강해져. 생선을 잡다가 목숨을 잃는 어부들도 있는데, 그러면 여자들은 눈물을 훔치고 항구 술집도 울음바다가 되지. 그런데 어떻게 생선을…… 아이스크림

따위와 비교하냔 말이야. 나를 똑바로 봐."

"아!" 라포스 양이 숨 막혀하며 말했다. "마이클, 점잖게 좀 굴어요."

그가 말을 멈추고 씩 웃었다.

"유난 떨지 마. 나도 더 나가진 않을 거야. 생선이 만병통치약이라는 건 아니야. 그랬다간 더 음흉한 얘기까지 꺼냈을 테니까."

페티그루는 얼굴을 붉히며 황급히 시선을 피했다. 라포스 양은 시계를 보았다.

마이클은 그걸 보고 눈치를 챘다.

"밤에 일정이 있나 보지?"

"'새빨간 공작'에서 노래를 불러요."

"나도 갈게."

"초대한 적 없거든요."

"거기서 보자고. 자랑하자면, 나도 다른 여자와 데이트 선약이 있는데 지금 가서 취소하겠어. 양심적인 행동은 아니고 평소 나다운 태도라고도 할 수 없지만, 상황이 상황인 만큼 극적인 조치가 필요하지 않겠어? 인상을 남길 시간이 일주일밖에 없다면 지금부터 시작해야지."

마이클은 모자, 장갑, 스카프를 재빠르게 챙겼다. 그리고 거실을 가로질러 라포스 양에게 입을 맞췄다. 페티그루는 대리 만족을 느끼며 지켜보았다. 남자의 얼굴이 진지해졌다.

"속일 생각하지 마." 그가 나직하게 말했다.

라포스 양은 숨을 참았다.

"알았어요."

그가 페티그루에게 다가와 쪽 소리가 나게 입을 맞췄다. 페티그루는 그가 나가는 모습을 보지 못했다. 극도의 행복에 멍해지고 숨이 막혀 도로 주저앉아버렸기 때문이다. 마이클 뒤로 문이 쾅 닫혔다.

11. 08:28 PM ~ 12:16 AM

한동안 침묵이 흘렀다. 라포스 양은 차분하게 난롯가에 서 있었다. 그러다 살짝 몸서리를 쳤다. 깊은 물속에 잠긴 듯했던 페티그루도 정신을 차렸다.

"자." 원체 성정이 변덕스러워 우울함도 오래 가는 법이 없는 라포스 양이 먼저 입을 열었다. "당신은 어떨지 모르겠지만, 나는 소동을 겪고 나면 식욕이 돌아요. 저녁을 먹을까요? 평소보다 늦긴 했어도 아직 시간은 넉넉해요. 음식을 올려보내라고 주문할게요. 코스 요리까진 필요 없겠죠."

그녀가 전화기 쪽으로 다가갔다. 페티그루는 음식이 넘어갈 것 같지 않다고 고상하게 거절했으나 라포스 양은 들어주지 않았다. 페티그루는 양심상 밥값이 걱정되었다. 새로 사귄 친구에게서 이미 얻은 게 너무 많았다.

"말도 안 되는 소리." 라포스 양이 단호히 물리쳤다. "막상 음식이 앞에 오면 식욕이 돌 거예요."

그녀가 옳았다. 식사가 도착하니 페티그루는 식욕이 기적처럼 돌아온 것을 느꼈다. 평생 밍밍한 스튜, 맛없는 저민 고기, 질긴 소고기나 먹고 자란 페티그루 같은 사람이 라포스 양이 베푼 음식에 무관심으로 일관하기란 불가능했다.

식사는 딴생각이 들 겨를이 없게 맛있었지만, 페티그루는 자신이 맡은 주 임무를 망각하지 않았다. 어떻게든 닉을 포기하고 마이클과 결혼하라고 라포스 양을 설득해야 했다. 수프와 생선 요리, 구운 고기, 디저트를 먹는 내내 실랑이가 이어졌다. 페티그루가 공격하는 쪽이었고 라포스 양이 수비하는 쪽이었다. 라포스 양은 꾀를 부렸다. 페티그루의 단호한 논리에 자신이 너무 몰리는 것 같으니 능란하게 대화 주제를 틀었다. 아주 약삭빠르게도 그녀는 산전수전을 겪은 화려한 일화를 들려주기 시작했다. 페티그루는 '세상의 나머지 반쪽이 살아가는 방식'의 내막을 엿듣는 데 넋이 나가 잠시 길에서 이탈했다. 그러나 오래 헤매지 않았다. 이야기가 끝나자마자 페티그루는 다시금 원래 목적을 향해 총구를 겨눴다.

시간은 어느새 훌쩍 지나 있었다. 마침내 라포스 양이 백기를 드는 것 같다고 페티그루가 느낄 때쯤, 라포스 양이 시간을 확인하고는 비명을 지르며 벌떡 일어났다.

"어머! 시간 좀 봐. 서둘러야겠네. 옷을 갈아입어야 하는데, 벌써 열한 시가 지났어요. 열두 시까지 가겠다고 했거든요."

라포스 양이 부산스럽게 침실로 향했지만, 페티그루는 단둘이 대화할 기회를 놓칠 수 없어 그녀가 달아나게 두지 않았다.

"제가 옆에서 지켜봐도 괜찮을까요?" 페티그루가 엄하고 단호한 투로 청했다.

라포스 양은 달아나려는 시도를 포기했다.

"물론이에요." 그녀는 체념하듯 수긍했다. "나는 유명 인사니까요."

페티그루는 라포스 양의 화장대 옆 의자에 흡족하게 앉았다. 라포스 양은 어느새 차분해져 있었다. 옷을 차려입는 의식이란 찬찬히 진행해야 하는 것이었고, 그녀는 시간을 엄수하지 못할까 봐 전전긍긍하는 부류가 아니었다.

라포스 양이 옷을 벗고 욕실을 다녀왔다. 그리고 야회복을 고른 뒤 페티그루를 향해 싱그럽게 웃어 보였다. 이전의 명랑함이 꽤 많이 돌아온 후였다. 그녀가 거울 앞에 자리를 잡고 앉았다.

라포스 양이 쾌활히 입을 열었다. "나는 준비하는 시간이 제일 좋아요."

그러나 이번에 페티그루는 매혹적인 잡담에도 정신을 빼앗기지 않았다.

"어떻게 하면 아가씨를 설득할 수 있을까요?" 페티그루가 간청했다.

"오, 귀네비어. 그렇게 말하니까 내가 배은망덕한 여자가 된 것 같잖아요."

"상관없어요." 페티그루가 단호하고 용기 있게 대꾸했다. "제 생각은 말해야겠네요. 솔직히 아가씨도 닉이 계속 한눈팔지 않으리라고 생각하지 않잖아요. 언젠가는 아가씨도 나이가 들 텐데, 그때가 되면 그 사람은 더 이상 아가씨를 봐주지 않을 거예요. 그 사람이 쉰 살이 되면 어린 여자들에게 추파를 던질걸요."

라포스 양이 한숨을 쉬었다.

"맙소사! 너무 부정적이시네요."

페티그루가 애원하듯 말했다. "눈 딱 감고 마이클과 결혼하면 안 되나요?" 페티그루는 마지막 남은 체면과 미덕을 모두 내던지며, 은밀하게 덧붙였다. "그러다가 잘 풀리지 않으면 언제든 닉에게 다시 돌아가도 괜찮잖아요. 닉과도 결혼하기가 망설여지겠지만요."

"오, 귀네비어!" 라포스 양이 미소를 지었다.

"알아요. 제가 조금 과했죠." 페티그루가 죄책감을 느끼며 얼굴을 붉혔다.

"정말 교활한 장난꾼이시네요." 라포스 양이 나무랐다. "내가 감히 그럴 수 없다는 것을 잘 아시잖아요. 그랬다가는 그 사람이 나를 박살 내버릴 거예요."

"세상에!" 페티그루가 타일렀다. "그 말씀은…… 조금 지나친 생각 아닐까요?"

"정말 그러고 싶지 않아요." 라포스 양이 말했다.

"하지만 나름대로 장점이 많아요." 페티그루가 간곡히 말했다. "닉은 그냥 깔끔히 잊고 마이클과 결혼하면 어때요?"

"아!" 라포스 양이 침울하게 말했다. "확신이 서질 않아요."

"대체 왜요?" 페티그루가 물었다. "잘생겼고 돈도 많잖아요. 어쨌든 부자처럼 보이던데. 또 아가씨를 사랑하고요. 뭐가 문제인가요?"

"존경스럽지 않아요." 라포스 양이 실토했다. "마이클은 존경할 구석이 없어요. 여자도 젊은 시절에는 재미를 보고 다녀야죠. 하지만 결혼은 달라요! 결혼은 진지한 일이잖아요. 그러니까 신중해야 해요. 미래의…… 자식들도 생각해야 하고."

"어머!" 페티그루가 놀라 말문이 막혀 탄식했다.

"거봐요." 라포스 양이 말했다.

페티그루는 그래도 물러나지 않고 자리에서 일어나 두 손을 맞잡았다. 얼굴은 더없이 진지하고 간절했다.

"제가 건방지다는 거 알아요. 선을 넘고 무례하다는 것도요. 저를 내쫓으셔도 할 말 없어요. 하지만 이 말은 꼭 해야겠어요. 저는 아가씨가 참 좋아요. 그래서 아가씨가 미래에 불행하게 사는 게 싫네요. 그런데 이대로 살다가는 그런 꼴이 나게 생겼어요. 이 인생이 결국 어떻게 흘러가겠어요? 부디 제발 마이클과 결혼하세요."

"아이참." 라포스 양이 미소 지었다. "나를 기어코 미덕의 길로 올려놓고 싶으시군요."

"할 수만 있다면요."

"그게 훨씬 나을까요?"

"그럼요, 그렇고말고요." 페티그루가 입을 열었다가 이내 다물었다. 그녀는 아직 쉰 살까지는 되지 않으나 언젠가 그렇게 될 터였다. 집도, 친구도, 남편도, 자식도 없이 말이다. 그녀는 여태껏 혹독하리만치 정숙하고 명예로운 삶을 살았다. 그러나 집이나 추억은 앞으로도 없을 것이다. 라포스 양도 언젠가는 쉰 살이 될 것이다. 만일 라포스 양이 그녀처럼 집도 친구도 없이 그 나이가 된다면, 그러면 어쩌지? *그녀의* 추억은 과연 얼마나 충만할 것인가?

"아뇨." 페티그루가 말했다. "그게 최선이라고는 장담 못 하겠네요."

"오, 귀네비어." 라포스 양이 다정하게 대답했다.

페티그루가 고개를 들어 술술 막힘없이 말을 뱉었다.

"저는 단 한 번도 제 인생을 사랑한 적이 없었어요. 그래서 늘 궁금했답니다. 나 같은 사람들은 다들 알고 싶어 해요. *인생이란 게 정말 가치가 있는 걸까요?*"

"그럼요." 라포스 양이 대답했다. "나한테는 그래요."

페티그루가 자리에 앉았다.

"저는 아가씨보다 나이가 많아요. 그리고 어리석은 여자죠. 아가씨처럼 똑똑하지도, 아름답지도, 영리하지도 못해요. 결혼에 관해서라면 미덕이나 관습의 관점에서나 조언하지, 정작 경험하지는 못했어요. 거기다 친구도, 돈도, 가족도 없어요. 저는 그저 아가씨를 그런 길에서부터 구해내고 싶어요."

"오, 귀네비어." 라포스 양이 다시 한번 답했다.

"그 남자가 친절한지가 무엇보다 중요하답니다. 제가 본 바로는 선한 사람 중에서도 친절한 사람은 극히 드물었어요."

"아, 저런."

"첫 번째 남자도 친절하기는 했어요." 페티그루가 진지하게 말을 이었다. "하지만 결혼을 권할 수는 없네요. 속단하기는 싫지만 제 *생각*으로는 유대인 같은 구석이 살짝 보여요. 그러니까 *아주* 영국인은 아니라는 거죠. 아무래도 결혼할 때는 같은 국적끼리 하는 게 안전하지 않나 싶어요."

"그렇죠." 라포스 양이 예의 바르게 수긍했다.

"그리고 닉은요. 길게 봤을 때 아가씨를 행복하게 해줄 남자가 못 돼요. 아가씨도 아시겠지요. 하지만 마이클, 마이클은 달라요!" 페티그루가 얼굴을 반짝였다. "자세히 말하진 않을게요. 여태껏 충분히 말했으니까요. 다만 저는 마이클보다 더 번듯한 청년은 만나본 적이 없네요. 게다가 *뼛속까지* 영국인이잖아요."

"듣자 하니 마이클이 당신 마음을 빼앗았다는 거네요."

"맞아요."

"맙소사!" 라포스 양은 더 이상 참지 못하고 몸을 내밀어 페티그루를 껴안은 뒤 입을 맞췄다.

"그럼 고민해 보겠다고 약속할게요."

페티그루는 과하게 기력을 쏟아부은 후라 그런지 제법 진이 빠졌다고 느꼈다.

"오, 아가씨! 제가 너무 솔직하게 한 말을 기분 나쁘게 듣지는 마세요. 그냥 말하고 싶었을 뿐이에요."

"기분 나쁘기는요! 내가요? 말했다시피 나는 엄마 없이 컸어요. 그래서 아무도 나에게 잔소리하지 않았죠. 듣기 좋던데요, 무엇과도 바꾸기 싫을 만큼."

라포스 양이 화장대를 향해 몸을 돌렸다. 페티그루는 강렬한 흥미를 느끼며 그녀를 지켜보았다. 그러다 고개를 저었다.

"아가씨." 페티그루가 말했다. "그렇게 짙은 화장이 숙녀답다고 생각하세요?"

"나도 전에 한번 정숙한 숙녀처럼 군 적이 있답니다." 라포스 양이 대답했다. "결혼을 하게 된다면, 남편이 귀족인 게 이 바닥에서는 엄청난 도움이 되거든요. 당신은 상상도 못 할 거예요. 나도 귀족인 남자를 만난 적이 있어요. 아니, 아버지가 돌아가시면 귀족이 될 예정인 남자였죠. 작위 같은 건 늘 좀 헷갈리네요. 아무튼 그래서 그때는 내가 정숙하게 행동했어요. 듣기로 그 사람은 키스를 좋아하는데, 립스틱은 싫어한대요. 왜 그런지 짐작이 가시죠? 그 사람은 립스틱 자국을 꼼꼼하게 살피지 못하는데, 그의 부친은 시력이 아주 좋은 데다가 도덕적이기까지 하셨거든요."

페티그루는 세속적인 지혜를 열심히 굴린 끝에 키스와 립스틱의 관계를 알 듯했다.

"아무튼 그때는 내가 숙녀처럼 굴었어요." 라포스 양이 계속 말했다. "립스틱도 바르지 않고, 맨다리도 드러내지 않으면서요. 아시겠죠. 걸을 때도 멀찍이 거리를 뒀어요. 도발적인 모습은 찾아볼 수 없었죠. 그런데 그다음 주에 그 자식이 립스틱을 짙게 바르고 맨다리를 떡하니 드러내놓은 천박한 암캐와 함께 있는 걸 봤어요."

"이런." 페티그루가 말을 끊었다. "아니, 그래도, 그런 표현은 조금."

"천박하다는 게요? 그럼 더 심한 말을 알려줘 봐요. 그 말을 쓸 테니까."

"아뇨, 아뇨." 페티그루가 얼굴을 붉혔다. "그, 여자 개라는 것이 조금."

"그냥 암캐도 아니고 어디서 굴러먹다 온 잡종이었어요."

페티그루는 신중할 줄 아는 게 진정한 용기라고 생각하는 사람이었기에 당황스러웠다. 라포스 양의 설명은 빈약했을 뿐 아니라 조금 복잡하고 의뭉스러웠다. 그러나 방탕의 길을 따라가다 보니 립스틱을 좋아하지 않았다는 귀족 이야기가 무척 흥미롭게 느껴졌다.

"그 귀족은 어떻게 됐나요?"

"립스틱을 떡칠하고 맨다리를 내놓고 다니는 여자와 결혼했죠." 라포스 양이 간단히 대답했다. "부친이 죽은 다음에요. 나는 그때 교훈을 얻었어요."

그녀가 열중하여 립스틱을 발랐다. 페티그루는 심오하게 고개를 끄덕였다.

"알겠어요." 페티그루가 말했다. "남편을 구하려면 배워야 할 게 참 많군요. 제가 이렇게나 무지하답니다."

"당신도 알게 될 거예요." 라포스 양이 말했다.

"누가 알려주면 좋겠어요." 페티그루는 아주 자포자기하여 말했다. "하지만 이제 저는 남자 마음을 얻을 수 있는 나이가 못 돼요."

"희망을 잃지 말아요." 라포스 양이 말했다.

그녀가 마지막으로 분을 덧칠해 마무리했다.

"됐다, 끝. 귀네비어, 이제 당신 차례예요. 새로 단장해야죠."

페티그루가 서둘러 욕실로 들어갔다. 그리고 학교에 다니는 여학생처럼 반짝이는 피부가 되어 다시 나타났다. 라포스 양은 번들거리는 피부를 정돈해 줄 도구들을 차려놓고 있었다. 페티그루가 거울 앞에 자리를 잡았다.

그녀는 이미 조금 흐트러져 있었다. 뒤바리 양이 깔끔히 말아놓은 웨이브도 다 풀어진 후였고, 드레스는 조금 구겨져 있었다. 페티그루는 채굴장에 있다가 나온 광부처럼 얼굴을 벅벅 문질렀다. 묘하게 '매력'을 풍기던 분위기가 지워졌다. 검은색 벨벳 드레스도 아까의 세련된 분위기를 잃었다. 구겨진 자국은 다시 펴지지 않을 것처럼 선명했다.

"쯧쯧, 귀네비어." 라포스 양이 한소리를 했다. "꼴이 엉망이네요."

그녀는 페티그루 1호를 페티그루 2호로 개조하느라 바쁘게 움직였다.

"소용없어요." 체념한 페티그루가 말했다. "어차피 또 엉망이 될 텐데요. 전 지금껏 그랬듯 앞으로도 쭉 촌스러울 거예요."

"말도 안 되는 소리." 라포스 양이 단호하게 반박했다. "그건 다 열등감일 뿐이에요. 한 번 멋있게 변신한 사람은 앞으로도 쭉 그럴 수 있어요. 조금만 연습하면 돼요."

"영원히 익숙해지지 않을 텐데요."

"비관적으로 말하지 말아요."

"돼지 귀로 실크 지갑을 만들 순 없죠."

"넝마로 고급 종이도 만드는걸요."

"한 여자는 똑똑한데 다른 여자는 아니에요." 페티그루가 논쟁에 슬슬 열을 올리며 말했다. "둘 다 사이즈는 비슷한데 말이에요. 아가씨는 이해 못 해요. 저는 똑똑하지 못한 쪽이에요."

"진짜 어이없는 소리네요." 라포스 양이 말했다. "배를 집어넣고 어깨를 짝 펴요. 그게 비결이에요. 구부정하게 걸으면 옷도 구부정해져요."

라포스 양이 페티그루의 화장을 마쳤다. 뒤바리 양이 만든 웨이브도 다시 풀리지 않게 단단히 말아놓았다. 빨간 장미는 페티그루의 어깨에 핀으로 꽂았다. 페티그루는 거울 속 자기 모습을 보고 밝게 미소 지었다.

"살면서 처음으로 제 모습이 맘에 들어요."

페티그루는 아까 빌린 털 코트를 다시 걸쳤다. 라포스 양은 옷깃에 하얀 여우 털을 단 황홀하게 아름다운 검은색 외투를 걸치고 나왔다. 그리고 바쁘게 장갑과 손수건, 가방을 챙겼다.

"맙소사, 이렇게 늦다니!"

그러더니 갑자기 수선을 떨며 문가로 날아가듯 급히 나갔다. 페티그루도 서둘러 뒤따랐다. 양심의 목소리가 조그맣게 속삭였지만, 페티그루는 능청스럽게 못 들은 척을 했다. 제아무리 왕과 기마와 신하가 들이닥친다 해도, 지금 그녀가 누리는 즐거움을 앗아갈 수 없었다. 그녀에게도 핑계는 있었다. 온종일 사건들이 너무 빠르게 벌어지는 바람에 정신을 차릴 겨를이 없었기 때문이다. 줄곧 정신이 고양된 상태였고, 그게 숱한 일탈을 덮어주었다.

페티그루는 라포스 양을 신나게 뒤쫓았다. 자연스럽게 상기된 안색이 화장으로 꾸며낸 색깔에 깊이를 더했고, 눈이 반짝였으며, 호흡이 거칠어졌다. 그녀는 모험 길에 올랐다. 제국이 정복할 목적지는 나이트클럽이었다. 클럽의 이름만으로 마음이 잔뜩 부풀어 올랐다. 사랑하는 어머니가 살아 돌아오신다면 무어라 말하시려나? 내 딸이 웬 악행의 구렁텅이로 가라앉는다고 하실까? 하지만 페티그루가 과연 신경이나 썼을까? 아니올시다였다. 그녀는 자유롭게, 솔직하게, 즐겁게, 그 사실을 인정했다. 그녀는 야단스러운 밤을 즐기러 길을 나섰다. 여기저기 쏘다니며 놀 것이다. 토니가 건넨 칵테일을 한 잔 더 마실 것이다. 지금 그녀는 흥청망청 놀러 나온 귀부인이다. 오, 따분했던 과거의 그늘이여, 안녕! 하고 놀 것이다. 그녀는 여태껏 한 번도 누려본 적 없는 즐거움을 느끼기 위해 길을 나섰다. 세상이 뭐라고 설교한들 그녀의 길을 막을 수 없었다. 이제 그녀는 광대한 바다를 연붉게 물들이려 깊이 빠질 준비가 되어 있었다.

그녀는 싱글벙글 웃으며 라포스 양을 따라 복도를 총총 지났다. 라포스 양이 엘리베이터를 기다리지 못하고 계단으로 내려가기 시작하자 페티그루도 바짝 뒤를 따랐다. 수위가 호루라기를 불자 택시 한 대가 끽 멈춰 섰다. 라포스 양이 운전기사를 향해 몸을 내밀었지만, 페티그루가 그녀를 옆으로 밀치며 환하고 도도하게 말했다.

"'새빨간 공작'으로," 페티그루가 말했다. "서둘러 주세요."

그렇게 둘은 택시를 탔다.

택시가 불이 밝혀진 거리를 쏜살같이 달렸다. 페티그루는 꼿꼿이 앉아 반짝이는 눈으로 창밖을 보았다. 눅눅한 11월 거리가 더는 처량해 보이지 않았다. 요정처럼 빛나는 간판이 건물마다 번쩍였다. 마법 같은 경적이 여기저기서 울려댔다. 궁전처럼 찬란한 불빛이 포장도로에 아름답게 빛을 드리웠다. 이 지상 낙원은 윙윙 울려대고 진동하며 생기로 날뛰고 전율했다. 중절모를 쓴 귀족들, 요염한 숙녀들이 행복한 얼굴을 하고서 신나는 목적지를 향해 걸음을 재촉했다. 페티그루도 그들처럼 서둘렀다. 두 다리로 직접 걷는 것보다 훨씬 더 귀족적인 방식으로 말이다. 드디어 그녀에게도 목적지란 게 생겼다. 얼마나 달라진 삶인가! 차이는 엄청났다. 지금 그녀는 인생을 살고 있었다. 인생 한복판에 어엿하게 자리 잡은 사람이었다. 향기로운 공기를 들이마셨다.

옆자리에서 늘씬하고 우아하고 차분한 자태로 마지막까지 말썽인 곱슬머리를 가다듬고 있는 라포스 양은 그녀의 친구였다. 노처녀, 가정부, 따분하게 존재감도 없고 직장도 능력도 없는 미스 페티그루가, 화려하게 차려입고 나이트클럽에 가고 있었다. 제일 근사한 사람 중에서도 제일 멋들어지게 꾸미고, 제일 별로인 사람처럼 뻔뻔하게, 황홀에 취한 채로 말이다.

'오!' 페티그루가 행복에 젖어 생각했다. '꿈에서 깨어나야 한다면 차라리 오늘 밤 죽어도 좋겠어.'

드디어 목적지에 도착했다.

12. 12:16 AM ~ 01:15 AM

페티그루 눈앞에 높은 건물이 늠름하고 위엄 있는 자태를 드러냈다. 건물을 올려다보자 가슴이 쿵 내려앉았다. 그녀는 원망 섞인 눈빛으로 라포스 양을 보았다. 라포스 양의 허풍이었나? 이게 나이트클럽이라고? 양쪽으로 여닫는 문 위로 소박한 조명이 내리비쳤다. 제복 차림의 수위가 정중하게 고개를 숙여 인사했다.

"저녁 날씨가 고약하네요, 라포스 양."

"정말 그러네요, 헨리."

라포스 양이 계단을 올랐다. 페티그루는 훨씬 느린 속도로 뒤따랐다. 문이 열렸다가 그녀 뒤로 닫혔다. 페티그루는 숨이 멎었다. 눈앞에 장관이 펼쳐졌다. 두 여자는 큰 홀에 들어와 있었다. 페티그루는 조명과 색깔, 음악과 냄새를 감지했다. 반대편 끝에는 위층으로 이어지는 계단이 넓게 나 있었다. 여자들이 우아한 야회복 차림으로 옆을 지나갔다. 흑백 제복을 말쑥하게 차려입은 남자들이 여자들을 수행했다. 모든 게 번쩍이고 화려했으며 왁자지껄한 웃음이 끊이질 않았다. 페티그루는 다시금 신이 나서 눈을 반짝이기 시작했다. 바로 이곳이 나이트클럽이었다. 나이트클럽은 이래야 했다. 영화에서 본 나이트클럽이 꼭 이랬다. 왼편에서 문이 열리더니 있는 줄도 몰랐던 방에서부터 음악이 쿵쿵 울렸다. 페티그루는 냄새를 쫓는 사냥개처럼 코를 킁킁댔다.

"이쪽이에요." 라포스 양이 말했다.

"앞장서시죠." 페티그루가 말했다.

라포스 양이 계단을 올랐다. 페티그루가 뒤따랐다. 위층 복도도 마찬가지로 화려했다. 아래층에서만 쇼가 벌어지고 위층은 별 볼 일 없는 그런 곳이 아니었다. 페티그루는 흡족하게 고개를 끄덕였다. 이게 진짜 파티였다.

두 사람은 굳게 닫힌 문을 여러 개 통과했다. 그렇게 들어간 곳은 여자들이 쓰는 탈의실이었다. 고급스러운 카펫, 은은한 불빛, 반짝이는 거울이 있었고, 종업원들이 그들을 도와주러 대기 중이었다. 두 여자는 외투를 벗고, 코에 분을 칠하고, 옷매무새를 정리한 뒤 다시 아래층으로 내려갔다.

종업원 하나가 문을 잡아 열어주었다. 두 여자는 문을 통과했다. 페티그루는 주저하며 걸음을 멈췄다. 눈앞에 탁 트인 공간은 바닥이 반짝였고 테이블에 둘러싸여 있었다. 멀리 맞은편에 있는 밴드는 아직 연주하지 않고 있었다. 테이블에 앉은 사람들은 주변을 두리번댔다. 페티그루는 당황해서 사방을 살폈고 그럴수록 파티장은 거대해졌다. 모두의 주목을 받으며 이 어마어마한 곳을 가로질러야 한다니. 용기가 발끝에서부터 빠져나갔다.

"명심하세요." 라포스 양이 다급히 속삭였다. "배를 집어넣고 어깨를 펴요. 저기 거울들이 보이죠. 거울이 잘 보이는 곳에 앉혀 드릴 테니 종종 매무새를 확인하세요. 지금은 아주 근사해요."

라포스 양이 걸음을 옮겼다. 페티그루도 숨을 깊게 들이마시고 뒤를 따랐다. 라포스 양은 거의 모든 테이블마다 누군가와 눈을 맞추고 미소를 지었다. 그러자 거의 모든 테이블마다 누군가 그녀에게 인사를 건넸다. 두 여자는 그렇게 파티장을 가로질렀다. 구석에 있는 밴드와 가까운 자리에서 라포스 양이 걸음을 멈췄다.

페티그루는 무릎이 후들거리고 심장이 쿵쾅댔다. 더한 시련이 그녀를 기다리고 있었다. 테이블은 사람들로 가득했다. 알 수 없는 수십 명의 얼굴을 보았다. 페티그루는 친구들 모임에 불쑥 끼어든 이방인처럼 어색하게 애써 미소 지었다. 어떤 정신나간 충동이 자신과 어울리지도 않는 듯한 이곳에 오게 만든 걸까?

하지만 그녀의 공포는 허무맹랑했고 두려움도 이유가 없었다. 드디어 그녀 눈에 초점이 맞춰졌다. 뒤바리 양이 활짝 웃고 있었다. 그 옆에 토니도 웃고 있었다. 마이클이 벌떡 일어났다. 다른 사람들도 있었지만 무슨 상관이겠는가? 그녀는 친구들과 함께였다. 라포스 양부터 뒤바리 양, 토니, 마이클까지. 이곳에 낯선 사람이 천 명 더 있다 해도 상관 없었다. 페티그루의 어색한 미소가 진심으로 기쁨에 겨운 미소로 번졌다.

"대체 어디 있다가 온 거야?" 마이클이 따졌다.

"늦었네." 뒤바리 양도 한마디 했다.

"안 오는 줄 알았어." 토니였다.

"웨이터." 마이클이 말했다. "의자를 더 가져다줘요."

두 여자는 드디어 자리에 앉았다. 라포스 양이 티 나지 않게 챙겨준 덕에 페티그루는 거울과 정말로 가까운 자리에 앉았다. 자신감을 되찾으려고 거울을 힐끔 보았으나 어느새 그녀는 자신감을 되찾을 필요가 없어졌다. 친구들에게 둘러싸여 있었으니 말이다. 한쪽에는 토니가, 다른 한쪽에는 마이클이 자리했다. 뒤바리 양이 그녀 귀에 빠르게 귓속말을 전했다.

"저 너무 행복해요. 다 당신 덕분이에요. 나중에 꼭 우리 미용실에 들러주세요."

페티그루는 여전히 그녀가 왜 그렇게 고마워하는지 알 수 없었지만, 다들 활기차 보이니 덩달아 즐거웠다. 얼굴에서 다시 빛이 났다.

하지만 토니와 너무 가까이 있어서인지 그녀는 슬슬 당혹감에 압도당하기 시작했다. 아까 오후에 자신이 토니에게 무슨 말을 했었는지 기억하려 머리를 쥐어짰으나 기억나지 않았다. 그저 자신이 평소와 딴판으로 대단히 무례했다는 인상만 뚜렷이 남아 있었다. 생각하니 얼굴이 화끈거렸다. 사람들이 수다를 늘어놓는 틈을 타서 그녀는 부끄럽지만 절박한 심정으로 토니에게 몸을 돌려 그의 소매를 툭 건드렸다. 토니가 정다운 미소를 지으며 돌아보았다.

"아, 저기!" 페티그루가 낮은 목소리로 더듬더듬 말했다. "아까 오후에 말이에요. 제가 너무 무례했던 것 같아요. 기억나지는 않지만 분명 그랬을 거예요. 그런 느낌이 와요. 뭐라 드릴 말씀이 없네요. 아무래도…… 라포스 양이 옳았나 봐요. 당신이 건넨 술 때문인 게 틀림없어요. 제가 술이 약하거든요. 그래서 머리가 어떻게 됐었나 봐요. 정말 부끄럽네요. 뭐라 말해야 할까요? 부디, 부디 용서해 주세요. 일부러 무례하게 군 건 아니었어요."

"무례했다고요?" 토니가 물었다. "나한테?"

"네."

"언제요?"

"오늘 오후에요."

"기억나지 않는데요."

"아까 우리 대화했잖아요."

"아주 멋진 대화를 나눴죠."

"제가 예의가 없었어요."

"나는 예의가 있는 여자를 만나본 적이 없어요. 그러니 당신이 정중했든 아니든 어차피 몰랐을 겁니다."

"오, 제발." 페티그루가 격앙되어 말했다. "저는 진지해요."

"나도요."

"아니잖아요."

"뭐가요?"

"진지하지 않으시다고요."

"그야 당연하죠."

"언제는 진지하다면서요."

"그렇게 말한 적 없는데요. 내가 웃을 줄도 모르는 놈 같습니까?"

"그런 말은 한 적 없어요."

"에둘러 그렇게 말했잖습니까." 토니가 씁쓸하게 말했다. "나는 절대 헨리 같은 사람이 아닙니다."

"헨리라!" 페티그루가 영문을 몰라 외쳤다. "헨리가 누구죠? 그 사람이 무슨 상관이길래."

"나더러 웃질 않는다면서요?"

"진지하지 않다고만 했죠."

"내가 왜 그래야 하나요? 화이트호 사고*를 당한 것도 아닌데."

"오, 제발." 가엾은 페티그루가 말했다. "무슨 소리인지 통 모르겠네요."

---

* 1120년 영국 해협에서 화이트호가 삼백여 명의 탑승객과 함께 침몰한 사건. 이 사고로 헨리 1세는 아들을 잃고 슬픔에 잠겼다.

"어쨌거나 당신도," 토니가 쓰라린 환멸에 찬 목소리로 말했다. "교육받은 여자이겠죠."

"지금 그게 중요한가요?"

"헨리 1세를 들어본 적 없어요?"

"당연히 들어봤죠." 페티그루가 발끈해 대꾸했다.

"그러면 왜 아닌 척하면서 은근슬쩍 대화 주제를 돌립니까?"

"저는 그런 척을 하지 않았어요. 말도 안 되는 이야기를 하는 건 토니 당신이에요."

"뭐가 말이 안 되나요?"

"오후에 만난 이야기 말이에요."

"하지만 우리는 오후 이야기를 하는 게 아니었는데요."

"아뇨, 하고 있었어요."

"잠시만요." 토니가 말을 막았다. "차분해집시다. 정신을 차리자고요. 신중하게 집중해 봐요. 지금 우리가 무슨 이야기 중이었죠?"

"저의 무례함에 관해서요."

"그런데 왜," 토니가 곧바로 받아쳤다. "역사 이야기가 나왔을까요?"

"아!" 페티그루는 탄식했다.

그녀는 무력하게 토니를 쳐다보았다. 토니는 바로 앞을 응시했다. 페티그루는 어리둥절했고 동시에 화가 났다. 그러다 갑자기 깨달음을 얻고 킥킥 웃었다.

"이봐요, 청년." 페티그루가 말했다. "저를 놀리는군요."

토니가 눈을 굴리며 반짝였다.

"눈에는 눈, 이에는 이예요." 토니가 짓궂게 말했다.

"무슨 소리인지 모르겠네요." 페티그루가 말했다. "하지만 아까 오후 일과 관련 있는 것이겠지요. 그렇다면 그 일도 일단은 사과할게요."

"아!" 토니가 말했다. "또 이러시네. 왜 자꾸 사과하는 겁니까?"

"오늘 오후에 제가 무례하게 굴었던 거요."

"도대체 뭐가 무례했는데요?"

"또 이러시네." 페티그루가 애원했다. "부디 이러지 말아요."

"알았습니다." 토니가 수긍했다. "하지만 표현은 좀 달리 해 줘요."

"오늘 오후에 저희가 나눴던 대화요."

"즐거웠습니다." 토니가 말했다. "다 이해할 순 없었지만 즐거웠어요. 나는 여자들의 기발함을 좋아하거든요. 그런 걸 가진 여자는 드물지요. 사과할 필요 없습니다."

"정말이에요?" 페티그루는 눈치를 살피며 물었다. "괜히 예의상 하는 말이 아니고요?"

그러자 토니가 물었다. "만일 생판 모르는 사이인 당신이 오후에 나를 크게 욕보였다면 지금 내가 이렇게 친근하고 즐겁게 당신과 대화하고 있을까요? 내가 그런 모욕을 그냥 넘어갈 것 같아요? 만일 그렇다고 말한다면 그걸 첫 번째 모욕으로 받아들이겠습니다."

"알았어요." 페티그루가 한결 가벼워진 마음으로 대답했다. "마음의 짐을 덜었네요."

"그러면 우리는 계속 친구죠?"

"친구죠." 페티그루는 더없이 행복했다.

"그러면 이제부터는 고차원적인 대화를 고집할 필요가 없겠군요."

"전혀 없어요." 페티그루가 소리 내어 웃었다.

"다행이다!" 토니가 한숨을 쉬었다. "내가 아는 역사 일화라고는 절대 웃지 않았다는 헨리 1세와 1066년에 잉글랜드를 침공한 윌리엄 1세, 워시만灣을 건너다 왕관을 잃어버린 존 왕 이야기뿐이거든요. 예전에 어떤 농담을 듣고 알게 된 것들이에요."

"저기." 라포스 양이 명랑한 목소리로 끼어들었다. "두 사람은 잠시만 추파 던지는 걸 멈추고, 귀네비어가 나머지 사람들과 인사를 나누는 게 좋겠어요. 이디스, 네 애인 옆에 치명적인 여자를 앉힌 걸 용서해 줘."

"어머나!"

페티그루는 당황해서 그녀의 무례함에 얼굴을 붉혔으나 이내 테이블에 앉은 다른 이들을 향한 생생한 호기심에 잠시 당황스러움을 잊었다. 테이블에는 체격이 다부진 청년 하나도 앉아 있었다. 무표정한 둥근 얼굴에 밝은색 머리칼은 짧았고, 총명하게 빛나는 연파란 눈은 신중했다. 어쩐지 탐험가처럼 보였다. 그의 바로 옆에는 우아한 여자가 있었다. 머리는 무척 짙은 적갈색이었고 눈은 아름다운 보랏빛이었다. 통통한 편은 아니었으나 보드랍고 선이 둥글둥글해서 편안한 인상을 주었다. 〈모나리자〉나 〈샬롯의 여인〉 같은 명화 속 여인의 분위기를 풍겼다. 행동 하나하나가 느릿하게 나른하고 무기력하고 뚱했다. 무척 근사한 보라색 옷을 입고 있었고, 손가락에는 커다란 에메랄드 반지가 반짝였다. 하나같이 늘씬하고 세련된 영국 여자들 옆에서 그녀는 마치 딴 나라에서 온 관능적인 꽃송이 같았다. 페티그루는 저 청년이 풍요로운 어느 열대 지방의 땅으로 저 여자를 도로 데려다주어야 하지 않은가, 하는 낭만적인 생각에 잠겼다.

"귀네비어." 라포스 양이 말했다. "줄리안을 소개할게요. 만일 당신의 경쟁자가 질투심에 머리를 쥐어뜯는 모습을 보고 싶다면 줄리안을 찾아가세요. 당신을 위한 옷을 만들어 줄 거예요. 물론 공짜는 아니에요. 나는 외상을 워낙 많이 해서 줄리안이 나에게 잘해줄 수밖에 없어요. 그렇지 않으면 내가 돈을 갚지 않으리라는 것을 이 사람은 잘 알거든요."

그때 줄리안이 입을 열었고, 벌어진 입술 사이로 하얀 이가 언뜻 보였다.

"안녕하세요?" 줄리안이 짤막하게 인사했다.

"원래 말수가 없어요." 라포스 양이 대신 설명했다. "일단 자리에 앉으면 머릿속으로 새로 등장한 여자의 옷을 벗긴 다음 어울리는 옷을 입혀보죠. 그러다 예외 없이 그 여자가 제 발로 자기를 찾아오면 딱 한 번 보자마자 뭘 입으라고 바로 말해줘요. 그러면 여자는 감탄하며 번번이 이 사람을 찾아가죠."

'어머나!' 페티그루가 속으로 생각했다. '나를 그렇게 본다면 얼마나 부끄러울까. 온몸이 빨개질 거야.'

"내 방법에 토를 달 순 없어요." 줄리안이 부드럽게 말했다. "결과는 무척 만족스러울 테니까요."

"로지." 라포스 양이 입을 열었다. "귀네비어를 소개할게요. 내 친구예요."

"반가워요." 로지가 인사했다.

"스테이크와 구운 양파는 주문하면 안 돼요." 라포스 양이 페티그루에게 진지하게 조언했다. "로지가 다이어트 중이거든요. 그래서 그런 음식을 먹지 않지만, 원래는 참 좋아해요. 감질나는 냄새를 참아야 한다면 로지는 오늘 밤을 망치고 말 거예요. 아니면 더 나쁜 일이 일어날지도 몰라요. 끝내 항복해서 유혹에 넘어가는 거죠."

"그러지 않을게요." 페티그루가 황급히 약속했다.

"병원에 다녀왔어요." 로지가 우울하게 말했다. "망할 의사 같으니. 흰 고기, 그러니까 닭고기만 먹으라니! 어이없지 않아요? 나는 닭고기가 싫어요. 씹는 맛이 하나도 없잖아요. 배도 안 차고요. 기름진 음식도 안 된다, 지방 많은 음식도 안 된다, 튀긴 음식도, 감자도 안 된다, 버터도 거의 먹지 말래요. 케이크도 금지고요. 그러면 뭐가 남는대요? 진짜 어이없죠? 그럴 만한 가치가 있는 걸까요?"

"당연히 있고말고요." 다른 여자들이 충격이라도 받은 듯 한 소리로 대답했다.

"미의 기준이 달라질 수도 있잖아요." 뒤바리 양이 위로하듯 말했다. "그러면 당신은 자연스럽게 이상적인 몸매가 되는 거고, 그동안에 우리는 춤도 못 추고 온종일 앉아 지겹도록 크림만 퍼 마실 거예요."

"쉰 살이 된다면," 로지가 비관적으로 푸념했다. "뚱뚱하든 날씬하든 신경도 쓰지 않을 텐데."

그때 음악이 시작되었다.

"춤출까?" 줄리안이 청했다.

그와 로지가 플로어로 나갔다. 로지는 그의 품에 녹아내리듯 폭 안겼다. 몸을 내던지듯 매달린 모습이 형식적인 포옹을 아주 가깝고 사적인 친밀함으로 물들였다. 두 사람은 볼을 맞대고 춤을 췄다.

페티그루는 매료되어 두 사람을 지켜보았다.

"정말 사랑스러운 아가씨네요!" 페티그루가 감탄했다. "저런 여자는 처음 봐요. 외국인인가요?"

"로지는 결국 뚱뚱해질 거예요." 라포스 양이 침울하게 대꾸했다. "정말이에요. 이번에는 '아뇨'라고 말 못 하실걸요."

"저 여자는 첩이에요." 뒤바리 양이 끼어들었다. "나는 그런 여자들을 싫어해요. 여자 망신을 다 시키잖아요."

"나는 좋던데." 토니였다. "자기 분수를 알고 주관을 갖지 않거든. 한 남자를 만나면 주인처럼 떠받들잖아. 다른 남자들은 존재하지도 않지. 저런 여자들은 후궁에 머물며 다른 사람은 만나려 하지 않아. 그저 자식을 잔뜩 낳고 주군의 시중을 드는 것이 저들의 일이지. 뭘 더 요구할 수나 있겠어? 또 남자라고 뭘 더 요구하겠어? 아주 만족스러운 관계인 셈이지."

"참나!" 뒤바리 양이 경멸하듯 반응했다. "나는 독립적인 여자가 좋아요. 남자다운 남자들도 그럴걸요. 그런 남자들은 저런 여자와 결혼하면 육 주 만에 질려버리고 말 거예요. 제기랄! 기분 전환하기에는 딸기와 크림이 딱 좋죠. 하지만 평생을 생각한다면……! 뭐든 오냐오냐하는 여자와 사는 건 허상이에요."

"나도 토니 말에 동의해." 마이클이 입을 열었다. "요즘 여자들은……"

"조용히 해요." 라포스 양이 명령했다. "논쟁은 여기까지. 당

*신*들 생각은 잘 알고 있어요. 시대착오적이지. 귀네비어, 여기 린지 부부와도 인사해요. 페기, 마틴이라고 해요. 결혼한 지는 일 년이 되었는데 용케 아직 헤어지지 않았네요."

페티그루가 남은 커플을 바라보았다. 둘 다 젊었으며 부드럽고 활기찬 인상이었다. 곧게 뻗은 갈색 머리칼, 파란 눈, 쾌활한 웃음도 부부의 공통점이었다. 쌍둥이라 해도 믿을 만했다. 마틴은 깔끔하게 머리를 빗어 넘겼고, 페기는 이마를 덮은 앞머리를 빼고 머리를 단정하게 귀 뒤로 넘겼다.

"배우일 때는," 라포스 양이 덧붙였다. "'쌍둥이 린지'로 활동해요. 부부라고 하는 것보다 쌍둥이라고 하는 게 홍보 효과가 더 좋거든요. 코미디 듀오인데, 레뷰 공연이든 버라이어티 쇼든 뭐든 다 소화해요."

페티그루는 기분 좋은 호기심을 채우며 모두를 만났다. 반짝이는 눈을 크게 뜨고 방을 살폈다. 드럼이 울리고, 심벌즈가 챙챙 부딪히고, 색소폰과 바이올린이 멋들어지게 울고, 피아노가 현란하게 연주되었다. 모두가 음악에 이끌려 일어났다. 다들 춤이 추고 싶어졌다. 뒤바리 양과 토니가 움직였다. 린지 부부도 가세했다. 라포스 양은 페티그루가 보지 못하게 조용히 고개를 가로저었다. 한 젊은 남자가 마이크를 잡고 노래를 불렀다. 조명이 어둑해졌다. 저마다 리듬에 맞춰 발을 놀렸다.

"그러니까 이게," 페티그루가 행복하게 말했다. "*나이트클럽*

이란 것이로군요! 아주 사악한 곳인 줄로만 알았는데."

라포스 양은 위층에 은밀하게 잠긴 문들을 생각했다.

"글쎄요." 라포스 양이 조심히 입을 열었다. "나이트클럽도 여러 종류가 있답니다. 여기서 왕족을 만날 가능성은 희박하죠."

"왕족은 만나고 싶은 마음도 없네요. 만난다면 너무 놀라서 나자빠질 거예요. 지금도 무척 행복해요."

음악이 멈추더니 조명이 밝아졌다. 다시 테이블이 채워졌다. 지휘자가 라포스 양에게 신호를 보내자 그녀가 고개를 끄덕였다. 페티그루는 친구의 이름이 호명되는 것을 들었다. 그러자 우레와 같은 박수가 터졌다. 다시 조명이 어둑해졌고, 라포스 양이 쏟아지는 스포트라이트를 받으며 더없이 여유로운 모습으로 무심히 어깨를 털고 솜씨 좋게 엉덩이를 씰룩대며 홀로 플로어를 가로질렀다. 그리고 그랜드 피아노에 기대어 섰다. 한 손은 엉덩이에, 다른 손은 광택이 나는 피아노 위에 무심히 올려놓았다. 그녀는 대담하게도 얇은 흰색 드레스 차림이었다. 안에는 몸에 딱 붙는 흰 새틴 재질의 속치마를 받쳐 입어서 매혹적인 몸매의 굴곡 하나하나가 교묘하게 돋보였다. 그물처럼 얇게 짜여 속이 비치는 드레스 자락이 바닥까지 치렁치렁 내려왔는데 인위적이지 않게 순수한 느낌을 주었다. 대조적인 색깔은 하나, 그녀의 환한 금발뿐이었다. 스포트라이트를 받자 흡사 후광이 비치는 듯했다.

이윽고 연주가 시작되고 라포스 양이 노래를 시작했다. 페티그루는 말없이 열중하며 천천히 자세를 고쳐 앉았다. 평소 그녀는 연예인의 공연을 볼 일이 많지 않았다. 나이트클럽 무대에 오른 연예인을 본 경험이라고는 자신만의 은밀한 일탈이었던 영화 관람을 통해서가 다였다. 그런 존재를 직접 본다는 것은 색다른 경험이었다. 새하얀 여인이 피아노에 기대어 있는 모습은 그녀의 관심을 사로잡았고, 장내의 모두를 매료해 숨을 죽이게 했다.

일하는 라포스 양은 제법 다른 여자였다. 자세나 표정이 크게 달라진 게 아닌데도 한순간에 매혹적인 스타의 분위기를 풍겼다. 라포스 양은 나른하고 우아한 자태로 피아노에 기댄 채 여유롭고 무심한 눈빛으로 방을 둘러보았다. 나른한 눈꺼풀에 덮인 눈은 잠에 취한 듯했다. 그러다가도 갑자기 짓궂게 장난을 걸며 눈을 크게 뜰 것만 같았다. 라포스 양의 목소리는 깊고 허스키했다. 노래라고는 말하기 힘들었다. 페티그루는 그걸 뭐라 불러야 할지 난감했다. 가끔은 그냥 이야기를 건네는 것 같았으나 어쩐지 뼛속까지 기쁜 전율을 선사했다. 라포스 양은 장난스럽고 즐거운 노래를 불렀다. 제목은 〈아빠가 주말에 집을 비웠을 때 엄마는 무얼 했을까?〉였다. 페티그루는 가사 일부의 의미를 되씹다가 얼굴을 붉히기도 했으나 감질나는 매 순간을 빠짐없이 즐겼다. 노래가 끝나자 박수갈채가 쏟아졌다.

라포스 양은 유행가를 연달아 불렀다. 그런 뒤 앙코르 요청은 사양하고 테이블로 돌아왔다.

"잘했어." 뒤바리 양이 말을 건넸다. "대단하던데. 이러니 닉이 너를 놓치기 싫어하지. 네가 내 경쟁자가 아니라서 다행이야. 아니었다면 우리 우정은 금이 갔을 거야."

"또 언제 노래하지?" 마이클이 물었다.

"두 시 반쯤에요." 라포스 양이 대답했다.

"맙소사!" 마이클이 앓는 소리를 냈다. "그때까지 기다려야 한다고?"

"강요하는 사람은 없어요." 라포스 양이 부드럽게 대답했다.

"술이나 마시자고." 토니였다.

라포스 양이 조심히 페티그루에게 몸을 기대더니 다급히 속삭였다.

"명심해요. 절대 섞어 마시지 말아요. 술이 약한 사람에게 그것보다 치명적인 건 없어요."

"마시겠습니까?" 토니가 물었다.

"네." 페티그루가 대답했다. "셰리만 조금 주세요."

토니의 눈이 휘둥그레졌다.

"내가 잘못 들었나?" 그가 의아해하며 물었다. "귀가 잘 안 들리는 건가?"

"제 나이가 되면……." 페티그루가 운을 뗐다.

토니가 홱 돌아보았다.

"또 시작입니까?" 그가 애원했다. "그만하죠. 오후 일로 충분하지 않은가요? 셰리로 가져다드리죠."

페티그루는 당황한 표정을 지었다.

"트라이플*을 부탁해요." 로지가 불쑥 말했다. "스펀지케이크에 라즈베리 잼을 바른 걸로. 거기에다가 셰리를 한 스푼 붓고…… 술은 위스키로 할게요."

"당신과 나는 위스키로 하지." 마이클이 말했다. "웨이터……."

모두가 술을 마셨다. 여러 사람이 그들이 앉은 테이블을 다녀갔다. 페티그루는 잠깐 스치는 사람들을 일일이 기억하려고 더는 애쓰지 않았다. 어차피 사람들의 이름과 얼굴을 기억하는 데도 한계가 있었다.

"여기 조와 안젤라도 왔네요." 뒤바리 양이 큰 목소리로 말했다.

그때 페티그루는 옆 테이블에서 천천히 의자 아래로 미끄러지고 있는 남자에게 시선을 고정하고 있었다. 얼마 지나자 남자는 아예 의자 밑으로 쓰러져 시야에서 사라졌다. 동행이 저

---

* 영국의 전통 디저트로, 술에 재운 스펀지케이크에 커스터드, 과일, 크림, 젤리 등을 층층이 쌓아 만든 요리.

사람을 제때 구해주려나? 페티그루는 라포스 양이 말을 건네기 전까지 그녀의 존재도 알아차리지 못했다.

"귀네비어, 블룸필드 씨를 소개할게요. 조, 내 친구 페티그루예요."

페티그루는 한껏 격식을 차린 소개에 화들짝 놀라 고개를 돌렸다.

조가 그녀를 내려다보고 있다. 덩치가 큰 남자는 젊지 않았고 아마 오십 대 초반 정도로 보였다. 그러나 중년이 되어서도 군살이 붙은 흔적은 보이지 않았다. 관리를 잘한 몸매였다. 오십 대의 남자는 근사한 옷을 차려입어서인지 더욱 근사해 보였다. 그의 야회복은 흠잡을 데 없었다. 셔츠 앞쪽은 광택이 돌았고 단춧구멍에는 꽃이 꽂혀 있었다. 큰 머리에 단단한 턱, 장난스러운 눈, 호락호락하지 않은 입가, 조금 하얗게 센 머리, 당당한 태도, 온화하면서 불그레한 얼굴.

그는 페티그루를 보자 놀라서 표정이 환해졌다. 입이 벌어졌고, 눈을 반짝였고, 얼굴에 예상치 못하게 따뜻하고 정다운 미소가 번졌다. 동년배를 알아본 것이다. 페티그루도 놀라서 그를 바라보았다. 갑자기 그녀도 입이 벌어지면서 수줍고 소심하고 주저하듯 다가가는 미소를 지었다. 두 사람은 서로 인사를 주고받았다. 둘은 나머지 사람들과는 나이대가 달랐다. 즉시 공감대가 형성되었다.

"귀네비어, 여긴 안젤라예요. 안젤라, 내 친구 귀네비어와 인사해요."

페티그루가 젊은 여자를 바라보았다.

"안녕하세요?" 페티그루가 수줍게 인사했다.

"안녕하세요?" 안젤라는 무심히 점잔을 빼고 조금은 불만에 찬 목소리로 인사했다.

안젤라는 라포스 양의 친구 중 처음으로 페티그루를 주눅 들게 하고 예전처럼 위축시키는 존재였다. 그녀는 무척이나 젊었는데 아주 쌀쌀맞고 날카로웠으며 자신감이 넘쳤다. 빌린 장신구만 보고도 페티그루가 어떤 존재인지 꿰뚫어 보고는 그녀를 경멸하는 듯했다. 페티그루는 까닭 없이 얼굴을 붉히며 의자 등받이에 몸을 붙였다.

안젤라의 선명한 진홍색 드레스는 몸에 착 달라붙어 봉긋한 가슴과 가냘픈 허리, 좁은 엉덩이, 날씬한 허벅지를 돋보이게 했다. 머리는 연한 은발이었다. 페티그루는 감탄하며 그녀를 바라보았다. 백금색 금발을 한 사람을 정말로 보게 된 것이다.

'염색한 거겠지.' 페티그루는 아주 만족스럽게 생각했다. '우리 라포스 아가씨 머리는 천연색인데.'

안젤라는 사랑스럽게 생겼으나 무표정했고, 하나하나 뜯어보면 완벽했으나 활기가 없어 매력적이지 않았다. 멋진 파란 눈은 길게 뻗어 올라간 속눈썹에 둘러싸였고, 코는 시원하게 뻗었으며, 안색은 보기 좋게 뽀얗고 발그레했다. 진홍색 입술은 완벽하게 장미 봉오리 같았다. 머리는 삐죽 나온 잔털 하나 없이 정갈했다. 그야말로 작품처럼 완벽하게 빚어진 여자였다. 그러나 페티그루는 목욕하고 막 나온 그녀를 본 게 아니니 평가를 유보했다.

페티그루는 속으로 한숨을 쉬고 눈을 돌렸다. 이렇게 근사한 신사가 어린 여자에게 홀랑 넘어가다니! 분별력 있는 여자들은 잘 알고 있었다. 젊은 여자는 원하는 게 있지 않은 이상 늙은 남자를 절대 만나지 않는다는 것을. 하지만 중년의 남자들은 지독하게 어리석으며 쉽사리 유혹에 넘어간다.

블룸필드 씨와 안젤라는 딱 봐도 무척 가까운 사이 같았다.

"함께 앉죠." 마이클이 제안했다.

"우리가 방해되지 않는다면." 조가 말했다.

"좋아요." 로지가 말했다.

"고맙습니다." 조가 인사를 건넸다.

안젤라는 말이 없었다. 너무 많이 말하고 웃고 소란을 떨면 빨리 늙는다는 소리를 어디선가 주워들은 적이 있어서였다. 대체로 할 말이 없기도 했거니와 미모를 유지하려고 그녀는 침묵했다.

"웨이터." 토니가 불렀다. "의자를 더 가져와요."

어느새 이들 무리는 작은 테이블과 의자 두 개가 더해져 커졌다. 밴드가 연주를 시작했다. 모두 일어나서 춤을 추었다. 그러나 페티그루, 라포스 양, 마이클만은 예외였다. 페티그루는 라포스 양이 조금씩 신경이 쓰였다. 자기는 춤추지 않고 혼자 앉아 있어도 괜찮다고 라포스 양을 안심시켜야 할 듯했다. 다음번에는 꼭 말할 생각이었다. 순교자 같은 인상의 조도 가녀린 안젤라를 품에 안고 묵직하게 플로어를 돌아다녔다. 그러다 음악이 멈췄다. 쉬는 동안 사람들은 왁자지껄 즐겁게 대화를 나눴다. 다시 음악이 시작되었다.

"춤추러 갈까?" 토니가 뒤바리 양에게 물었다.

"우리도 가자." 줄리안이 로지에게 청했다.

"우리도 실력을 보여줘야겠지?" 마틴이 페기에게 말했다.

그렇게 하나둘씩 자리를 비웠다. 페티그루는 잃어버린 청춘과 날아간 기회들을 생각하며 조금은 애석하게 그들을 바라보았다.

그때 조가 일어나 페티그루 앞에 서서 호방하고 서글서글하고 온화한 투로 말을 건넸다.

"함께 추실까요?"

13. 01:15 AM ~ 02:03 AM

페티그루는 놀라서 숨이 턱 막혔다.

"저한테 *청하신* 건가요?" 믿을 수 없어 되물었다.

"수락해 주신다면요." 조가 근사하게 고개를 숙였다.

"이런!" 페티그루가 비극적인 투로 탄식했다. "저는 춤을 못 추는데요."

조가 활짝 웃었다.

"저도 마찬가집니다." 조가 말했다. "그냥 잘 추는 척하지요."

조는 토니가 앉았던 의자를 조용히 끌어와 페티그루 옆에 편히 앉았다. 그는 즐거운 기색으로 한숨을 쉬었다.

"나이를 너무 먹었어요." 조가 말했다. "뱃살도 너무 쪘고요."

"전혀 뚱뚱하지 *않아요*." 페티그루가 괜히 성을 내며 말했다.

"재단사 솜씨 덕분이죠." 조가 말했다. "허리띠도 찼고. 그래도 티가 나요." 그가 여유롭게 자기 배를 두드렸다.

"티 나지 않는다니까요." 페티그루는 계속해서 성을 냈다. "그냥 보기 좋게 살이 오른 정도예요. 감히 말씀드리자면 몸매가 아주 훌륭하세요. 중년 남자들은 모름지기 듬직해야죠."

"제가 중년인가요?" 조가 물었다.

페티그루는 경악했다.

'이런, 맙소사!' 그녀는 속으로 긴장했다. '내가 기분을 상하게 했나? 어떤 남자들은 여자만큼 나이에 예민한데. 아직 젊은 척하고 싶은 거야? 뭐라고 둘러대야 하는데.'

그러다 문득, 왜 그래야 하나 싶은 생각이 들었다. 별꼴이기도 하지! 다시 볼 일 없을 멍청한 늙은이에게 꼴사납게 아부하지 않겠어. 그녀는 단호한 표정으로 조를 보았다.

"중년이시죠." 페티그루가 힘차게 대답했다. "나이 먹는 걸 피할 수는 없어요."

"고맙습니다." 조가 기분 좋은 목소리로 호탕하게 말했다. "그 점을 알아주시니 기쁘군요. 그러면 이제 두 살배기처럼 쌩쌩한 척하지 않아도 되겠군요."

그는 한결 편해진 듯 의자에 깊숙이 앉았다.

"조." 테이블 맞은편에서 안젤라가 불만스러운 목소리로 까랑까랑하게 핀잔을 줬다. "춤추러 안 나가요?"

"나는 됐어." 조가 거절했다. "이번에는 추지 않을 거야. 내 발이 영 따라가질 못해."

만일 시선이 칼날이 될 수 있다면 안젤라가 던진 시선은 페티그루를 꿰뚫고도 남았으리라. 페티그루는 화끈거리고 당황스러웠으나 어쩔 줄 몰라 하는 와중에도 속으로는 짓궂은 희열을 느꼈다. 살면서 처음으로 누군가 그녀를 질투하고 있었다. 페티그루는 너무나 들뜬 나머지 정정당당해야 한다는 생각도 뒤로한 채 부디 조가 자기 곁에 남아주기를 바랐다. 조가 평온하게 주변을 둘러보았다. 그러자 옆 테이블 사람들이 급히 미소를 지어 보였다.

"오, 조지!" 조가 쾌활히 말을 건넸다. "안젤라가 춤을 추고 싶다는데 나는 내키지 않네. 자네는 어떤가?"

그러자 젊은 남자가 민첩하게 일어났다.

"그거 좋죠, 조. 안젤라, 갑시다."

안젤라도 선뜻 일어났다. 그렇게 두 사람은 춤을 추러 나갔다.

"내가 돈이 많거든요." 조가 말했다. "그래서 사람들이 내 말을 잘 따르더군요."

"다들 참 약았네요." 페티그루가 냉정하게 말했다.

"실은 조지가 안젤라를 좋아해요." 조는 태연했다. "안젤라도 조지를 좋아하지만 내 돈을 더 좋아하죠. 지금 저 둘은 무척 행복할 겁니다."

페티그루는 뭐라 할 말이 없어 입을 다물었다.

"어머, 이게 뭐야." 라포스 양이 기분 좋게 끼어들었다. "벌써 빼는 건가. 놀랐어요, 귀네비어. 우리는 나가요, 마이클. 둘인 게 좋지, 넷은 너무 많잖아요."

그렇게 둘은 춤을 추러 나갔다.

페티그루는 짜릿했다. 웬 남자가 자신과 있으려고 춤을 마다하고 남다니. 그것도 이런 신사 같은 남자가! 심지어 어떤 강요도 없이 그가 스스로 선택한 것이었다. 설령 예의상 그런 것이라고 해도 무척 멋진 태도였다. 그녀는 고마운 마음에 얼굴이 빛났다.

"정말 고마워요." 페티그루가 말했다. "이렇게 함께 있어 주시니 참 친절하시네요. 내가 라포스 양의 밤을 망치는 건 아닌지 걱정하고 있었거든요. 아가씨는 저를 혼자 두고 춤추러 나가지 못했을 거예요. 이제는 아가씨도 마음 놓고 춤출 수 있겠어요."

"친절하다뇨." 조가 소리 내어 웃었다. "페티그루 씨, 오히려 제가 기쁩니다. 안 그래도 엄지발가락 안쪽이 아프고 티눈이 생겨서 힘들었거든요. 태어났을 때부터 제 발은 딱 8파운드약 3.6킬로그램만 버틸 수 있게 만들어졌나 봅니다. 그러니까 나머지는 필요 이상으로 붙은 살인 거죠."

이 가벼운 농담에 페티그루는 미소 지었다. 대화를 하는 게 조금 긴장되었다. 잘 모르는 남자와 단둘이서 대화하는 것에 익숙하지 않았을 뿐 아니라 뭐라 말해야 하는지도 막막했다. 그러나 머지않아 괜한 걱정이었음을 깨달았다. 술술 어렵지 않게 대화가 오갔다. 그냥 자연스럽게 이어졌다.

한쪽이 술을 권하고 다른 쪽이 사양했다. 친구들이 다녀갔고, 조의 사업 이야기가 나왔다.

"코르셋을 팝니다!" 조가 말했다. "코르셋을 만들면 돈을 많이 벌 수 있어요. *단* 좋은 사람들을 만난다면요. 저는 그랬습니다. 뭐, 정확히 어디라고는 말하지 않겠지만…… 여자의 어느 부위를 1인치 줄여줄 수 있다면…… 돈방석에 앉을 수 있어요.

코르셋의 시대가 끝났다니! 맙소사! 요즘 여자들이 결점을 감추고 완벽한 몸매처럼 보이려고 나를 얼마나 찾는지 당신은 모를 거예요. 줄리안이 만드는 드레스도 내가 만든 속옷이 없다면 근사하게 보일 수 있을까요? 아뇨, 아닐 겁니다. 등 *아니면* 배가 불룩 튀어나와서 빌어먹을…… 누구도 소화 못 해요."

페티그루는 매료되었다. 처음 만난 남녀가 나누는 대화 소재로는 의외였으나 날씨 이야기를 주고받는 것보다 천 배는 흥미로웠다. 상스럽다고 말할 수 없었다. 이건 사업 이야기였으니까. 어제만 해도 그녀가 대단한 사업가와 마주 앉아 말을 섞으리라고 누가 예상이나 했을지! 그녀의 온화한 입가가 호기심과 호감으로 씰룩댔다. 조도 마음이 활짝 열렸다. 안젤라는 코르셋 이야기라면 질색했다. 그런데 페티그루는 좋아하며 들어주었다. 진짜 흥미가 있는지는 몰라볼 수 없는 법이다. 그는 갑자기 전문가의 시선으로 그녀를 훑어보았다.

"나이치고 몸매가 훌륭하시네요." 조가 진심으로 칭찬했다. "우리 '블룸필드 보정 코르셋'도 필요 없을 정도로요. 비법이 뭡니까?"

'적게 먹고 걱정에 잠겨 살면 되지요.' 페티그루는 속으로 생각했지만, 오늘 밤 그녀는 신데렐라였기에 누추한 배경에 관해서는 생각하지 않기로 했다.

"오!" 페티그루는 아무렇지 않은 듯 대답했다. "정말로 별거 아니에요. 그냥 타고났어요."

"아이를 낳지 않으셨군요." 조가 예리하게 꿰뚫어 보았다.

"결혼하지 않았거든요." 페티그루가 위엄을 갖추어 말했다.

"남자들이 눈이 삐었군." 조가 용감하게 한마디 했다.

페티그루는 기쁘다 못해 아찔해졌다. 칭찬 하나하나에 취하는 기분이었다. 더 즐길 수도 있었건만 춤추는 시간이 끝났다. 토니가 조를 힘주어 보았다. 조는 침착하게 말했다.

"젊은 친구는 잠깐 옆에 있지 그래."

"하!" 토니가 말했다. "미녀를 독차지하겠다, 이겁니까?"

페티그루는 기뻐서 몸을 꼬았다. 조는 그녀의 옆자리를 떠나지 않았다. 페티그루는 행복했다. 어느새 조지도 무리에 합류해 은근슬쩍 안젤라를 애정 깊은 눈빛으로 바라보았다.

"배고파." 라포스 양이 말했다. "빈속으로는 더 노래 못 해."

"나는 그다지." 줄리안이 말했다.

"나는 배고파요." 라포스 양이 말했다.

"나도 허기가 지네." 마이클이었다. "저녁 먹은 게 벌써 다 소화됐어."

식사를 주문했다. 꿈결처럼 녹아내리는 선율이 다시 시작되었다. 식사가 차려지기 전까지 커플들은 또 나가 춤을 췄다. 조는 페티그루를 바라보았다.

"우리도 춤출 때가 된 것 같아요." 조가 청했다.

"저는 춤을 못 춘다고 말씀드렸는데요." 페티그루가 무척 아쉬워하며 말했다.

"하지만 옛날 왈츠는 완벽하게 추실 것 같다는 확신이 드는데요."

페티그루의 얼굴이 환해졌다.

"옛날 왈츠요?"

"예."

페티그루가 일어났다.

조가 고개를 숙여 인사한 뒤 그녀 허리에 팔을 감쌌다. 두 사람은 처음 몇 박자가 지나는 동안 주저했으나 이내 사람들 속에 자연스럽게 섞였다. 페티그루는 눈을 질끈 감았다. 인생 최고의 순간이었다. 이제 죽어도 여한이 없으리라. 그녀는 조의 품에 폭 안겨 꿈 같고 경쾌한 리듬에 몸을 맡겼다.

조는 춤 실력이 좋았다. 조금 전 그의 푸념이 무색하게 페티그루는 그의 몸이 자기 몸을 편안하게 감싼다는 느낌만을 받았다. 페티그루는 젊은 시절 몇 번 가보았던 사교 모임에서 왈츠를 살짝 춰본 적이 있었는데, 언제나 늙은 남자들만 짝으로 만났기에 그들의 푸짐한 허리통에 겸연쩍고 어색해하기 일쑤였다.

"완벽해요." 조가 말했다. "요즘 사람들은 왈츠 추는 법을 몰라요. 하지만 나는 곧 죽어도 왈츠를 포기 못 해요."

페티그루는 발그레한 뺨과 반짝이는 눈을 하고서 공중에 뜬 것 같은 기분을 느끼며 자리로 돌아왔다.

"어머, 이 앙큼한 거짓말쟁이." 라포스가 놀렸다. "언제는 춤을 못 춘다면서요. 그냥 조와 함께 있고 싶었던 것이로군요."

"어머, 이러지 마세요." 페티그루가 이번에는 부끄러워 얼굴을 붉혔다. "춤은 왈츠만 출 줄 알아요."

그녀는 행여 조가 이상한 생각을 할까 봐서 몇 분은 그에게 도도하게 굴었다. 그때 식사가 차려졌다. 페티그루는 뜻밖에도 심한 허기가 돌아 식사할 준비를 했다.

"아이스크림도 좀 드세요." 마이클이 제안했다.

"그럴게요." 페티그루가 말했다.

그가 찡긋 윙크했다.

"여기 아이스크림 맛있을 거예요. 주인장의 '테크닉'이 대단하다고 들었거든요."

페티그루는 라포스 양이 성난 눈길로 마이클을 보고 있는 줄도 모르고 다시 킥킥 웃으며 즐기기 시작했다. 아이스크림은 정말로 기가 막혔다. 페티그루는 단 한 번도 자신이 식탐이 있는 편이라고 생각해 본 적이 없었다. 하지만 이 아이스크림은 얼린 커스터드와 차원이 달랐다. 크림에다 과일, 견과류, 아이스크림, 그리고 훌륭한 시럽이 아주 솜씨 좋게 버무려져 있었다. 그녀는 달콤한 아이스크림을 한 숟갈씩 입에 넣고 혀로 굴리며 천천히 음미했다. 밴드가 느리고 잔잔한 폭스트롯 노래를 연주하기 시작했다. 조명이 어두워졌다. 방 안에는 흐릿한 불빛만 감돌았다. 페티그루는 꿈꾸는 듯한 즐거움을 느끼며 시선을 위로 들었는데, 하필 닉이 테이블로 다가오고 있었다. 갑자기 아이스크림을 먹던 입맛이 뚝 떨어졌다.

닉은 라포스 양에게 시선을 고정한 채 테이블 사이를 헤쳐 오고 있었다. 얼굴은 무표정했고 눈빛도 읽을 수 없었으나 페티그루는 왠지 모르게 몸을 떨었다. 그의 눈에는 얇은 절제의 막이 드리워진 듯했다. 언제라도 그게 찢겨 성질이 폭발할 것만 같았다.

페티그루는 황급히 테이블을 둘러보았다. 닉을 발견한 사람은 없었다. 어둑한 조명, 달콤한 음악, 맛있는 음식에 취해 다들 여유와 낭만을 즐기고 있었다. 커플은 저마다 바짝 붙어 있었다. 그중에서도 마이클이 가장 그랬다. 그는 팔로 라포스 양을 감싸고 갈색 머리를 그녀의 아리따운 머리에 기댔다. 그리고 진지한 이야기를 건네는 중이었다. 라포스 양은 진지하고 수줍기까지 한 표정을 지었다.

닉이 테이블로 다가왔다.

"델리시아." 닉이 말했다. "우리가 춤출 차례야."

테이블에 있던 모두가 일순간 잠잠해졌다. 연주는 계속되었다. 커플들이 춤을 추며 플로어를 가로질렀다. 조명은 여전히 은은했다. 구석에 있는 테이블 사정을 누가 알 리 없었다.

라포스 양은 몸을 홱 돌려 닉을 발견하고는 눈이 휘둥그레졌다. 어두운 조명 아래에서 그녀의 얼굴이 새하얗게 빛났다.

"오, 닉!" 라포스 양이 넋을 빼앗긴 듯 중얼거렸다.

마이클도 굳었다. 턱의 힘줄이 불끈 튀어나왔다. 그가 라포스 양의 어깨를 감싼 손을 아주 살짝 고쳐 잡았다.

"미안합니다." 마이클이 말했다. "델리시아는 이번에 나와 쉬려고 하는데요."

"델리시아가 깜빡 잊었나 보군." 닉이 조용한 목소리로 말했다. "우선순위는 나야."

페티그루의 머릿속으로 온갖 생각이 휘몰아쳤다. 어찌할 바를 몰라 주변을 살폈다. 다른 커플들은 조심스럽고 어정쩡한 표정으로 시선을 피하고 있었다. 이건 닉, 델리시아, 마이클의 문제였다. 남들은 상관없는 문제였으며 닉과 척을 져서 좋은 게 없었다. 그러니 이들의 도움을 기대하기는 글렀다. 하지만 가만히 있을 수 없었다. 라포스 양이 위기에 처해 있었다. 독사가 뚫어지게 쳐다보니 토끼는 속수무책이었다. 천천히, 아주 조금씩, 라포스 양이 자신을 붙드는 마이클의 손길을 뿌리쳤다. 페티그루는 왈칵 눈물이 날 지경이었다.

닉은 죄악처럼 매혹적인 외모를 뽐내며 제자리에 서 있었다. 빛나는 눈이 들끓기 시작했고 어두운 표정이 저항할 수 없게 냉혹해졌다. 몸은 질투에 사로잡힌 남자의 분노로 빳빳하게 긴장하고 힘이 들어가 있었다. 닉은 격정적인 욕망이 가져다줄 짧은 낙원으로 라포스 양이 걸어 들어오기를 강요하고 있었다.

라포스 양은 어느새 똑바로 앉은 채 휘둥그레진 눈으로 닉을 빤히 바라보았다.

"갈 거지, 델리시아?" 닉이 물었다.

"나는……." 라포스 양이 입을 열었다. 그리고 결국 자리에서 일어났다.

마이클이 용수철처럼 튀어 올라 그녀 옆에 섰다.

"델리시아."

라포스 양은 조금 절망적인 소리를 내며 숨을 삼켰다. 그녀는 간절히 애원하듯 닉을 보았다.

"이번 차례는 이미 정해진 사람이 있습니다만." 마이클이 분노로 숨도 못 가누며 말했다.

"미안하지만 착오가 있었나 보군." 닉이 천연덕스럽게 말했다. "내가 델리시아에게 할 말이 있어서. 중요한 이야기요."

그가 강렬한 눈빛으로 다시 라포스 양을 쏘아보았다. 라포스 양은 한 걸음을 내디뎠다.

'끝났다…… 끝났어.' 페티그루가 속으로 흐느꼈다. '지금 저 남자와 나가면 영영 벗어나지 못할 텐데.'

어느새 페티그루는 자기 문제는 홀랑 다 잊은 후였다. 모든 기관과 신경이 라포스 양을 구해야 한다는, 가망 없는 임무에 쏠려 있었다. 그녀는 이 드라마의 주인공들을 연신 힐끔거렸다. 절망한 표정의 마이클, 무력하게 체념한 듯한 라포스 양, 단호하고 어둡고 동시에 헤어나기 힘든 마력의 눈빛으로 라포스 양을 쏘아보는 닉.

라포스 양은 주저하며 앞으로 나섰다. 그러자 마이클이 무력하게 그녀를 붙잡았다.

"델리시아."

"내가…… 내가 미안해요." 라포스 양이 절망적으로 대답하며 비극적인 눈빛으로 그를 보았다.

'오!' 페티그루는 눈이 시큰해지는 걸 느끼며 생각했다. '마이클을 어쩐담? 또 막무가내로 말썽을 피우려나. 또 순경을 패면 어째. 이번에는 육십 일 동안 가둬놓을 텐데. 내가 뭘 할 수 있지? 어쩐다?'

그때 번뜩 생각이 떠올랐다.

"우린 잠시 나갔다 오지." 닉이 말했다.

"*저 사람을 때려눕혀요.*" 페티그루가 씩씩대며 말했다.

그러자 정말로 마이클이 그를 때려눕혔다. 닉은 의자와 테이블과 함께 와장창 뒤로 밀려 쓰러졌다. 다시 벌떡 일어난 그는 핏기가 가신 얼굴을 하고서 분노로 눈이 이글거렸다. 마이클은 불온한 기쁨을 감추지 않고 당당히 맞섰다. 몸은 당장이라도 달려들 태세였으며, 눈은 반짝였고, 입가에는 득의양양한 미소가 걸려 있었다.

닉은 화가 나서 벌떡 일어나는 과정에서 마이클을 때릴 수 있을 만큼 그와 거리가 좁혀졌으나 거기서 멈췄다. 주저하며 떠는 기색이 아주 희미하게 그의 얼굴을 스쳐 지났다. 라틴계 사람답게 까다로움을 드러낸 순간이었다. 마이클은 체면 따위야 상관하지 않았으나 닉은 달랐다. 웨이터 셋이 달려와 그들을 뜯어말렸다. 닉은 저항하지 않았다. 조명이 밝아졌다. 춤추던 사람들이 깜짝 놀라 우뚝 서서 주변을 둘러보았다. 밴드가 크게 나팔을 불었다. 웨이터들이 더 많이 등장했다. 왁자지껄 소리가 터져 나왔다. 페티그루가 마이클의 팔을 붙들었다.

"나갑시다." 운명의 주인이자 킹메이커가 된 페티그루가 씩씩대며 말했다.

마이클은 마지못해 그녀 말을 따랐다. 그래도 그에게는 영광스러운 혈투의 만족감보다 델리시아가 더 값어치 있었다.

마이클이 라포스 양의 팔을 붙들고 그녀를 문가로 끌고 가자 그녀도 순순히 따랐다. 토니는 뒤바리 양을, 줄리안은 로지를, 마틴은 페기를 붙들었다. 조지는 이 틈을 타서 안젤라를 붙들었다. 페티그루 장군께서 부대를 진두지휘했다. 조가 그녀 뒤를 따르며 말을 건넸다.

"나는 저 자식이 늘 맘에 들지 않았어요."

그들 일행은 문가에 다다랐고, 시끄러운 밴드와 흥분한 사람들, 그리고 길길이 날뛰는 닉과 그를 열심히 달래는 웨이터들을 뒤로한 채 현관 통로로 우르르 쏟아져 나왔다. 여자들은 탈의실로 총총 향했다. 페티그루는 털 코트를 집었다. 다시 아래층으로 내려오자 남자들이 여자들을 기다리고 있었다. 그리고 다 함께 거리로 나갔다.

차갑고 축축한 11월의 공기가 얼굴을 때렸다. 비도 을씨년스럽게 추적추적 내리고 있었다. 페티그루는 휘황찬란한 조명 아래 있다가 어둑한 밖으로 나와 눈을 깜박였다. 어둠 속에서 보니 그들 일행은 안에서보다 머릿수가 훨씬 더 많아 보였다. 모두가 신나서 떠들고 잔뜩 흥분해 웃어 젖혔다. 열 개쯤 되는 목소리가 "택시, 택시" 외치는 듯했다. 여자들은 저마다 남자들에게 단단히 붙들려 있었다. 그러나 페티그루만은 예외였다. 일행 속 페티그루는 갑자기 길을 잃은 듯이 무섭고 외로워졌다. 기쁨의 거품이 단번에 터졌다. 자신이 사실은 이방인이라는 사실이 퍼뜩 생각났다. 바로 그때 모든 목소리보다 더 크게 누군가 외쳤다.

"페티그루 씨. 페티그루 씨는 어디 있죠? 내가 페티그루 씨를 집까지 데려다주겠습니다. 페티그루 씨가 어디 있나요?"

14. 02:03 AM ~ 03:06 AM

"여기요." 페티그루가 기어들어 가는 목소리로 답했다.

조가 다가왔다. 그는 아무 말 없었다. 대신 멋지게 제 여자를 지키는 남자처럼 조심히 그녀의 팔을 붙들었다. 평생 이런 경험이 처음이었던 페티그루는 그저 살포시 그에게 기댔다.

택시들이 줄줄이 나타났고, 커플들은 각자 올라탔다. 페티그루도 따라 타려고 했으나 조가 단호히 붙들었다. 택시들이 하나둘 떠났다. 그리고 또 한 대가 손님을 기다리며 주변을 맴돌았다.

"우리가 타면 되겠군요." 조가 말했다.

"어디로 모실까요?" 기사가 물었다.

"일단 출발하시오." 조가 말했다. "나중에 알려주리다."

페티그루는 자신이 비를 피해 춥고 어두운 공간에 남자와 단둘이 있게 되었다는 걸 깨달았다. 택시가 부르릉 출발했다. 페티그루도 몸을 부르르 떨었다. 하지만 두려워서가 아니었다. 신나고 행복해서였다. 머릿속 생각이 걷잡을 수 없이 날뛰어 아찔했다. 이 현실을 믿을 수 없었다.

'절대 내가 먼저 요청한 게 아니었는데,' 페티그루는 행복에 젖어 생각했다. '이 사람이 스스로 나를 골랐어. 내가 옆에 있었던 것도 아닌데. 나를 콕 집어서 집에 데려다주겠다고 했어. 정말 생각도 못 했어. 이 사람도 굳이 이럴 필요가 없는데. 이게 꿈이야, 생시야. 하지만 분명 이 사람이 원한 일이었어. 달

리 어떻게 설명하겠어?'

그녀는 정말이지 기뻐서 정신이 아득해지다가 이렇게 멋대로 들뜨는 게 오만하다는 생각이 들었고 죄책감을 느꼈다.

"참!" 페티그루가 말했다. "안젤라는요?"

조는 태평하게 대답했다. "안젤라는 조지와 함께 있죠. 못 봤어요? 제일 먼저 택시를 잡아타던데요. 더 안전하다고는 말 못 하겠지만, 조지가 어련히 그 여자를 잘 데려다줄 겁니다."

"안젤라가 기분 나빠하지 않을까요?" 페티그루가 소심히 물었다.

"선물을 사주면 됩니다." 조가 말했다. "선물을 주면 절대 기분 나빠하지 않는 여자예요."

"아!" 페티그루가 놀라 어쩔 줄 몰라 대답했다.

"안젤라 걱정은 하지 않아요." 조가 달래듯 말을 건넸다. "그 여자도 그럴걸요."

"그래도 다른 여자를 배웅한다는 게······!" 페티그루가 반은 진심으로 걱정하고 반은 짓궂게 눈치를 살피며 입을 열었다. 사실 그녀는 그가 자신을 안심시키는 것이 무척 즐거웠다.

"당신이 그런 게 아니잖습니까." 조가 말했다. "내가 선택한 것이지."

페티그루는 별안간 양심의 가책을 홀랑 벗어던졌다. 안젤라는 모든 걸 가졌다. 젊음과 미모, 자신감, 그리고 다른 남자까지 있지 않은가. 그러니 하룻밤만은 자신이 조와 즐겨도 문제 될 것이 없었다.

"주소는요." 페티그루가 말했다. "온슬로 맨션 5호예요."

"델리시아 집 아닌가요?"

"라포스 양 집에 머물고 있거든요." 페티그루가 거짓말했다.

"아직 가면 안 될 텐데요." 조가 진지하게 말렸다.

"어머, 왜요?" 페티그루가 긴장해 물었다.

"아니, 그 친구들도 즐겨야죠. 두 사람이 이제야 단둘이 있게 된 것 아닙니까? 자기들만의 시간을 갖고 싶을 거예요. 둘이 알아서 택시 잡는 걸 보셨죠?"

"어머, 그러면 어쩌죠?" 페티그루는 덜컥 가슴이 내려앉았다.

"그야 간단해요." 조가 쾌활히 말했다. "일단 조금 돌아다닙시다."

"*택시*로요?" 페티그루가 못 들을 말을 들었다는 듯 되물었다.

"그럼요. 안 될 이유 있나요?" 조가 말했다.

페티그루는 자세를 고쳐 앉았다.

"당연히 안 되죠." 페티그루의 목소리는 냉정했다. "미터기가 *째깍째깍* 계속 오르고 있잖아요. 돈이 왕창 깨질 거예요. 그렇게 둘 수 없어요. 차라리 나가서 조금 걸어요. 그게 공평할 것 같네요. 그렇다고 제가…… 함께 나가자고 조르는 건 아니에요. 하지만 어두운 걸 많이 무서워하는 편이라 길을 제대로

찾을 자신이 없네요."

그녀는 미안한 낯빛으로 초조하게 그를 보았다. 조는 낮게 웃음을 터트렸다.

"여자들이 전부 당신 같으면 나는 지금보다 더 부자가 되었겠네요." 조는 연신 웃었다.

조가 운전석과 통하는 통화관을 들었다.

"주소를 말하기 전까지 계속 운전해 주시오."

"어머, 제발요." 페티그루가 곤란해하며 말했다.

"잘 들어요." 조가 말했다. "코르셋을 팔면 돈이 생긴답니다. 은행 지점장도 나한테 꼼짝하질 못해요."

그가 편하게 등을 뒤로 기댔다. 자기가 돈을 덜 써서가 아니라 너무 써서 걱정하는 여자와 함께하는 게 참 독특한 경험이라는 생각이 들었다.

"정말이세요?" 페티그루가 변함없이 완강한 자세로 물었다.

"이 택시를 사드릴 수도 있어요."

페티그루는 천천히 긴장이 풀렸다. 그건 그의 문제였으니 그가 가장 잘 알리라. 방금 페티그루는 엉겁결에 변변찮은 배경을 드러낸 꼴이었다. 부디 그가 자신을 비웃지 않기를 바랐지만, 이제 와 어떻게 할 수도 없었다. 그러자 더는 자신을 포장하기 싫어졌다.

"세상에는 돈이 많은 사람도 있다는 걸 잘 알아요." 페티그루가 겸손히 말했다. "그런데 저는 파운드 단위로 생각하는 건 불가능해요. 펜스로 계산하는 사람이니까요."

"한때 나에게 가장 큰 사치는 음악 홀에서 가장 저렴한 맨 꼭대기 발코니 자리를 예매하는 것 정도였습니다."

"어머." 페티그루가 기쁘게 대꾸했다. "그러면 제 말을 이해하시겠네요."

그녀는 좀 더 편안해졌다. 11월의 찬바람이 창문 틈새로 들어와 택시 안을 휩쓸었다. 그녀는 분수에 넘치는 행복을 느끼며 털 코트를 단단히 여몄다.

"날이 춥네요." 조가 이렇게 말하더니 차분히 페티그루를 팔로 감싸 단단히 안았다.

지금 페티그루는 낯선 남자와 택시 안에 앉아 있었고, 그 남자는 천연덕스럽게 그녀를 품에 안고 있었다. 그리고 페티그루는…… 편안했다. 페티그루는 의자에 깊이 기대어 앉으며 조의 어깨에 고개를 기댔다. 그녀는 평생 이렇게 짓궂어 본 적도, 행복한 적도 없었다. 더는 가식을 떨지 않으리. 마음속 목소리가 아주 크고 단호하게 그렇게 말하는 게 들렸다.

"저는 마흔 살이에요." 페티그루가 입을 열었다. "지금껏 누구도 저에게 이런 식으로 접근한 적이 없었어요. 당신은 어떨지 몰라도 저는 참 재미있네요. 아주 행복해요."

그녀는 그의 빈손을 발견하고는 굳게 잡았다. 조 역시 따스하게 그녀 손을 잡아주었다.

"나도 참 편하고 좋습니다." 조가 말했다.

"블룸필드 씨……." 페티그루가 또 운을 뗐다.

"조라고 부르는 게 어때요?" 조가 넉살스럽게 제안했다. "좀 가까워집시다."

"조." 페티그루가 수줍게 이름을 불렀다.

"고맙습니다."

"나는 귀네비어예요." 페티그루가 소심히 고백했다.

"그렇다고 들었어요." 조가 말했다. "그러면 나도……."

"편하게 부르세요."

"알게 되어서 정말 행복합니다, 귀네비어."

"오늘 정말 행복한 하루를 보냈어요." 페티그루가 자신감을 얻어 말했다. "들으면 못 믿으실걸요. 처음에는 남들에게 일어나는 일들을 구경만 했는데, 이제는 내가 주인공이 됐네요. 평생 오늘을 잊지 못할 거예요. 당신이 완벽한 마무리를 해주셨어요."

페티그루는 조가 이제껏 안아보았던 여자 중 단연 가장 독특했다. 그런데 그 독특함이 이상하게도 만족스러웠다. 그녀는 다른 여자들과 달랐다. 오십 대 중반의 남자라고 해도 변화를 싫어하라는 법은 없었다. 페티그루의 독특한 태도와 예상을 깨는 말들, 수줍게 좋아하는 모습은 그에게 낯설었는데, 그게 무척이나 편안한 만족감을 주었다. 결국 귀엽고 매력적인 외모라는 것은 페티그루가 남자에게 불러일으키는 만족감에 비하면 눈요깃거리에 불과했다.

"편한가요?" 조가 다정하게 페티그루를 꽉 안으며 물었다.

"아주 편해요." 페티그루가 부끄러움도 잊고 대꾸했다.

이것이야말로 그녀를 더 가까이 안을 완벽한 구실이었으며, 조는 주저하는 얼간이가 아니었다. 그는 그녀를 더 가까이 끌어당겼다. 페티그루도 마다하지 않았다.

"나는 상관하지 않아요." 페티그루가 불쑥 말했다. "당신이 안젤라를 그리워하든 말든 말이에요."

"그립지 않습니다." 조는 진지했다. "안젤라와 있고 싶다는 생각은 하지 않는데요."

페티그루는 고개를 살짝 저으며 그를 보았다. 셰리를 마시고 취한 건가, 아니면 조의 품에 안겨 있어서 대담해진 건가?

"이해가 안 가네요." 페티그루가 꾸짖듯 말했다. "어떻게 당신처럼 분별력 있는 남자가 젊은 여자한테 홀랑 넘어가요. 길게 보면 고생할 게 훤해요. 나는 당신이 힘들어하는 걸 보고 싶지 않아요."

"나는 절대 젊은 여자에게 빠지지 않습니다만."

"어머!" 페티그루가 의심스러운 듯 말했다.

"이봐요." 조가 설명했다. "나는 어릴 적 재미를 전혀 못 보고 살았습니다. 파티도 다니지 않았고, 춤도, 여자도 모르고 살았어요. 그래서 돈과 여유 시간이 생긴 지금이나마 조금 놀고 다니는 거예요. 선물만 몇 개 사주면 다들 무척…… 매력적으로 굴거든요. 젊은 사람들과 있으면 나까지 젊어진 기분이 들어요. 나도 그녀도 원하는 걸 얻는 셈이죠. 하지만 그런 여자들이 날 속일 순 없어요. 맞아요, 나는 못 속이죠."

"이해해요." 페티그루가 놀랍게도 이렇게 대답했다. "나도 재미나 즐거움은 *전혀* 모르고 살았거든요. 그런데 오늘 깨달음을 얻었어요. 이제껏 내 안에 있는 줄도 몰랐던 재미있는 모습을 참 많이 발견했답니다."

"좋네요. 우리 함께 인생을 즐기고 삽시다."

페티그루는 그게 말뿐이라는 것을 알았지만, 별안간 풍성하고 다채로운, 조금은 저속하다고도 할 수 있는 인생의 모습이 그려졌다. 조는 이따금 술에 취할 것이다. 그녀에게 크나큰 충격을 안기기도 할 것이다. 그는 세련된 과는 아니었다. 집에 이상한 사람들을 데려오기도 할 것이다. 그녀가 세워두었던 기준들이 뒤죽박죽 엉킬 수도 있다. 하지만 그와 함께하는 삶은 얼마나 편안하고 안전하고 충만할지!

그녀는 몰래 그를 살폈다. 큰 체구에 투박하고 맘씨 좋은 사람. 어쩌면 조금 거칠다고도 할 수 있으나 친절하고 사려 깊기도 했다. 조는 전형적인 신사 타입의 남자는 아니었다. 페티그루의 어머니가 보셨다면 충격 받았으리라. 브루메건 부인은 그가 얼마나 재력가인지를 먼저 들은 게 아니라면 당장 퇴짜를 놓았을 것이다. 그런가 하면 페티그루의 아버지는 절대 조와 어울리지 않았을 것이다. 본데가 있게 자란 숙녀가 그의 구애를 받아들이는 것부터가 체면을 깎는 일이었다. 하지만 페티그루는 하루 만에 별꼴을 다 보았으니 조가 상스러운 남자든 아니든 상관이 없었다.

처음에는 그저 무난하게 그녀를 감싸던 조의 팔은 어느새 무척 따스하고 안락한 포옹처럼 변했다. 페티그루는 말 그대로 그에게 폭 안겼다. 부끄러움 한 점 없이 행복했다.

밖에 비는 여전히 내리고 있었는데, 어느새 빗발이 거세져 눈도 비도 아닌 진눈깨비로 변해 있었다. 바람과 정반대로 가고 있는 택시 창문에 진눈깨비가 달라붙었다. 페티그루는 그 모습을 따스한 택시 안에서 평온하고 편안하게 바라보았다.

"당신 말씀이 맞았어요." 페티그루가 말했다. "밖에 돌아다닐 날씨가 아니네요."

"독한 감기에 걸렸을 겁니다." 조가 맞장구쳤다.

"더구나 이렇게 세련된 옷차림으로는요."

"아주 매력적이에요." 조가 친절하게 칭찬했다. "하지만 날씨를 생각하면 가당찮아요."

"옷 한 장으로는 따스하지 않아요." 페티그루도 인정했다.

"그런데 우리는 실크 옷을 입어야 하죠." 조가 침울히 말했다.

"모직 옷을 입어야 하는데 말이에요. 사람들이 뭐라든 상관없어요. 겨울에는 모직 옷이 최고인데."

"제 말이 그겁니다." 조가 열을 냈다. 이것이야말로 마음에 드는 대화 주제였다.

"하지만 젊은 여자들이란!" 페티그루가 고개를 가로저었다. "누가 뭐래도 실크 옷만 고집하죠. 하나도 따뜻하지 않은데. 다들 폐렴에 걸리지 않는 게 용하다니까요. 모직 옷을 입는 게 더 보기 좋다고 해도 설득할 수가 없어요. 몸이 따뜻해야 얼굴도 살거든요. 몸이 추우면 사람이 파리해 보이고 코도 빨갛게 얼어요."

"남자들은 또 어떻고요?" 조가 진심으로 속상해하며 말을 시작했다. "나도 모직 옷이 더 편합니다. 그런 옷을 입으며 자랐으니까요. 어머니가 꼭 모직 옷을 입히셨거든요. 나는 모직 조끼와 바지도 좋아합니다. 그런데 그걸 입을 엄두도 못 낸다니까요! 정말로 입을 수가 없어요. 나를 촌스러운 사람으로 생각할 테니까요. 다들 자기들처럼 나도 실크 옷을 입어야 한다고 생각하죠. 모직 옷 입은 모습을 사람들한테 들킨다면 얼굴을 붉힐 겁니다."

"듣고 있으려니," 페티그루가 빈정대듯 말했다. "당신이 관심 있는 젊은 여자들 말이로군요. 어리석기도 하지. 당신 나이를 생각해야죠. 그래요. 나는 입에 발린 말만 하지 않는답니다. 당신은 젊은 사람이 *아니에요*. 그렇게 얇게 입고 다니다가는 관절염에 걸리고 말아요. 오늘 집에 돌아가면 내일부터는 당장 순모로 된 내의를 껴입으세요. 무례하게 들리더라도 이 말은 해야겠네요. 젊은 여자들은 당신이 실크를 입든 모직을 입든 연애 감정을 느낄 리 만무해요. 그러니 그냥 편하게 모직 옷이나 입고 사세요."

"당신은요?" 조가 대뜸 물었다.

"뭐가요?"

"나에게 연애 감정을 느끼나요?"

페티그루는 얼굴을 붉혔고 기쁜 나머지 장난꾸러기처럼 몸이 배배 꼬였다. 이게 바로 작업을 거는 것이로군, 하고 페티그루는 기분 좋게 생각했다. 이런 즐거움을 누리기까지 왜 이리 오랜 세월이 걸렸던가?

"난 젊은 여자가 아니지요." 페티그루가 교묘하게 대답했다.

"아!" 그러자 조도 기회를 놓치지 않고 의기양양하게 물었다. "그러면 가능하다는 겁니까?"

"어쩌면요." 페티그루는 수줍게 답했다.

"허락해 주시죠."

"이런 일에 익숙하지 않네요." 페티그루는 무척 대담해졌다. "잘생긴 남자와 연애한다는 게."

"내가요?" 조가 반색하며 물었다. "잘생겼다고요?"

"겸손한 척하지 마시죠. 외모 걱정을 할 수준이 아니라는 것은 스스로 아실 텐데요."

"내가 돌려주고픈 칭찬이군요." 조가 말했다.

둘은 기뻤다. 조는 활짝 웃었고, 페티그루도 무척 편안해졌다. 그래서 또 한 번 은근히 익살을 부렸다.

"모직 내의를 잊지 말아요."

조는 유쾌하게 소리 내어 웃었다. 그의 재치도 둔해질 줄을 몰랐다.

"그런 말을 들으니 생각이 엉뚱한 곳으로 새는군요." 그가 껄껄 웃으며 말했다. "하지만 올바른 방향이에요."

페티그루는 새침한 표정을 지었다.

"내일은 정신 차리고 따뜻한 조끼를 입겠습니다." 조가 약속했다.

모직 내의에 대한 공통된 믿음이 마지막 남은 거리감을 부수고 둘을 이어주었다. 둘은 중요한 부분에서 취향이 일치했다. 페티그루는 자기 손을 마다하지 않는 그의 따스한 손을 힘주어 잡았다. 조는 그녀의 허리에 두른 팔을 풀지 않았다. 두 사람 모두 흡족했다. 조는 쉰다섯의 나이에 자기 품에서 짜릿해하는 여자를 보니 도리어 자신도 짜릿함을 느꼈다. 몇 년은 젊어진 느낌을 받았다. 뻔뻔한 젊은 여자애들에게서는 이런 확신을 절대 느낄 수 없었다.

"옷 이야기가 나와서 말인데요." 조가 말했다. "내가 옷에 조금 일가견이 있잖습니까. 하는 일이 그거니까요. 당신의 검은 드레스에는 딱 하나 부족한 게 있습니다."

"그게 뭐죠?" 페티그루는 살짝 기분이 상했으나 정말 궁금해 물었다.

"진주요. 진주 목걸이만 있으면 완벽하겠어요."

"진주 목걸이라!" 페티그루가 한숨을 쉬었다. "내 처지예요? 모조 진주 목걸이조차 가져본 적이 없는걸요."

"내가 사드릴게요." 조가 간결히 대답했다.

페티그루는 침묵했다. 드디어 오고야 말았다. 그녀에게 선물을 주려고 하는 남자가 등장한 것이다. 이건 첫 번째 단계이자, 중대한 순간이었다. 영화를 보면 여자에게 보석을 처음 선물하는 남자의 꿍꿍이에는 위험이 도사리고 있다는 것을 그녀는 훤히 *알았다*. 조도 그런 남자였던 것이다! 좋은 남자는 여자에게 선물을 주지 않는다. 그것도 보석 선물은! 보석 선물에는 어딘가 불길하고 조금은 비도덕적인 구석이 있었다. 초콜릿이야 줄 수 있었고 꽃이나 손수건, 호화로운 저녁 식사나 영화표 정도면 몰라도, 보석은 곤란했다. 털 코트도 마찬가지였다. 털 코트와 보석은 나쁜 남자를 알리는 위험 신호였다. 착한 여자라면 조심해야 했다.

"나는 살면서 언제나 보석이 갖고 싶었어요. 보석을 좋아하거든요."

"내일 사다 드리죠."

"거절하겠어요."

"왜요?" 조가 놀라서 물었다.

"교양 있는 '숙녀'들은 그러지 않거든요." 페티그루가 말했다.

"페티그루 씨는 '숙녀'이신가요?"

"예."

"그럴 줄 알았어요." 조가 풀이 죽어 말했다. "예상했습니다. 남들과 좀 다르다고 느꼈거든요."

"미안해요." 페티그루가 겸손히 말했다.

"그러면 문제가 조금 복잡해지는군요?" 조가 시무룩하게 물었다.

"그런가요?" 페티그루가 말했다.

"아닌가요?" 조는 희망에 찼다.

"그럼요. 이제 나는 교양 있는 숙녀로 살지 않는 편이 훨씬 낫다는 사실을 알았거든요. 평생을 숙녀로 살아왔지만, 결국 남은 건 아무것도 없어요. 그래서 이제 나는 그렇게 살지 않기로 했어요."

"아!" 조의 표정이 환해졌다. "그렇다면 문제가 간단해지는군요."

"무슨 문제 말이에요?" 페티그루가 물었다.

"키스 문제요." 조가 주저하며 대답했다.

"오!"

그녀는 더 대담해져서 말했다.

"잘 모르겠는데요."

"그러면…… 한번 해볼까요."

그렇게 둘은 입을 맞추어보았다. 페티그루는 확실히 서툴렀으나 조는 세련된 기술로 믿음직하게 그녀를 리드했다.

마침내 천상에서 지상으로 되돌아왔을 때, 페티그루는 다른 여자가 되어 있었다. 이제는 절대 기가 죽을 필요가 없었다. 그녀는 당당하게 말할 수 있었다. 이제 더는 숙맥이 아니었다. 노련하고 뛰어나고 열성을 다하는 남자와 깊은 키스를 나누었기 때문이다. 그녀의 얼굴은 조가 겸허함을 느낄 만큼 환하게 빛이 났다.

"나는 이제껏 키스해 본 적이 없었어요." 페티그루가 말했다.

"그렇다면 내가 행운아로군요." 조가 말했다. "그동안 잃어버린 시간을 내가 보상해 드릴게요."

그때 페티그루가 화들짝 놀랐다.

"어머나! 시간 가는 줄 몰랐네. 라포스 양이 뭐라고 생각할까요? 당장 돌아가야 해요."

페티그루는 다시 동요하기 시작했다. 하지만 조는 분별력이 있는 남자였다. 곧장 신사답게 자세를 고쳐 앉고 통화관을 들었다.

"온슬로 맨션 5호로 갑시다." 조가 기사에게 지시했다.

택시가 속도를 늦추더니 바퀴를 돌려 방향을 틀었다.

"괜찮다면 아침에 델리시아 집에 방문해 당신을 데리고 나가 점심을 먹고 싶습니다."

페티그루의 현실이 수천 톤 벽돌처럼 와르르 무너졌다.

"나는 그 집에 없을 거예요." 페티그루는 맥없는 목소리로 말했다.

"상관없습니다. 그러면 어디에 계시나요?"

"몰라요." 페티그루가 말했다.

"모른다니요." 조가 놀라서 되물었다.

페티그루는 천천히 몸을 일으켜 자세를 고쳐 앉고 고개를 돌렸다. 무력감과 절망감에 눈물이 쏟아지려는 것을 애써 삼켰다.

"내가 혼란스럽게 했네요." 페티그루가 목멘 목소리로 말했다. "나는 당신이 생각하는 그런 여자가 아니에요. 오늘 밤 이후에도 나를 보고 싶어 할 줄은 정말 몰랐어요. 그래서 굳이 털어놓을 필요를 못 느꼈던 거예요. 그런데 이제 진실을 말해야겠네요."

조가 조심히 입을 열었다. "나는 진실이 언제나 옳다고 생각하는 편이지만, 말하기 싫다면 굳이……."

"제가 거짓말했어요. 나는 라포스 양의 친구가 아니에요."

"하지만 델리시아는 친구라고 하던데요." 조는 당황했다.

"아가씨가 워낙 친절해서서 그래요. 제가 입고 있는 이 옷도 제 것이 아니랍니다. 다 그 아가씨 것이에요. 오늘 밤만 빌려준 거예요."

"그게 중요한가요?" 조가 물었다.

"당신이 보고 있는 이 얼굴." 페티그루가 꿋꿋하게 말을 이었다. "아마도…… 당신이 마음에 들어 한 이 얼굴도, 사실은 가짜예요. 뒤바리 양과 라포스 양이 화장으로 덮어 만들어 주었어요. 원래 저는 아주 평범하고 촌스러운 노처녀랍니다. 당신 마음에 들 리 없어요."

"마음에 들 것 같은데요." 조는 남자답게 웃음을 참으며 말했다.

"오늘 아침에 어쩌다 라포스 양을 돕게 되었어요." 페티그루가 떨리는 목소리로 설명하기 시작했다. "그랬더니 아가씨가 온종일 정말 친절하게도 저를 즐겁게 해주었고, 오늘 밤 파티에까지 데리고 갔어요. 하지만 원래는 모르는 사이예요."

"그게 다인가요? 이해가 잘 가지 않는데요." 조가 말했다.

"라포스 양과는 오늘 아침에 처음 만났어요." 페티그루가 실토했다. "일자리를 구하려고 그 집에 찾아갔던 거예요."

페티그루는 정확한 자초지종은 말하지 않는 게 낫겠다고 판단했다. 라포스 양이 쉬쉬하는지도 모르는 아이 혹은 아이들의 존재를 조는 모를 수도 있기 때문이었다. 그래서 일자리 부분은 요령껏 뛰어넘고 더듬더듬 오늘 하루 있었던 모험담을 들려주었다. 조는 무척이나 재미있게 들었고 감탄하며 무릎을 치기도 했다.

"당신은 정말 놀라운 사람이군요." 조가 기쁘게 말했다. "당신이 일을 하는 사람이든 아니든 무슨 상관이겠습니까! 그러면 진짜 주소는 어디인가요? 내일 그리로 가겠습니다."

페티그루는 얼굴을 붉혔다가 이내 사색이 되었다. 그리고 괴로워하며 망설였다.

"없어요. 하숙집에 사는데 집세가 밀렸거든요. 오늘 일자리를 구하지 못하면 방을 빼라더군요. 그런데 일자리를 구하지 못했네요."

"혹시 내가 도움을 줄 수 있을까요." 조가 눈치 빠르게 제안했다.

"아, 그럴 수도 있겠네요." 페티그루가 희망을 간절히 붙잡으며 말했다. "보아하니 힘 있는 분 같은데 인맥도 넓으시겠지요. 혹시 주변에 입주 가정 교사를 구하는 친구가 있다면 제 이름이라도 슬쩍 말해주시겠어요? 그게 제가 하는 일이랍니다. 가정 교사요."

"아!" 조가 말했다. 사실 그가 말한 도움이란 당장 사용할 수 있는 금전을 의미했다.

"물론입니다." 그가 얼른 덧붙였다. "일자리를 꼭 구해드릴게요. 걱정하지 마세요."

페티그루는 애처롭게 안도하며 얼굴이 환해졌다가 이내 어두워졌다.

"아!" 그녀는 힘겹게 입을 열었다. "더 솔직해야겠네요. 제가 누군지도 모르고 추천한다는 건 당신에게 공정하지 못한 일이니까요. 나는 그리 훌륭한 가정 교사가 아니에요." 페티그루가 절망스럽게 말을 이었다. "그러니까 아주 간단한 일이나 맡아야겠죠. 지난번 집에서 가정 교사란 그냥 아이를 돌보는 여자를 점잖게 표현하는 말에 지나지 않았어요. 제가 기대 이하일 수 있다는 말이에요."

"알았습니다." 조가 말했다. "그리 어렵지 않을 거예요."

"정말 친절하시네요." 페티그루가 말을 더듬었다.

"그나저나," 조가 말했다. "혼자 앉아 있으려니 무척 외롭군요."

그러더니 페티그루를 뒤로 끌어당겨 자기 팔로 다시 꽉 감싸 안았다.

두 사람은 그렇게 온슬로 맨션에 도착했다. 조가 택시를 보낸 뒤 페티그루와 함께 건물 안으로 들어섰다. 홀에는 아무도 없었다. 야간 근무를 서는 수위도 보이지 않았다. 조는 라포스 양과 사담을 나누겠다며 페티그루와 함께 올라가려 했으나 그녀가 그를 막았다.

"괜찮다면," 페티그루가 수줍게 말했다. "혼자 올라가고 싶어요. 라포스 양이 오늘 하루 저에게 무척이나 잘해주셨거든요. 초대하지 않은 손님을 데리고 갈 수는 없어요. 차마 그럴 수는 없죠. 아가씨가 좋아하지 않을 게 분명해요."

"원하는 대로 하세요." 조는 페티그루가 생각하는 예의를 함께 지키려 노력하며, 또 라포스 양을 까탈스러운 집주인으로 애써 생각하며 씩씩하게 대답했다. 그러나 그가 아는 델리시아는 페티그루가 모르는 남정네 열 명을 끌고 들어가도 이상하게 생각할 사람이 아니었다.

"여기 내 명함입니다." 조가 단호하게 말했다. "내일 열두 시 정각에 만납시다. 오지 않으면 탐정을 고용해서라도 찾아낼 겁니다. 진심이에요."

"아!" 페티그루가 낮게 탄식했다. "정말로 저에게 일자리를 찾아주시려는 거군요?"

"그럼요." 조의 의미심장한 시선에 페티그루의 심장이 빠르게 뛰었다. "반드시 당신을 위한 일자리를 찾아주겠습니다."

"어머나, 고마워요." 페티그루가 숨도 제대로 못 쉬며 말했다. "저는…… 민폐를 끼치고 싶지는 않아요. 다만…… 조금은 비겁하게 굴고는 있네요. 일자리를 잃는다는 건 정말 무서운 일이라서."

"아닙니다. 오히려 기뻐요. 마음 쓰지 마세요."

"그러면 안녕히." 페티그루가 수줍게 인사했다. "인생에서 최고로 행복한 밤을 만들어 주어 고마워요."

그녀는 손을 내밀었으나 조는 그렇게 격식을 차리는 데 익숙한 사람이 아니었다. 그래서 또 한 번 남자답게 페티그루를 와락 껴안고 깊게 키스했다.

"내일 다시 만나요." 조가 말했다.

페티그루는 행복에 겨워 조금 비틀거리며 몇 계단을 올랐다.

조가 야간 수위를 찾아가 라포스 양의 전화번호를 물었다. 그리고 십 분을 기다렸다가 전화를 걸었다.

"여보세요!" 라포스 양의 목소리였다.

"델리시아입니까?" 조가 물었다.

"그런데요. 누구세요?"

"조입니다. 아무 말도 하지 말아요. 거기 페티그루 씨가 있습니까?"

"네."

"오늘 밤 그녀 곁에 있어 줘요. 알겠죠?"

"그럼요."

"자세한 건 아침에 설명할 테니 일단 그 여자에게는 말하지 말아요."

"걱정하지 마세요."

"일찍 들르겠습니다."

"너무 일찍 오지는 말아요. 제가 잘 지키고 있을게요."

"알았어요. 그러면 안녕히."

"안녕."

조가 전화를 끊었다.

15. 03:06 AM ~ 03:47 AM

페티그루는 몽유병자처럼 처음 몇 계단을 걸어 올랐다. 두툼한 카펫으로 발이 푹푹 빠졌다. 건물은 고요했다. 침침한 조명만이 계단과 난간을 비추었다. 조용해지니 생각이 골똘해졌고, 그렇게 천천히 행복도 멀어져갔다. 그러다 그만 발을 휘청였다. 걸음이 느려졌다. 동화 같던 세상이 흐려지고 있었다. 이제 그녀 앞에는 유령 같은 두려움이 어렴풋하게 아른거렸다.

이렇게 하루가 끝났다. 정말 멋진 하루였는데 끝나버렸다. 이제 그녀는 다시금 자신의 본모습을 똑바로 마주했다. 불과 얼마 전 그녀는 돈 한 푼 없고 일자리도 없이 잔뜩 얼어붙고 추레한 모습으로 이 계단을 처음 올랐었다. 그게 그녀의 진짜 모습이었다. 하루 동안 그녀는 라포스 양에게 조금은 독특하고 무척 즐거운 친구가 되어주었으며 라포스 양도 그녀 기분을 잘 맞춰주었으나 그녀는 라포스 양의 최종 반응이 어떨지 아주 잘 알고 있었다.

이제 집에 도착하면 페티그루는 라포스 양에게 빌린 옷을 돌려주고 자기 옷으로 갈아입은 뒤 예전의 자기 모습으로, 다소 궁상맞고 초라하고 매력적이지 못한 모습으로 돌아갈 것이다. 라포스 양은 불편하기도 하고 조금 짜증도 나서 이 짐스러운 존재를 어떻게 잘 떼어낼 수 있을지 고민하겠지.

페티그루는 차마 그런 생각은 견딜 수 없었다. 그것만은 자신이 없었다. 그래서 굳게 마음을 먹었다. 부리나케 들어가 급한 일이 있는 척하며 서둘러 옷을 갈아입은 뒤 얼른 고맙다는 인사를 건네고 허겁지겁 나오리라. 라포스 양의 기억 속에 잠시라도 불편하게 남기는 싫었다.

이렇게 씩씩하게 마음을 먹어놓고도 페티그루는 걸음을 재촉할 수 없었다. 도리어 몸을 마비시키는 공포와 맞서 싸우느라 조금씩 걸음이 느려졌다. 포크널 부인은 이제 절대 그녀를 받아주지 않을 것이다. 그녀 역시 이렇게 면목 없는 시간에 포크널 부인 집 문을 두드릴 자신이 없었다. 꼼짝없이 거리를 거닐며 밤을 지새워야 했다. 그녀는 떨리는 몸을 벽에 기댔다.

그녀는 몇 초간 공포심에 몸을 가누지 못했으나 이내 다시 천천히 계단을 올랐다. 그렇게 라포스 양이 사는 층에 도착해 익숙한 문과 마주했다. 소심하게 위축되어 낯선 문 앞에서 서성이며 어떤 대접을 받을지 불안해하고, 거절당하면 어떡하나 두려워하고, 부디 이번만은 자신의 두려움이 착각이기를 빌고, 앞으로 무슨 일이 펼쳐질지 꿈에도 몰랐던 게 불과 이번 아침 아니었던가?

'하지만 다 끝났어.' 페티그루는 생각했다. '좋은 하루를 보냈잖아. 참 운 좋은 날이었어. 이런 호사를 평생 못 누리는 사람도 있어. 그러니 힘을 내자.'

페티그루는 최후의 한 걸음을 내디뎠다. 라포스 양에게 빌린 코트의 부드러운 털이 여전히 몸을 감싸고 있었다. 그러나 단지 몸을 감싸고만 있을 뿐 마음까지는 보듬어주지 않았다. 페티그루는 마음속으로 다시 낡은 트위드 외투와 다 해진 펠트 모자, 뒷굽이 닳은 신발을 신었다. 정신은 이미 무능력한 가정교사로 돌아가 있었다. 용기도 없고 진취적이지도, 매력적이지도 않았다. 그녀의 진짜 모습을 본다면 어떤 남자도 그녀를 좋아할 리 없었다. 남녀가 간질거리게 시시덕댄다는 건 참 매력적인 놀이었다. 남자들은 여자들이 칭찬을 듣고 싶어 한다는 것을 알고 기꺼이 소원을 이루어주었다. 그와 마찬가지로, 자신들이 무슨 말을 건네든 여자들도 같은 태도로 받아주기를 기대했다. 그런데 페티그루는 경험이 부족한 탓에, 이 모든 걸 너무 진지하게 받아들였던 것이다. 내일 그녀가 진짜 모습을 드러낸다면 블룸필드 씨는 상대하기 껄끄러워져 정중하게 그녀를 떼어내려 하지 않을까? 그러면 그녀는 상처받고 수치스럽고 부끄러워하며 오롯이 고통을 느끼겠지. 그건 견딜 자신이 없었다. 그러니 절대 다시 블룸필드 씨를 만나서는 안 되었다.

'안 돼…… 안 돼. 절대 그러면 안 돼.' 페티그루는 속으로 다짐했다. '그 사람은 오늘 밤 내 모습만을 기억해야 해.'

페티그루는 라포스 양의 집 현관 앞에 우두커니 서서 몇 초를 망설인다는 게 벌써 일 분이나 흘려보냈다. 모든 걸 끝장내려고 초인종을 울릴 엄두가 나지 않았다.

'정말로 친절한 분이셨어요, 아가씨.' 페티그루는 생각했다.

'절대 아가씨를 곤란하게 하지 않아요.'

그녀는 천천히 손을 올려 초인종을 눌렀다. 안쪽에서 종이 울렸다. 짧게 기다린 끝에 문이 열렸다.

"귀네비어." 라포스 양이 소리쳤다. "못 말리고 채신없는 여자 같으니. 어디 다녀왔어요? 사라진 줄 알았잖아요. 얼른 들어와요. 조가 유혹했나 보죠? 얼른 다 말해줘요."

"제가 급한 일이……." 페티그루는 여전히 굳은 결심을 하고 더듬더듬 입을 열었으나 눈앞의 라포스 양은 사랑스러웠고 처음 만났을 때보다 훨씬 행복해 보였다. 그리고 눈에 띄게 즐거운 기색으로 그녀를 반겼다. 페티그루는 다시 마음이 약해졌다.

"얼른 난로 앞으로 와요." 라포스 양이 지시하듯 말했다. "얼어 죽게 생겼네. 마이클, 난롯가에서 좀 비켜봐요."

페티그루가 이끌려 난롯가로 갔다. 마이클이 일어나 페티그루에게로 다가오더니 그 큰 몸으로 그녀를 꼭 안아주었다. 그리고 그녀 발이 바닥에서 들릴 만큼 세게 들어 올려 열띠게 키스를 퍼부었다.

"이렇게 여자를 안고 싶었던 적은 없었는데. 정말이야. 델리시아, 당신에게도 이런 적 없었어요. 밤새 오기만을 기다렸습니다."

페티그루는 어안이 벙벙했다. 뭐가 이렇게 야단인지 알 수 없었다. 그녀는 혼자만의 고민에 너무 깊이 빠져 있었다. 그렇다고 즐겁지 않다는 건 아니었다. 그녀도 즐거웠다. 키스라는 것이 이렇게 유쾌할 줄이야. 이제는 욕심이 생길 정도였다. 예전으로 돌아가 삶이 다시 팍팍해지면 어떡해야 할까, 그녀는 알 수 없었다. 그래도 지금은 기뻐 상기된 채로 다시 바닥에 발을 디뎠다. 라포스 양이 두 사람 곁에 꼭 붙어 활짝 웃어 보였다.

"옷 벗는 걸 도와드릴게요." 라포스 양이 청했다.

"여기 앉으시죠." 마이클이 말했다.

난롯불이 밝게 타오르고 있었다. 온기를 느낄 수 있게 체스터필드 소파가 난로 가까이에 끌어당겨져 있었다. 협탁에는 커피 주전자와 컵들이 있었다. 향긋한 냄새가 실내를 가득 채웠다. 커피 향기 덕에 용기가 났다. 페티그루는 다시 입을 열기로 마음을 먹었다.

"제가 정말로……." 페티그루가 용기 있게 또 한 번 운을 뗐다.

"커피 먼저 드시죠." 마이클이 말했다. "커피를 마셔야 해요. 이런 밤에 춥게 있으면 위험해요. 언제든 서리가 내릴 수도 있어요."

마이클이 커피 주전자를 들었다. 페티그루는 어느새 손에 뜨끈하게 김이 나는 커피잔을 쥐고 있었다.

"나도 한 잔 더 마실래요." 라포스 양이었다.

"나도 그래야겠어." 마이클이 말했다.

"앉아요." 라포스 양이 계속 서 있는 페티그루를 보며 재차 청했다. "난롯가로 와요. 우리 말할 게 잔뜩 있잖아요. 대체 어디에 있다가 왔어요?"

"내 질문 먼저." 마이클이 끼어들었다. "그러니까 내가 궁금한 것은요……."

그때 전화가 울렸다.

"귀찮아라." 라포스 양이 자리에서 일어나며 말했다. "이런 시간에 무슨 전화람! 내가 깨어 있는 것은 어떻게 알고?"

"당신을 아는 사람인가 보군." 마이클이 말했다.

라포스 양이 수화기를 들었다.

"여보세요! …… 그런데요. 누구세요? …… 네. …… 그럼요. …… 걱정하지 마세요. …… 너무 일찍 오지는 말아요. 제가 잘 지키고 있을게요. …… 안녕."

페티그루가 커피잔을 내려놓고 일어났다. 전화가 울린다는 것은 언제나 의미심장한 순간을 의미했다. 무엇이든 일어날 수 있었다. 마이클도 커피잔을 내려놓고 일어났다. 표정이 살짝 굳어 있었다. 망나니 칼다렐리가 최후의 반격을 하려는 것이라면, 이번에는 그도 끝장을 볼 작정이었다. 맹세코! 살인도 서슴지 않으리라.

"아무것도 아니에요." 라포스 양이 심드렁하게 말했다. "그냥 친구."

안도한 마이클은 여전히 조금은 쭈뼛거리며 서 있는 페티그루를 향해 웃어 보였다. 페티그루는 이 집에서 나가기 위해 용기를 끌어모으고 있었다.

"앉아서 어디 다녀왔는지 말해줘요." 라포스 양이 또 졸랐다.

"내가 먼저라니까." 마이클이 말했다. "나도 궁금한 게 있습니다. 알기 전까지는 못 자겠어요. 대체 어떻게 한 겁니까? 그런 묘안을 어떻게 생각했어요? 결혼도 안 하고 이렇게 점잖은 분이 어떻게 행동 규범을 모조리 깨부수도록 할 수 있었나요? 나는 보수적인 사람이 아닙니다. 한 번도 그런 적이 없어요. 하지만 이런 나도 규칙을 무시하고 다른 사람 턱주가리를 날려 버리자는 생각은 해본 적이 없단 말입니다. 내가 벙쪄서 서 있는데 당신께서 결정적인 순간에 현명하고 남자다운 행동을 하도록 옆에서 일깨워 주셨죠. 몇 달 전에 그랬어야 했는데."

"오!" 페티그루는 그제야 무슨 말인가를 깨달았다.

"얼른 말해봐요." 마이클이 보챘다. "대체 어떻게 그런 생각이 들었어요?"

페티그루는 살짝 당황했다. 실은 아주 간단히 설명할 수 있었으나 이렇게 자신을 대단한 사람인 양 추켜세운다면야 그녀도 마다하고 싶지 않았다.

"자세히 설명해 줘요." 마이클이 계속 졸랐다.

"에델 M. 델."* 페티그루가 말했다.

---

* 20세기 초에 활동한 영국의 인기 로맨스 소설가.

"예?" 마이클이 되물었다.

"수수께끼인가?" 라포스 양이 말했다.

"간단해요." 페티그루가 겸손히 말했다.

"당신한테나 그렇죠." 라포스 양이 말했다. "나한텐 어렵네요."

"어서 말해봐요." 마이클이 또 졸랐다.

페티그루를 위한 무대가 차려졌고, 그녀는 무대에 올랐다.

"오!" 페티그루가 떨리는 목소리로 말을 시작했다. "설명하자면 간단해요. 저는 살면서 이런저런 경험을 많이 해보지는 못했지만, 여자로서 본능은 있답니다. 여자 가슴 깊은 곳에는 남자다운 남자를 향한 사랑이 불타고 있지요. 에델 M. 델은 여자이니 여자에 관해서 잘 알아요. 그리고 남자다운 남자들을 좋아하죠. 마찬가지로 나도 여자에 관해서라면 알아요. 다른 부분에서는 바보처럼 뭘 모르지만. 그러다 마이클 당신도 남자다운 남자라는 게 떠올랐어요. 순경을 때려눕혔잖아요. 혹시라도 아까 닉이 달려들어 싸움이 벌어졌다면 망해버렸을 거예요. 설령 당신이 이겼다고 할지라도—당신 몸집이 훨씬 큰 것을 보면 그럴 확률이 매우 높지요—닉이 싸우고자 하는 의지를 보이는 것 자체로 상황은 압도되었을 거예요. 그런데 어쩐지 닉이 피할 것 같다는 직감이 들더군요. 그럴 사람처럼 보였어요. 그러니까 저는 위험을 무릅쓰고 도박을 걸었는데 성공한 거예요. 그게 다예요."

페티그루가 숨 가쁘게 말을 멈췄다.

"그렇게 된 것이로군." 마이클이 한숨을 쉬었다.

"모르는 게 없는 분이라니까." 라포스 양이 감탄했다.

"대단한 여자일세!" 마이클이 말했다.

"대단한 마녀야!" 라포스 양도 거들었다.

"꼭 경의를 표해야겠어." 마이클이었다.

그는 또다시 페티그루에게 키스를 퍼부었다. 페티그루는 얼굴이 새빨개지면서도 이 즐거움을 만끽하며 말했다.

"이러면 라포스 양이 질투하겠어요."

"정말 그럴지도 몰라요." 라포스 양이 맞장구쳤다. "하지만 당신이 이 사람을 나에게서 뺏어간다고 해도 할 말 없네요."

"아가씨가 엉뚱한 남자를 고르면 어쩌나, 얼마나 걱정했는지 몰라요." 페티그루는 안도하며 한숨을 쉬었다. "남자를 똑바로 고른 것 맞죠?"

"그럼요." 라포스 양이 대답했다.

"그렇고말고." 마이클이 맞장구쳤다.

"얼마나 마음이 놓이는지……!" 페티그루가 작게 덧붙였다. "당신은 모를 거예요."

"앉으세요." 마이클이 의기양양하게 또 청했다. "이리 와서 함께 기뻐합시다."

"커피를 어쩐다." 라포스 양이 걱정하듯 말했다. "벌써 식었겠네. 새로 내올게요. 마이클이 도와줄 거예요."

라포스가 마이클을 향해 눈을 찡긋하자 그가 그녀를 따라 주방으로 들어갔다.

"방금 조가 전화를 걸어왔어요······." 라포스 양이 마이클에게 몰래 소곤댔다.

이윽고 두 사람이 따뜻한 커피를 내왔다. 페티그루는 서둘러 빠져나오자는 다짐도 잊은 채 어느새 한 손에 커피잔을 쥐고 따스한 난로 앞 의자에 앉아 있었다. 이야기를 좀 더 자세히 들어야 했다.

"말해주세요." 페티그루가 신나게 눈을 반짝였다.

"우리 결혼해요." 라포스 양이 말했다.

"곧바로." 마이클이었다.

그리고 두 사람은 어린애들처럼 행복하게 서로를 쳐다보았다. 이기적인 만족감 없이 오직 두 사람의 행복에 이토록 열렬히 관심을 보이는 사람은 세상에 페티그루뿐이었다. 그녀의 존재 덕분에 두 사람의 결혼은 그냥 많고 많은 결혼 중 하나가 아니라 특별히 중요한 사건이 되었다. 마이클이 장난기가 빠진 표정으로 몸을 내밀더니 페티그루의 손을 잡았다.

"고맙습니다." 마이클이 나직이 말했다.

"정말 행복하네요." 페티그루가 수줍게 말했다. "이제 모든 시름을 놨어요."

"나도요." 라포스 양이었다.

"그러면 나를 받아주는 거야?" 마이클이 물었다.

"그럼요."

"비록…… 성질이 이렇게 유별난 놈인데도 말이지." 마이클이 눈을 반짝이며 그녀를 떠보았다.

"그 성질 덕분이죠." 페티그루가 대답했다.

"신탁 말씀을 좀 자세히 내려주시죠." 마이클이 청했다.

"세상에는 아주 많은 사람이 살아요." 페티그루가 입을 열었다. "어떤 사람은 조용히 가정생활을 하는 게 적성에 맞지만, 어떤 사람은 아니에요. 라포스 양이 그런 사람이랍니다. 당신도 마찬가지예요. 그러니 두 사람이 짝이라는 거예요. 맞지 않는 사람들끼리 함께 살려고 하면 온갖 문제가 생기는 법이죠."

"그러니까 결혼식 종소리가 좋은 시절 다 갔다는 의미는 아니라는 거죠?" 마이클이 용기를 얻어 물었다.

"술주정뱅이 심리는 제가 잘 모르지만," 페티그루가 진지하게 말을 이었다. "외부 관찰자로서 여러 결혼의 내막을 들여다봤답니다. 결혼해서 정착한다는 발상은 구식이에요." 페티그루는 조심히 설교를 시작했다. "제짝을 만난 커플이 함께 정착하기로 마음을 먹는다면야 나름대로 타당하기는 해요. 그렇지만 제짝을 만난 커플이 정착하기를 바라지 않는다고 해서 제짝이 아닌 게 되지는 않아요. 이런 관점을 뒷받침하는 증거는 상당하답니다."

"증거가 상당하다니 마음이 한결 가벼워지는군요." 마이클이 진지하게 대답했다.

"아주 힘이 되네요." 라포스 양이었다. "우리가 제짝라는 게."

"나는 정착하고 싶지 않아요." 마이클은 단호했다.

"집안 살림은 정말이지 지긋지긋해요." 라포스 양도 맞장구쳤다.

"두 사람이지만 마음은 한뜻이랍니다." 마이클이 말했다.

"밝지만 그리 품위가 있지는 않은 마음이랄까." 라포스 양이 거들었다.

페티그루는 골똘히 생각에 잠겨 말을 이었다 "예전에 저는 달리 생각했었어요. 그러니까 저도 정착을 꿈꾸던 부류였죠. 그것이야말로 행복한 결혼 생활의 최고 목적이라고 생각했어요. 그런데 오늘 많은 것을 깨달았네요."

"아!" 라포스 양이 틈을 놓치지 않고 끼어들었다. "'다정한 목소리가 귓가에 울리네.'조와 잘 어울리던데요."

"블룸필드 씨는 참 호감이 가는 분이에요." 페티그루가 조심히 말을 꺼냈다.

"정착하기에 좋은 남자라고는 보기 힘든데."

• 스티븐 포스터가 작곡한 〈올드 블랙 조Old Black Joe〉의 가사.

"그래 보였어요."

"하지만 마음에 들었나 봐요."

"취향이 맞는 것 같았거든요." 페티그루는 여전히 조심스러워하며 대꾸했다.

"이 여자 보게!" 마이클이 외쳤다. "이 무슨 묘한 소리지? 취향이 맞는다니! 재미라도 좀 보셨나? 조에게 무슨 짓을 한 거지?"

라포스 양도 흥미를 보이며 보챘다. "내 오랜 친구 조와 대체 무슨 짓을 하고 왔는지 알고 싶네요."

"그래요, 이 아가씨." 마이클이 끼어들었다. "말해봐요. 아주 뻔뻔하게 돌아왔잖습니까. 말도 없이 우리보다 사십오 분이나 늦게. 분명 출발할 때는 다 같이 있었는데."

페티그루는 얼굴을 붉히며 조금은 죄책감을 느꼈다.

"다 알아요." 라포스 양이 유쾌하게 짐작했다. "조가 당신에게 키스했다는 것."

"키스하지 않았으면 바보지." 마이클이 거들었다.

페티그루의 얼굴은 속수무책으로 벌게져 속내를 훤히 드러냈다.

"이럴 줄 알았다니까." 라포스 양이 의기양양해져서 말했다. "이 엉큼한 여자 같으니. 나한테 그렇게 잔소리해 놓고는, 바보 같은 조와 신나게 즐기다 왔군요. 하긴, 그 사람이 어떻게 당신 매력을 당해냈겠어요?"

"하여간 여자들은 못 말려." 마이클이 고개를 저었다.

페티그루는 너덜너덜해진 체면 조각을 황급히 주워 담았다.

"분명히 말씀드리지만," 페티그루는 진지하게 변명했다. "좋은 뜻에서 그런 것이었어요. 블룸필드 씨가 아가씨와 마이클이 둘만 있게 되었으니 잠시 방해하지 말자고 했거든요. 두 사람이…… 정리를 마칠 때까지 짧게 드라이브나 하자고 하셨죠."

마이클이 씩 웃었다.

"괜찮은 양반이군, 조라는 사람. 다음에 만나면 술 한잔 대접해야겠어."

"거짓말." 라포스 양이 말했다. "당신이 은근하게 쳐다보니까 그 사람이 유혹을 못 이긴 거죠."

갑자기 페티그루는 짓궂은 장난기가 넘치고 조금은 음흉하다고 할 수 있는 표정을 지으면서 키득키득 웃었다. 남자 문제로 놀림을 받는다니! 정말이지 기분이 끝내줬다.

"이럴 줄 알았다니까." 라포스 양이 같은 말을 되풀이했다. "어서 다 털어놔요."

"인정할게요." 페티그루는 죄책감과 즐거움을 동시에 느끼며 말했다. "블룸필드 씨가 택시 안에서 저를 품에 안고 있었다는 것을 말이에요. 택시 내부가 쌀쌀해서 제가 감기에 걸릴까 봐 걱정하셨거든요."

"어머! 어머!" 라포스 양이 호들갑을 떨었다. "둘러대기는!

그런 변명이 어딨어요!"

페티그루는 그래도 조가 키스했다는 사실까지 라포스 양과 마이클에게 털어놓을 수 없었다. 그건 둘만의 비밀이었다. 자세히 말해버리기에는 너무 소중해서 가장 친한 친구들에게도 비밀로 해두고 싶었다.

"어머, 하여간 못 말리는 내숭쟁이라니까!" 라포스 양이 소리쳤다. "조가 키스했잖아요. 다 알아요. 얼른 털어놔요."

"아니, 그게," 페티그루는 억울해하며 대답했다. "잘 자라고 입을 맞추긴 하셨어요. 그건 당신들 같은…… 그러니까 자유분방한 사람들 사이에서 으레 지키는 예의잖아요."

마이클과 라포스 양이 동시에 웃음을 터뜨렸다.

"자유분방한 여자들!" 라포스 양이 재미있어하며 외쳤다. "키스로 예의를 차리는 건 스페인의 오랜 풍습이기도 하죠!"

"술병을 가져와 날 일으켜주오!"● 마이클이 숨 가쁘게 말했다. "입 한번 참 무거우시네. 도통 열리지 않아."

"포기하기는 일러요." 라포스 양이 숨죽여 말했다. "저 입을 꼭 열고 말겠어."

라포스 양은 계속해서 페티그루를 들들 볶았다. 마이클도 가

● 킹 제임스 버전의 구약 성서 「아가서」 2장 5절에서 사랑의 열병에 압도된 이가 힘을 얻고자 술병flagons을 요청한 것을 인용한 말.

세했다. 페티그루는 점점 더 발그레해졌고 갈수록 웃음이 번졌다. 떠나야 한다는 사실조차 깜빡 잊었다. 시계는 계속 째깍째깍 움직였다.

"맙소사!" 마이클이 돌연 외쳤다. "가봐야 하는데."

페티그루의 귀에는 그 소리가 종말을 알리는 종소리처럼 들렸다. 그제야 그녀도 퍼뜩 정신을 차리고 주섬주섬 일어났다.

"어머나! 시간이 이렇게 지났는데 저도 깜빡했네요. 그만 가봐야겠어요. 서둘러야겠네요. 내 정신을 봐. 옷도 당장 갈아입을게요. 금방이면 돼요."

"무슨 소리예요." 라포스 양이 말했다. "오늘 밤은 함께 있어야죠."

그 말에 페티그루는 유혹과 맞서 싸웠다. 몸을 가누려 의자를 부여잡았다. 이삼 초는 아무 말도 할 수 없었다. 그녀는 깊고 떨리는 숨을 내쉬었다.

마침내 페티그루가 입을 뗐다. "아가씨, 친절하게 대해주셔서 정말 고맙지만, 저는 이제 가봐야 해요. 오늘 참 즐거운 하루였습니다. 내일은 다르겠지만요. 더는 아가씨가 베푸는 친절을 받고만 있을 수 없네요. 오늘 하루를…… 허망하게 망쳐버리는 건 제가 견딜 수 없어요."

"어머." 라포스 양이 말했다. "난 오늘 하루 종일 당신만 믿었는데! 곤경에 처한 나를 혼자 두고 떠날 만큼 매정한 사람인 줄 몰랐네요."

"곤경에 처하다뇨?" 페티그루가 영문을 몰라 물었다.

"당신이 안 된다면 내가 남아야 하는데," 마이클이 말했다. "상황이 상황이니 어쩔 수 없죠. 델리시아의 체면을 생각하면 오늘 밤 내가 여기 머무른다는 사실을 아무도 알아서는 안 되겠지만, 이 여자를 혼자 둘 순 없으니."

"맞아요." 라포스 양이 힘을 주어 말했다. "혼자 있기 싫어요. 언제 닉이 찾아올지 모른단 말이에요. 혼자 남겨지는 건 무서워요."

페티그루는 두 사람을 번갈아 쳐다보았다. 무척 진지해 보였고, 자신을 책망하는 듯도 했다. 닉에게 이 집 열쇠가 있다는 사실이 퍼뜩 떠올랐다. 마이클도 알고 있나? 모를 것이다. 라포스 양이 긴장하는 것은 당연했다.

"제가 꼭 필요하다면야!" 페티그루가 더듬더듬 대답했다. "제가 방해되지 않는다면……. 그런데 정말 제가 *필요*하세요?"

"꼭 있어 주세요." 라포스 양이 애걸복걸했다. "나를 버리지 않으실 거죠?"

"그렇게 해주면 정말 고맙겠습니다." 마이클이 말했다. "아니면 델리시아의 명예가 더럽혀지는 위험을 감수하고라도 제가 여기 남아야 할 겁니다. 이 여자를 불안하게 둘 수는 없으니까요."

"그야 물론이에요." 페티그루가 진지하게 대답했다. "저도 그렇게 둘 수 없어요. 아가씨만 원한다면 머무르겠어요."

마이클은 아는지 모르겠지만, 페티그루가 생각하기에 라포스 양의 명예가 더럽혀질 일들은 이미 충분했다. 지금이야말로 자신처럼 분별력 있는 여자가 나설 차례였다. 라포스 양이 오늘 밤 도움이 절실한 상황인 것이 기적처럼 느껴졌다. 아침이 밝으면 언제나 상황은 훨씬 낙관적으로 보이는 법이었다. 그때가 되면 새로이 용기를 내어 일자리를 찾으러 떠날 수 있으리라. 사실은 이때까지 밖에서 밤을 지새워야 할까 봐 자신이 얼마나 두려워하고 있었는지 그녀는 미처 깨닫지 못했다. 안도감이 밀려와 몸에서 힘이 빠지는 기분이 들었다.

"그러면 문제는 해결됐군요." 마이클이 말했다. "당신만 믿습니다. 내 모자가 어디 있더라? 코트는? 내 여자는 어디 있고? 잘 자, 내 사랑! 이제 자유분방한 면모를 내보일 시간인가?"

"아가씨, 코트는……." 이렇게 말하던 페티그루는 눈앞의 광경을 보고 기겁했다. "제가 침실로 가져다 둘게요."

페티그루는 라포스 양에게 빌린 털 코트를 집어 들고 부랴부랴 침실로 들어갔다. 잠시 침묵이 흐르더니 문이 쾅 닫혔다.

"다 끝났어요." 라포스 양이 페티그루를 불렀다. "그만 숨고 나와요. 얌전한 숙녀가 충격받을 일은 이제 끝났답니다."

16. 03:47 AM ~ ?

페티그루가 수줍게 나왔다.

"저는 다 이해해요." 페티그루가 말했다. "젊은 사람들은 둘이 은밀히 작별하는 걸 좋아하잖아요."

"당신은 정말 완벽한 샤프롱*이네요." 라포스 양이 말했다. "나도 당신을 잘 보살필게요."

"자, 시간이 많이 늦었어요. 곧장 누워 푹 자는 게 좋겠어요."

"어머, 싫어요." 라포스 양이 칭얼댔다. "피곤하지 않아요. 앉아서 수다나 떨어요. 옆에 있어 주는 남자도 나쁘지 않지만, 나는 여자들끼리 신나게 수다 떠는 것도 좋아하거든요."

"이상한 말이지만요." 페티그루가 기쁘게 말을 받았다. "저도 하나도 피곤하지 않네요."

두 사람은 난롯가에 나란히 앉았다.

"정말 마이클과 결혼하는군요." 페티그루가 흐뭇하게 말을 꺼냈다.

"네."

"얼마나 기쁜지 몰라요." 페티그루가 진심으로 말했다. "마음이 놓여요."

"그렇게 걱정했어요?" 라포스 양이 물었다.

"걱정했죠. 닉과는 결국 불행히 끝났을 거예요. 물론 제삼자

---

* 사교 행사에서 젊은 미혼 여성을 보살피는 여자.

가 조언하기야 쉽고, 당사자가 사랑의 아픔을 겪는 건 전혀 다른 이야기라는 것도 잘 알아요. 그렇지만 살다 보면 매번 사랑을 위해 모든 것을 잃어야 하는 것은 *아니에요.*"

"맞아요." 라포스 양이 진지하게 수긍했다. "당신이 아니었으면 절대 빠져나오지 못했을 거예요. 소용없었겠죠. 닉이 '이리 와'라고 말하면 나는 곧장 그의 곁으로 가야 했으니까."

두 여자는 잠시 침묵했다. 그러면서 각자 머릿속으로 닉이 천천히 사라지는 모습을 보았다. 그의 어두운 머리칼, 검게 빛나는 눈, 톡 쏘는 말과 거부하기 힘든 시선, 험상궂은 검은 콧수염, 나긋나긋 고양이 같은 몸이 조금씩 흐려졌다. 닉은 이번에는 패배했을지 몰라도 앞으로 계속 여자들을 정복해 가며 그녀들에게 기쁨과 슬픔을 안길 것이다. 라포스 양은 자기 다음에 오는 여자들을 언제나 증오하며 살았을 것이다. 페티그루는 마지막으로 그에게 애석한 찬사를 바쳤다. 참으로 사악하지만 의심할 여지 없이 매력적인 남자였노라고.

"그런 남자들이 있어요." 페티그루가 맞장구쳤다.

"맞아요." 라포스 양이 낮은 소리로 말했다. "닉이 그랬죠."

페티그루는 앞으로 몸을 내밀어 라포스 양의 손을 잡았다.

"앞으로는 그러지 말아요." 페티그루가 진심을 담아 애원했다. "이제 그러지 않겠다고 약속해요. 그 남자가 찾아와 무릎을 꿇더라도 다시는 그에게 돌아가지 않겠다고 말이에요."

그렇게 닉의 유령이 떠나고 문이 굳게 닫혔다.

"다시는 그러지 않아요." 라포스 양이 진지하게 약속했다. "당신이 말한 대로였어요. 마이클이 그 사람 앞에 떡하니 섰을 때 마이클이 얼마나 자랑스럽던지. 닉이 열 받아서 벌떡 일어났을 때는 닉이 또 자랑스러웠죠. 하지만…… 그가 주저하는 순간…… 뭐랄까, 내 안에서 무언가가 '딸깍' 하고 꺼진 것 같았어요. 그러고 나서 닉을 다시 보니 그냥…… 그냥 아이스크림이었어요. 녹아서 사라졌어요, 그냥 그렇게. 이제는 그가 아무리 노력해도 다시 나를 되찾지 못할 거예요."

"다행이에요!" 페티그루가 한숨을 쉬었다. "정말 얼마나 다행인지."

"참 멋진 하루였어요!" 라포스 양이 말했다. "모든 일이 꼬이다가 또 잘 풀렸어요. 당신이 찾아오지 않았으면 어떻게 됐을지 생각하기도 무섭네요."

"어머나! 아가씨!"

그때 갑자기 기억이 떠올랐다. 라포스 양에게 자신이 왜 이 집에 왔는가를 털어놓지 않았다는 사실을 말이다. 지금껏 시치미를 떼며 미뤄왔으나 이제는 진실을 실토하지 않고는 편히 잠들 수 없었다. 때가 된 것이다. 더는 회피할 수 없었다.

"고백할 게 있어요." 페티그루가 긴장한 목소리로 운을 뗐다.

"네." 라포스 양이 기대에 차서 대답했다.

"제가 이 집에 온 이유를 들려드릴게요." 페티그루가 용기를 내어 말했다. "한두 번 말하려고 했었는데, 늘 아가씨가 딴 데로 말을 돌리셔서."

"듣고 싶지 않네요. 사람들에 관해 알고 나면 재미가 없어지거든요. 당신이 진공청소기를 팔러 왔다고 하면 얼마나 김빠지는 결말이겠어요! 진공청소기 판매원에게 누가 짜릿함을 느껴요? 설마, 아니죠?"

"아니에요. 하지만 이제 들어주세요."

"그렇다면 준비되었어요." 라포스 양이 대답했다. "정말 궁금하네요. 오늘 나는 절박한 곤경에 빠져 있었는데 짜잔, 하고 난데없이 기적처럼 당신이 나타나 나를 구해줬어요."

"저는 가정 교사예요." 페티그루가 실토했다. "홀트 양이 운영하는 직업소개소에 가정 교사를 찾는다는 의뢰가 들어왔다길래 제가 지원한 것이었어요."

결국 물은 엎질러졌다. 페티그루는 시선을 피했다. 이제 그녀는 진짜 자기 모습으로, 그러니까 라포스 양에게 도움을 탄원하는 사람으로 앉아 있었다.

"*내가* 의뢰했다고요?"

페티그루가 고개를 끄덕였다.

"홀트 양이 여기 주소를 줬어요."

"어머!" 라포스 양이 무표정하게 감탄을 내뱉더니 잠시 정적이 흘렀다.

"남자애랑 여자애 중 누구를 맡고 싶으세요?" 라포스 양이 대뜸 물었다.

"어머!" 페티그루는 바짝 긴장했다. "성별을 잘못 말하면 어쩐담. 그래도! 인간은 누구나 선호하는 게 있기 마련이니까요. 고백하자면 저는 여자애들을 다루는 편이 더 수월해요."

"둘이어도 괜찮나요?" 라포스 양이 또 물었다. "남자, 여자 한 명씩."

페티그루가 고개를 번쩍 들었다. 그리고 경악하여 라포스 양을 쳐다보았다가 황급히 시선을 돌렸다.

"괜찮아요. 괜찮고말고요." 페티그루가 급히 둘러댔다. "전에도 둘을 돌본 적이 많아요."

라포스 양이 갑자기 야단스럽게 웃음을 터뜨렸다.

"아, 정말 진지한 분이라니까! 그렇게 겁먹지 말아요. 그냥 놀린 거예요. 나는 애가 없어요."

"없다고요?"

"없어요. 갓난아기조차 없는데."

"어머나, 그것참 다행이네요!" 페티그루는 안도하여 숨을 내쉬었다.

"나한테 애가 딸렸다고 생각했군요." 라포스 양이 샐쭉하게 빈정거렸다.

페티그루는 여기를 봤다가, 저기를 봤다가, 홍당무가 됐다.

"진심으로 사과드려요." 페티그루가 어쩔 줄 몰라 하며 말했다. "부디 용서해 주세요. 내가 왜 그런 오해를 했을까!"

"어머, 무작정 오해해 놓고는." 라포스 양이 활짝 웃으며 대답했다.

페티그루는 괜히 원망하는 표정을 지었다.

"그럼 누구 애인가요?" 페티그루가 다시 무게를 잡고 물었다.

"무슨 애요?"

"아가씨 아이들…… 그러니까…… 아이들을 돌보는…… 가정 교사를 구한다고…… 직업소개소에서 그랬는데." 페티그루는 점점 혼란스러웠다.

"없어요."

"아이가…… 없다고요?"

"한 명도 없어요."

"그러면…… 왜 사람을 구했나요?"

"가정부를 구한 거예요. 가정부가 막 관뒀거든요. 홀트 양이 주소를 헷갈렸나 봐요."

"어머!" 페티그루가 힘 빠진 목소리로 말했다. "그렇군요. 가정부를 구하는 집도 있다고 했었어요. 그렇게 들은 기억이 나요. 그러면 제가 너무 늦었군요. 사람을 벌써 구했을 거예요."

"음." 라포스 양이 조심스레 입을 열었다. "그렇게 된다면 나를 위해서도 잘된 일이겠죠."

"아가씨를 위해서요?"

"제안하고 싶은 게 있어요. 좀 망설여지네요. 당신은 '숙녀' 분이시니까요. 기분 상하지 않으시겠어요?"

"아가씨와 함께라면 절대 그럴 일 없어요." 페티그루는 내심 설레며 대답했다.

"그러니까," 라포스 양이 설명하기 시작했다. "마이클과 내가 결혼하잖아요. 결혼이 코앞이에요. 그런데 마이클은 고집스런 구석이 있어요. 굳이 큰 방들이 딸린 대궐 같은 집에서 살겠대요. 어릴 적 코딱지만 한 연립 주택에서 아홉 식구가 함께 살았는데 자기 방도 없고 그게 무지 답답했다나. 그래서 곧 죽어도 자기 공간이 필요하다는 거예요. 예쁜 집을 봐두기도 했대요. 그 집이 정말 거대해요. 우린 거기서 살 거예요. 근데 난 집을 돌볼 자신이 없어요, 살림하는 법도 모르고. 또 공연 연습 때문에 집을 자주 비울 거예요. 정신없겠죠. 혹시⋯⋯ 지금 하는 일을 관두고 우리와 살면서 우리 집을 돌봐주지 않을래요?"

"제가요?" 페티그루는 문법에도 맞지 않는 말을 작게 내뱉었다. "제가⋯⋯ 당신과 마이클과 함께 살자고 하셨어요?"

"참견하지 않을게요." 그녀가 굳게 약속했다. "정말 약속해요. 원하는 대로 살림을 꾸리셔도 좋아요. 물론 다른 가정부들도 들일 거예요. 처음엔 이런 부탁을 하는 게 망설여졌지만, 당신이 맡아주면 참 좋을 것 같아요. 이기적이라는 점은 인정해요. 하지만 확신이 들어요. 당신이 맡아준다면 우리 집은 아주 잘 굴러갈 거예요. 마이클도 제때 식사할 수 있겠죠. 내가 파티를 열면 당신이 완벽한 여주인 노릇을 하고, 그러면 난 정신없이 부산 떨지 않고도 내 파티를 손님처럼 즐길 수 있을 거예요. 부디 긍정적으로 생각해 줘요. 당장 결정하지 않아도 좋아요."

페티그루는 몸이 떨려왔다. 광휘를 두른 커다란 빛이 계속해서 퍼져나가는 느낌이 들었다. 두려움은 영영 사라졌다. 마침내 평화가 찾아왔다. 사실상 그녀 혼자 관리할 수 있는 집이라니. 얼마나 오랫동안 바라왔던가! 여느 평범한 가정주부처럼 시장에 가고 물건을 주문할 것이다. 더는 겁낼 게 없었다. 끔찍한 아이들도, 무시무시한 아이 엄마들도 없다. 그녀가 바라는 대로 방 안에 꽃을 둘 수도 있다. 요리에 다시 손을 대볼 수도 있겠지. 소녀 시절에 집을 떠나 마흔 살이 되도록 제대로 요리할 기회를 가져보지도 못했는데! 외로움이 사그라들었다. 오, 이 얼마나 근사하고, 근사한 생각인가! 믿기지 않았다. 지상 천국이 펼쳐진 것이었다. 안식. 마침내 찾아온 안식이었다.

울컥 눈물이 쏟아졌다. 그녀는 고개를 숙이고 훌쩍였다. 라포스 양이 황급히 그녀를 안아주었다.

"어머, 귀네비어!"

페티그루는 이내 눈물을 그쳤다. 코는 살짝 분홍빛을 띠었고 눈가도 조금 충혈되었으나 눈빛만큼은 반짝였으며 얼굴도 환히 빛났다.

페티그루가 라포스 양을 바라보았다.

"아가씨도 잘 아실 거예요. 아가씨는 아가씨를 위해서라고 하지만, 사실 *저한테* 은혜를 베풀고 계신다는 걸요. 전 찢어지게 가난한 가정 교사랍니다. 실력도 없어요. 가정 교사라는 일도 싫고 지긋지긋해요. 내내 짐 덩이 같았죠. 저는 아이들을 잘 다루지도 못해요. 해가 갈수록 무서워져요. 일자리는 옮길 때마다 최악이었고, 보수도 점점 깎였어요. 지난번 집에서는 그냥 보모일 뿐이었어요. 또 저는 계속 늙어가고 있지요. 얼마 안 있으면 헐값을 받는 일조차 못 구할 거예요. 이제 갈 곳은 구빈원뿐이었는데 아가씨가 저에게 집을 허락하셨어요. 말재주가 없어 뭐라 감사드려야 할지. 아가씨 집을 지하실부터 다락방까지 살뜰히 살피겠다고 약속해요. 절대 후회하지 않으실 거예요."

"어머, 귀네비어. 그렇다고 너무 열심히 일하진 말아요." 라포스 양이 충고했다.

"열심히 일할 거예요." 페티그루가 환한 얼굴로 대꾸했다.

"지쳐서 나가떨어지면 어떡해요."

"아가씨 곁에서 일하는 건 즐거움이죠."

"그렇다면 너무 즐기게 두지 말아야겠네요."

"저는 일을 한번 하면 제대로 하는 성격이에요."

"가정부들한테 그렇게 시켜요."

"그 여자들이 초록색 방에 파란색 꽃을 두고, 제일 근사한 화분을 깨트리고, 침대에 덜 마른 시트를 깔면 어쩌나요! 절대 안 돼요."

"일을 똑바로 하지 않으면 내쫓겠다고 말하세요."

"일을 똑바로 하는지 옆에서 지켜보겠어요."

"쉬지 않고 모든 곳을 간섭하다 보면 탈 나요. 그렇게 둘 수 없어요."

그러자 페티그루가 발끈해 물었다. "집을 관리하기로 한 사람이 아가씨인가요, 저인가요?"

"당신이죠." 라포스 양이 고분고분 대답했다.

"고맙습니다."

"별말씀을."

이렇게 문제는 매듭이 지어졌다.

페티그루의 얼굴이 돌연 어두워졌다. 무언가 걱정하는 눈치였다.

"마이클은 어쩌죠?" 페티그루가 초조하게 물었다.

"사실은 마이클이 먼저 제안했어요." 라포스 양이 진지하게 그녀를 안심시켰다. "당신이 자기에게 행운을 가져다주는 마스코트라면서 당신을 놓치기 싫다고 하던데요. 또 나와 결혼하더라도 안락한 집에서 살고 싶대요. 난 가정주부로 꽝이라나."

"어쩜 이렇게 천사들 같으신지!" 페티그루가 행복한 나머지 날아갈 듯이 외쳤다. "마이클이 저를 참 좋게 봐주었군요. 처음에는 서툴겠지만 마음과 영혼을 다해 최선을 다할게요. 열심히 배울게요. 걱정은 붙들어 매세요. 저도 더는 두렵지 않아요. 새로 태어난 여자랍니다."

그러더니 불쑥 라포스 양에게로 몸을 내밀어 숨 쉴 틈도 없이 간곡히 물었다.

"저를 좋아하세요?"

"좋아하냐고요?" 라포스 양이 놀라서 질문을 되풀이했다. "당연히 좋아하죠."

"제 말은, 진심으로 말이에요. 제게 도움을 조금 받았다고 괜히 예의상 하는 말은 사양해요. 정말 진심으로 제가 좋으세요?"

"내 생각에는," 라포스 양이 다정하게 대답했다. "이제껏 내가 당신만큼 좋아한 여자는 없는 것 같은데요."

"그러면 *남자*도 저를 좋아해 줄까요?"

그러자 라포스 양이 새침 떨며 말했다. "만약 내가 그 사람 나이고, 당신이 지금 이런 모습이라면, 아마 홀딱 반했을 거예요. 아까 전화를 건 사람 사실 조였어요. 내일 들른다고 하네요."

페티그루가 자리에서 일어났다. 얼굴에 웃음이 만개했고 눈이 반짝였다.

"드디어 제게도 연인이 생겼나 봐요."

옮긴이의 글

존재 자격을 의심받지 않고 받아들여진 사람은 얼마나 빛날 수 있는가

위니프레드 왓슨을 누구나 다 아는 작가라고 말하기는 어려울 것이다. 세계문학전집이나 명작선에서 자주 찾아볼 수 있는 이름도 아니다. 영국에서도 1930년대와 1940년대에 걸쳐 여섯 권의 소설을 발표한 작가로 당시 제법 인기를 끌었으나 이후 수십 년 동안은 빛을 보지 못했다. 그렇다고 모두의 기억에 묻힌 건 아니었다. 작가의 네 번째 작품인 『미스 페티그루의 어느 특별한 하루』를 '가보'이자 '인생 작품'으로 간직해오던 어느 교수의 노력으로 2000년에 이 소설이 재출간되었고, 세상이 다시금 위니프레드 왓슨을 기억하게 되었다. 2008년에는 동명의 영화가 개봉해 프랜시스 맥도먼드의 얼굴을 한 미스 페티그루가 세상과 만났다.

『미스 페티그루의 어느 특별한 하루』는 출판사의 반대를 무릅쓰고 작가가 밀어붙여 출간한 소설로 알려졌다. 그리고 작가의 예상대로 큰 인기를 얻었고, 그의 대표작이 되었다. 이러한 인기의 배경에는 미스 페티그루라는 인물의 매력이 단연 큰 힘을 발휘한다. 세상 풍파에 찌들어 잔뜩 주눅이 든 페티그루는 소설 초반부터 안쓰러움을 자아낸다. 그러다 라포스 양의 집에 발을 들인 순간부터 하루 동안 평생 없던 모험과 로맨스와 행복을 경험한다. 순수하기도 엉뚱하기도 한 페티그루 시선에서 서술되는 묘사가 유쾌하고 재기발랄해 술술 읽힐 뿐 아니라, 페티그루는 물론 그녀와 얽히는 인물들이 하나같이 다정하고 사랑스러워 흐뭇해진다.

이 소설에 '왜'라는 질문은 빠져 있다. 왜 페티그루에게 이런 행운이 찾아왔는지, 왜 다들 페티그루에게 이렇게 친절한지 이유는 없다. 누구이고 무슨 일로 왔냐고 묻는 사람도 없다. 페티그루는 그저 받아들여지고, 보살핌받는다. 페티그루는 이 하루 동안 고되었던 인생을 보상받는 듯한 따스함을 느끼고, 독자 역시 대리 만족을 느끼지 않을 수 없다. 존재 자격을 의심받지 않고 받아들여진 사람이 얼마나 빛날 수 있는가를 페티그루의 하루가 보여준다. 말하자면 이 소설은 팍팍한 일상에 지치고 무뎌진 독자에게 포근한 위로의 마법을 부린다. 바로 그게 이 소설이 잊히지 않는 이유다.

송예슬

미스 페티그루의
어느 특별한 하루

초판 1쇄 발행   2025년 12월 19일

지은이   위니프레드 왓슨
옮긴이   송예슬

펴낸이   박영일
기획 · 편집   박하영 · 최선경
표지 디자인   김지수
내지 디자인   하한우 · 임아람

펴낸 곳   (주)시대고시기획 · 시대교육
주소   서울시 마포구 큰우물로 75(도화동 538) 성지B/D 9층
E-mail   jansang@sdedu.co.kr

ISBN   979-11-383-9952-4 (03840)

- 잔상은 시대교육그룹의 단행본 문학 브랜드입니다.
- 이 책의 전체 또는 일부를 재사용하려면, 저작권자와 잔상 편집부의 동의를 받아야 합니다.
- 책값은 뒤표지에 있습니다.
- 잘못된 책은 구입처에서 바꾸어 드립니다.